DU MÊME AUTEUR

Aux Éditions Gallimard

LA RUMEUR DU SOLEIL, 1989 (Folio, nº 2662).

LE DONJON DE LONVEIGH, 1991 (Folio, nº 5870. Avant-propos inédit de l'auteur).

LE PASSAGE DE L'AULNE, 1993 (Folio, nº 2859).

LIVRES DES GUERRIERS D'OR, 1995 (Folio, nº 4182. Nouvelle édition).

LE SONGE ROYAL. Louis II de Bavière, coll. L'un et l'autre, 1996.

L'INVENTEUR DE ROYAUMES. Pour célébrer Malraux, 1996.

LES SEPT NOMS DU PEINTRE. Vies imaginaires d'Erich Sebastian Berg, 1997. Prix Médicis 1997 (Folio, nº 3473).

DOUZE ANNÉES DANS L'ENFANCE DU MONDE, 1999.

STÈLES À DE GAULLE, 2000 (Folio, nº 5057).

LE ROI DORT, 2001.

LES MARÉES DU FAOU, 2003 (Folio, nº 4057).

APRÈS L'ÉQUINOXE, 2005.

LA CONSOLATION, 2006.

LE DÉJEUNER DES BORDS DE LOIRE, suivi de MONSIEUR GRACQ. Édition revue et augmentée, 2007 (Folio, nº 4512).

FLEURS DE TEMPÊTE, 2008 (Folio, nº 5443).

LE BATEAU BRUME, 2010 (Folio, nº 5223).

L'INTIMITÉ DE LA RIVIÈRE, 2011.

LE PONT DES ANGES, 2012 (Folio, nº 5675).

LES ANNÉES INSULAIRES, 2014 (Folio, nº 6226).

PARIS INTÉRIEUR, 2015.

LE PAPE DES SURPRISES, 2015.

GÉOGRAPHIES DE LA MÉMOIRE, 2016 (Folio, nº 6392).

NOVEMBRE, 2017.

Suite des œuvres de Philippe Le Guillou en fin de volume

LA ROUTE DE LA MER

PHILIPPE LE GUILLOU

LA ROUTE DE LA MER

roman

nrf

GALLIMARD

Il a été tiré de l'édition originale de cet ouvrage
quarante exemplaires sur vélin rivoli
des papeteries Arjowiggins numérotés de 1 *à* 40.

À Thomas

LES ÉTÉS DE KER HUELLA

La mer montait, elle faisait disparaître les grèves, la vase, les pierres noires et les algues qui les recouvraient. L'océan arrivait soudain et avec lui une odeur de vagues, de grand large, de fonds remués. J'avais élu domicile sur la terrasse d'un pub, The Grapes, qui surplombe la Tamise offerte aux marées. La petite salle tenait d'un bric-à-brac, avec des meubles, des marines sombres, des oiseaux et des poissons naturalisés enfermés dans des coffres de verre. Il m'arrivait d'y dîner, mais j'aimais surtout la minuscule terrasse au bois délavé par les pluies, blanchi par le sel, ce ponton de marin des terres, ce balcon sur le fleuve. Je n'avais jamais eu le pied marin. En bon Breton, je me contentais de regarder la mer, de loin, en sécurité, comme mes aïeux l'avaient fait, eux qui ne s'embarquaient que forcés et contraints. J'étais le matelot de Londres, immobile sur son ponton, occupé par le mouvement des vagues et les jeux des mouettes qui remontaient vers la ville, signe de l'imminence de la tempête. J'étais le matelot cloué sur sa terrasse des Docklands. Là-bas, vers l'estuaire, les tours de Canary Wharf dressaient leurs citadelles de la finance et du négoce. Les nouvelles du monde couraient en bandeaux scintillants sur leurs parois verticales. Londres était un immense chantier, les immeubles géants poussaient, fruits de l'imagination débridée des architectes. Ils avaient des formes extraordinaires, on aurait dit des objets de la vie quotidienne sujets à des anamorphoses délirantes. L'un d'eux me plaisait avec sa forme de téléphone cosmique.

J'aimais surtout la compagnie du fleuve et des marées, comme jadis en Bretagne, comme au Havre aussi où j'avais habité avec tant de plaisir. J'aimais apercevoir tout près de la rive, sur des piliers déjà constellés d'algues, de lichens et de coquillages, les grands nus de bronze que m'avait commandés Mikaël P. Ils se levaient comme les veilleurs magiques du fleuve, superbes, vifs, déliés, des corps d'adolescents agiles et félins. L'installation de ces nus avait suscité un certain émoi. L'époque était à la frilosité artistique et à la pudibonderie. Peu m'importait. Au pub rares étaient ceux qui savaient que j'étais l'auteur de ces statues gigantesques. Mais c'était le fleuve envahi par la marée que je venais voir, la luminosité océanique, le bronze des nus qui verdissait. Ensuite je marchais, je longeais un canal, une darse qui avait tout d'un bassin hollandais avec des péniches, des voiliers amarrés. Mon petit jardin favori venait après, mal entretenu, envahi de détritus, de papiers qui traînaient. J'étais assis sur un banc lorsque je l'avais aperçu un soir, surpris du surgissement de cette bête feu en plein faubourg londonien. Qui l'eût cru ? Un renard, presque apprivoisé, qui fouillait les poubelles. Depuis je venais régulièrement pour le revoir. Il se faisait rare, je le guettais, immobile sur mon banc, tel un clodo beckettien. Je le voyais de loin en loin… C'était mon complice, mon confident des nuits des Docklands.

Souvent je passe la *Vallée d'Obermann*. C'est une version ancienne qui date des années 80 et ton jeu est léger, sans la moindre once de gravité. Tu joues avec distance, du bout des doigts, avec grâce et fluidité, sans t'appesantir, presque sans y croire. Il y a les notes, toutes les notes et bien plus qu'une simple exécution technique, ta manière est irréprochable, d'une classe folle, et on comprend comment tu avais déjà gagné tous les concours et les titres, de New York à Moscou, comment tu n'avais pas hésité à franchir le Rideau de fer pour apprendre à Moscou, pour aller plus loin encore dans cette ascèse et cette discipline qui ne te faisaient pas peur. Tu te savais surveillée, tes conversations téléphoniques étaient sur écoutes. Quel danger pour le régime qu'une pianiste française ! C'est étrange mais cette idée d'être suivie, épiée ne t'a jamais quittée ensuite, même au faîte de ta puissance et de ta gloire et plus encore lorsque la maladie est arrivée. À Villejuif, à Curie, tu avais toujours l'impression qu'on t'espionnait, que tu n'étais pas libre, qu'on te cachait la vérité. Ce n'était pas faux. À qui les médecins avaient-ils avoué la chose ? À Stéphane qui venait de loin en loin, à Simon ton fils adoré. Lui savait. Son père un peu moins. Il était revenu, il s'était rapproché de toi, travaillé par le remords, la culpabilité de t'avoir abandonnée alors que tu avais besoin de lui.

Oui, c'est étrange, mais tout cela me revient quand je me pose le soir dans le jardin des Docklands. Tout, Liszt, le piano que tu avais fait venir à l'hôpital, ton maître russe, Isralavic, la phobie des écoutes soviétiques, l'obsession qui était la tienne de tenir, de jouer jusqu'au bout, d'être la seule, la meilleure, l'incomparable. Tu avais un mot que tu disais à l'envi : il ne faut pas céder. Je ne veux pas céder... Tu t'amusais comme une gosse à conjuguer la formule, à la décliner, tu pensais alors aux falaises de craie de la côte normande qui avaient tant compté pour nous et tu te voyais comme ce calcaire fragile, poreux, friable, transparent presque. Une femme de craie. Tu l'as dit un jour, en regardant le petit jardin printanier que Simon avait installé dans ta chambre contre l'avis du personnel hospitalier. Plusieurs fois, tous ces soirs, le souvenir de la femme de craie m'est revenu, douloureux et dévastateur. J'entendais la *Vallée d'Obermann* et j'avais à l'esprit mes grands bronzes de la Tamise. J'attendais le renard, ton renard, comme un signe, un intersigne de nos lointaines années au bord de la mer, près des falaises que creusent les marées.

J'aurai passé ma vie à dessiner et à sculpter des corps et je l'aurai passée aussi à écouter de la musique, ta musique. Qui suis-je, chère Anna, pour m'adresser ainsi à toi ? Un admirateur, un ami inconsolable, dans la vie réelle, celle que nous avons si peu vécue, si mal assumée, ton frère, un frère que tu regardais de loin, je ne dirai pas de haut. Trop d'années nous séparaient pour que nous ayons grandi ensemble, très vite seuls le piano et ta carrière comptaient. Le terme de carrière, au moment même où je le note, me semble inapproprié. Il y avait plutôt du sacerdoce dans ta rage de jouer, un besoin vital, la certitude que ta vie prenait sens dès que tu te donnais tout entière à Liszt ou à Schubert, le reste n'ayant guère d'importance pour toi.

Dans la maison de Morgat où nous n'allions avec nos parents que pour Pâques ou l'été, il avait fallu t'installer un piano, sinon tu avais dit que tu ne viendrais plus. Maman avait été affectée par tes mots : « Je n'ai pas de temps à perdre, rien à foutre de cette villégiature paumée... » Tu étais rude et colérique. Tes paroles avaient blessé. Prendre la route de la mer, comme on le disait dans la famille, était sacré. Il y avait deux destinations, la Bretagne maternelle avec Morgat et la côte normande, paternelle, près de

Dieppe, dans cette maison presque ruinée dont le bout du jardin, à flanc d'abîme, s'effondrait. Cela nous changeait de l'appartement vieillot de la rue du Louvre où nous grandissions dans le faux luxe et le confinement. Plus tard, tu m'as dit avoir découvert la musique en allant écouter à l'église Saint-Eustache André Marchal et son successeur, le fringant Jean Guillou.

Ce soir, dans l'inaction de Londres, je suis retourné dans le petit jardin des Docklands et j'ai cru apercevoir de nouveau le renard. Sa silhouette flavescente s'est enfuie lorsque je me suis approché du banc. Les amoureux n'étaient pas là. J'étais seul, un peu grisé par les pintes que j'avais bues sur la terrasse du pub. Les veilleurs de bronze que j'avais aperçus me hantaient, colossaux, dessinés comme des athlètes. Je ne sais pas si tu les aurais aimés. Je ne sais pas si tu as regardé quelquefois mon travail, si cela présentait à tes yeux quelque intérêt. L'art, c'était pour toi, l'art, c'était toi. Ne comptaient pour toi que les hommes qui faisaient carrière, les hauts fonctionnaires, les ingénieurs, les universitaires. Tu étais trop intelligente, trop rigoureuse pour supporter les saltimbanques. Étrangement, ce soir, dans le petit jardin public, des images et des odeurs de Morgat me sont revenues, les aiguilles de pin qui tapissaient le petit espace, l'espèce de terrasse délabrée sur laquelle donnait la fenêtre de ton salon de musique, les ajoncs et les bruyères du bout de lande qui prolongeait le jardin, ces *Années de pèlerinage* de Liszt que tu jouais des heures, comme une folle, avec une patience et une volonté à toute épreuve.

Une seule chose te faisait descendre : l'annonce du repas, et tout particulièrement la certitude de trouver sur la table langoustines, bouquets, tourteaux ou araignées. Tu redevenais charnelle à l'heure des repas, tu brisais les liens de ton sacerdoce. Les quolibets familiaux n'avaient pas prise sur toi. Tu assumais cet appétit, cette voracité qui culminait dès que tu voyais des fruits de mer. Tu t'en amusais. Tu aimais l'iode, le sel, le contact des varechs. Tu aimais aussi le froissement des vagues, les bains de mer, les rouleaux glacés. De dix à cinquante ans tu n'auras guère changé. La musique et la mer. On murmurait que tu aurais aimé embarquer. Lors des quelques rares sorties que je t'ai vue faire, tu enrageais de ne plus être à ton instrument, tu comptais les heures gâchées. Avant même d'aller en URSS, tu étais perdue pour nous. Tu consentais à descendre nous voir, tu nous accordais un peu de ton temps précieux, sur le pouce, à contrecœur.

J'ai mesuré tout à l'heure qu'il y aura bientôt trois ans que tu es partie. Trois ans au cours desquels je n'ai pratiquement rien fait, sinon me remémorer et t'attendre. Comme lorsque j'allais dans le 9e arrondissement, pas très loin de Notre-Dame de Lorette où tu louais un studio insonorisé. Il y avait un beau café ancien, Le Général La Fayette je crois. Je t'y attendais des heures. Tu n'étais jamais prête. Rien n'était au point, surtout à la veille d'une tournée. Je retournerai peut-être un jour au Général La Fayette. Je me contente de t'attendre dans ce fragment de sauvagerie et de nature en plein cœur de Londres, dans un jardin où, j'en suis certain, tu n'es jamais venue.

J'ai pris le parti de noter tout cela il y a quelques semaines, sous cette forme curieuse, *adressée.* Une sorte de vide m'a envahi lorsque ont été livrés les bronzes de la Tamise, une forme d'abattement, d'anéantissement de mes défenses internes. L'impression m'habitait d'être parvenu au bout d'un cycle, sans que je fusse certain de pouvoir un jour repartir. Ma vie, comme celle de ma sœur, aura été une succession d'itinérances. Il est rare que je sois resté plus d'un an au même endroit. Même à Paris où j'ai longtemps résidé, je me lassais très vite, quel que fût l'agrément du lieu. La rue du Louvre, le 9ᵉ arrondissement, les arrières de la place de Clichy, j'ai souvent changé d'adresse, en délaissant la rive gauche que je n'aime guère, et sans compter mes séjours à l'étranger, Rome, Turin, Barcelone et Londres aujourd'hui.

Je ne suis pas d'une lignée de voyageurs. Nos parents étaient plutôt sédentaires. Excepté les vacances en Bretagne ou dans le pays de Caux, ils bougeaient peu, ils détestaient les bagages, l'encombrement des routes, le fait même de partir. Il faut dire que les deux maisons qui leur avaient été léguées ne manquaient pas de charme. Celle de Morgat, Ker Huella, était une sorte de lourde villa de granite, austère d'apparence, incommode et sonore, mais elle avait une âme, une vraie profondeur de mémoire et de secret. On entendait tout d'une pièce à l'autre, tout, et le son du piano d'Anna la remplissait du salon au grenier. Ce ne sont pas les quelques panneaux de liège qu'on avait tendus dans la pièce où elle s'enfermait qui atténuaient le bruit. Impossible de s'abstraire des gammes, des tentatives, des répétitions obsédantes. J'ai grandi en entendant inlassablement les mêmes airs de Liszt et de Schubert. La maison avait d'autres attraits, la lande la prolongeait, le petit coin de jardin, très mal entretenu, s'ensauvageait vite, la vraie lande bretonne avec ses ajoncs et ses bruyères reprenait ses droits, et avec elle la mer dont l'haleine salée brûlait les plantes et les herbes. Cette route de la mer, je me souviens de l'avoir prise très jeune, heureux de m'isoler, de fuir la famille, la musique, la présence aimantée de ma sœur. Elle évoquait la liberté, la possibilité de rêver en regardant les flots, la monotonie des vagues, les marées et leurs franges d'écume. On savait que je partais et on m'en laissait la possibilité. Je n'allais jamais très loin. Il y avait peu de risques d'ailleurs. Il y en avait bien plus en Normandie où la côte de craie s'effondrait par pans entiers. Dès que l'on sortait du jardin de La Buissière, on arrivait dans une prairie qui donnait sur la mer. Une sorte de bâtisse abandonnée, qui avait pu être une serre ou un abri de douanier, me tenait lieu de refuge. La maisonnette se situait un peu à l'écart de la côte, elle ne risquait pas encore de basculer dans le vide. Très jeune, j'ai donc pris l'habitude de ces escapades en bord de mer, et si à Morgat je marchais avec allégresse, en Normandie quelques pas suffisaient, je me terrais dans ma cabane maritime, convaincu que j'avais disparu de la surface de la terre. On me fichait la paix. Enfin presque. J'étais venu après, toutes les attentions, toutes les espérances se concentraient sur elle. J'étais venu après, vraiment, on s'intéressait peu à moi, à mon parcours, à mes résultats. Anna avait très vite capté toute l'attention familiale, par sa personnalité hors normes et ses dons. On lui passait tout, on ne lui refusait rien, elle ne réclamait rien du reste, elle existait. Je n'avais que cinq ans de moins, c'était énorme pourtant, Anna était lancée, sa vocation se dessinait alors que je balbutiais encore. Je ne sais si j'ai souffert de cet état. Un peu sans doute, je me repliais dans une sorte de mutisme, de rêverie solitaire que le compagnonnage des flots avivait. À Paris je n'étais pas malheureux, je me faisais à la claustration de la vie urbaine, mais j'existais vraiment dès que je retrouvais mes bords marins, à Morgat ou dans le jardin de La Buissière.

C'est étrange comme la proximité de la Tamise maritime ravive ces souvenirs bretons et normands. Je suis venu ici un peu par hasard, pour réaliser les bronzes de ce collectionneur exigeant, je suis venu pour quelques jours à l'origine et je suis resté. Les derniers mois à Paris et au Havre avaient été une épreuve. Je voulais me reposer, me reconstruire avec trois fois rien, quelques tableaux de la National Gallery, les voix des choristes de Westminster, quelques toiles de Bacon qui ont tant compté pour moi, les berges de la Tamise et la verdure des parcs londoniens. Je voulais renaître après cette horreur et ce vide. Je n'attendais rien de cette ville dont la grisaille et l'aspect minéral ne m'avaient pas laissé un grand souvenir. Je n'attendais plus rien. C'est alors que m'est venue l'idée de ces notes, capricieuses, désordonnées, sans fil apparent. Je voulais t'écrire, te dire tout ce qui s'était passé depuis le printemps de 2007, et aussi curieusement tout ce qui s'était produit auparavant, avant même le commencement de ta maladie, du temps de ta présence rayonnante et si intimidante.

Depuis quelques jours le souvenir de ces deux maisons maritimes ne me quitte plus. L'instant d'une brève rêverie éveillée qui désamarre de la réalité, le temps d'une courte somnolence, dans la concentration ou l'abandon des sens, tout me revient, moi qui ai connu tant d'autres résidences, mansardes d'artiste, chambres d'hôtel, habitats de fortune. Il y a bien longtemps pourtant que je n'y ai plus mis les pieds. J'ai beaucoup fréquenté La Buissière dans les années 80, alors que j'avais été nommé professeur au Havre et que je m'essayais à cette vie austère et réglée dans une ville métaphysique qui me ravissait. On m'avait toujours dit que Le Havre était une ville laide, bétonnée, presque stalinienne. Évidemment ce n'était pas la qualité ni la beauté des immeubles qui me séduisaient, mais la situation même de la cité, plate, aérée, ouverte à la circulation des vents et à la menace des flots. Car il ne faisait guère de doute pour moi que la mer entrerait un jour par l'avenue Foch, que les vagues rouleraient entre les habitations au cordeau de Perret, ces reliques froides et grises d'une modernité avortée. Du Havre, je gagnais facilement la côte et La Buissière, un emploi du temps de professeur laisse des marges et des disponibilités. Je m'étais mis à photographier assez jeune, les galets, les falaises ravinées, le chaos des grèves, les barcasses calfatées, des corps aussi. Au sortir de l'adolescence, j'avais créé le scandale en faisant poser dans la maisonnette du bord de mer un jeune camarade, T., rieur, velu, à la musculature sûre. Ma mère était tombée sur ces clichés que j'avais imprudemment déposés sur l'armoire de ma chambre. La foudre était tombée, on m'avait demandé des explications que j'avais refusées, un voile de suie et de tristesse avait enveloppé les traits de ma mère, une mantille de réprobation et de proscription. Cela ne se faisait pas, m'avait-on dit. C'est tout juste si l'on n'avait pas brandi la menace d'une sanction judiciaire. T. était un garçon de passage, un jeune homme du pays de Caux dont la compagnie me plaisait, rien de plus. « Ta sœur n'en saura rien… », avait ajouté ma mère, souhaitant sans doute que cette affaire n'atteignît pas des proportions démesurées. J'avais quinze ans. J'avais pris ces clichés pour le désir et la beauté. À aucun moment je n'imaginais une carrière d'artiste : chez nous, le droit, la justice, l'exercice du droit, l'université avaient une existence, pas le reste. La musique aussi, parce que c'était une discipline réglée, désincarnée. Et encore la musique avait-elle été consentie à Anna parce qu'on ne lui refusait rien, que sa volonté puissante, écrasante, s'imposait. Dans l'appartement de la rue du Louvre ou à Ker Huella, le piano s'était établi en maître, un peu moins à La Buissière où il y avait déjà un vieil instrument qu'Anna détestait. Anna ne venait d'ailleurs sur la côte normande que rarement, pour de brefs séjours, désœuvrée, comme découragée. Je la revois à la fin des années 70, très peu de temps avant qu'elle ne parte pour l'URSS, libre, cinglante, prête à tout jeter aux orties. Elle sortait d'une séquence amoureuse qui l'avait blessée. Le Conservatoire, les espérances de ses professeurs, leurs exigences surtout, elle n'en pouvait plus. Anna n'était jamais si drôle, si incandescente que lorsqu'elle voulait tout balancer. « Ils disposent de moi, j'en ai assez… », répétait-elle à l'envi. Dans la ville comme désertée où les cris des mouettes résonnaient plus affreusement encore, elle voulait marcher sur les grandes avenues, au bord des bassins et des darses, elle montrait la maison de la culture, au bout des quais, en disant qu'elle aimerait y donner son concert d'adieu. Elle riait comme une folle. Noueuse, élégante avec ses longs cheveux noirs qu'elle offrait au vent, décidée à marcher, à s'amuser, à vivre enfin – et plus d'une vie de répétitions et de rigueur. Elle disait « bagne », elle dirait plus tard « goulag », elle ne voulait pas aller en URSS, toute une part en elle se débattait, se révoltait contre cette existence que ses maîtres lui avaient écrite, contre cette trajectoire tracée, sans elle, contre son gré.

Je la revois une autre fois, bien plus tard, après un récital intime qu'elle avait donné dans l'auditorium de Niemeyer, cet étrange pot de yaourt tout droit venu de Brasília. Il y avait là des armateurs, des industriels, des notables havrais auxquels elle se devait et qu'elle détestait. Elle était déjà Anna Horberer, pianiste connue, virtuose accomplie. À la fin du concert, elle avait prétexté la fatigue. Je tremble rétrospectivement en notant ce mot. Elle voulait fuir le dîner, les mondanités, elle avait envie de marcher dans la ville, comme aux belles années de notre insouciance.

— Et si on te voit ? avais-je soufflé.

— Peu m'importe ! J'ai joué, je n'ai pas volé mon cachet. Ils ne vont pas me bouffer tout mon temps…

Elle voulait voir la mer, les cargos énormes qui passent au large, elle m'avait pris la formule : elle voulait s'aérer dans la « ville métaphysique ». Il était trop tard pour que nous puissions aller au musée Malraux revoir les vaches de Boudin qui l'amusaient tant. Nous nous retrouvions avec bonheur, comme si de rien n'était, comme si les années ne nous avaient pas marqués, avec leurs différends et leurs blessures. Il y avait eu Schubert, Liszt, Chopin comme toujours. Il y avait déjà les cyprès et les jeux d'eau de la Villa d'Este. Et il y avait nous, dans cette ville de béton, au bord du vide, des vagues lointaines, très bleues, qu'un séisme marin, une lame de fond, projetteraient peut-être sur nos pauvres corps.

— Je ferais bien comme toi, j'aimerais enseigner…, avait-elle dit soudain comme nous allions sur la digue de la plage, je n'en peux plus de cette vie démente. J'en veux à celui qui a détecté ce machin en moi, ce truc, ce don… Ils ont développé, hypertrophié ce don en moi, ils m'ont mise au goulag et voilà je ne m'appartiens plus… Mais comment arrêter ?

Elle évoquait peu ses années soviétiques, sous la férule d'Isralavic. Elle gardait de cette période un souvenir d'enfermement dans le travail et la musique. Qu'avait-elle saisi des réalités politiques ? Pas grand-chose. Ce que chacun savait, les écoutes, la dureté policière, le suivi permanent, l'espionnage totalitaire. Ce jour lumineux au Havre, elle avait ri soudain, de ce rire fou, presque sauvage, qui la secouait parfois et qui faisait redouter le pire. Allait-elle se jeter au milieu des vagues ? Allait-elle se perdre sur les graviers et les galets ? Oui, elle avait ri, disant :

— Je ne suis bonne à jouer que dans les cités communistes, les pots de yaourt de Niemeyer… Ce doit être ma prédestination !

Pour la première fois depuis longtemps, au-dessus des galets roulés par les marées, elle m'avait serré dans ses bras, avec une chaleur, une force inconnues. Et soudain les nuages et les ombres s'effaçaient, dans le vertige d'une ville neuve, sans passé, où il n'y avait aucun vestige de notre passé commun, aucune ombre portée de nos souffrances, à la différence de la maison de Ker Huella qui, à cet égard, était aussi lourde qu'un tombereau. Elle souhaitait manger des huîtres, des crevettes comme à Morgat. Loin des bourgeois havrais qu'elle avait snobés. Elle ne craignait pas de plonger ses doigts de magicienne dans un plateau humide, salé, rempli de varechs visqueux. Rien ne l'arrêtait quand elle avait faim. De mer, d'algues, de coquillages, d'huîtres nacrées. Rien ne l'arrêtait dès qu'il s'agissait de proclamer sa foi dans la vie, l'énergie, l'allégresse créatrice.

Nous nous étions attablés dans la salle un peu vide d'un restaurant qui donnait sur la mer. Les vitres portaient les marques des embruns et des salissures salées. C'était une salle à manger étrange, au bout de tout, aux confins de la ville métaphysique.

— Petit, avait-elle dit en commandant du chablis, il faut qu'on se parle… Vraiment… Je suis venue ici pour cela…

J'ai extrait de mes bagages un petit carnet noir avec une couverture plastifiée comme il s'en faisait dans les années 70. Ce pourrait être un carnet de comptes, non, c'est un cahier intime, secret, que je croyais avoir perdu. Je l'ai retrouvé, peu avant de venir à Londres, dans cette mansarde parisienne que je loue près de la place Saint-Georges. À vrai dire, je cherchais des lettres d'Anna lorsque je l'ai découvert. Il était dissimulé dans un dossier exclusivement rempli de coupures de presse consacrées à Anna Horberer. Je savais bien que je possédais très peu de lettres de ma sœur. Les derniers temps de sa vie, nous avons beaucoup échangé de courriels, nous nous sommes beaucoup écrit. Malgré la douleur, en dépit de la paralysie qui atteignait son bras droit, Anna aimait ce mode de communication, plus libre, plus profond aussi que les SMS laconiques ou les insignifiantes et laborieuses conversations téléphoniques. Je reconnais ne pas avoir encore eu le courage d'imprimer ces messages, longs, factuels, parfois tragiques et même insoutenables. Il ne m'aurait pas déplu de les trouver rassemblés dans un petit carnet plastifié à la semblance de celui que j'ai exhumé et immédiatement identifié comme le « cahier de la presqu'île ».

Aussitôt le souvenir de la maison de Ker Huella m'est revenu, celui de ces vacances des années 60 et 70, dans le flux des bagnoles pompidoliennes que les migrations estivales jetaient sur les routes de l'Ouest. Le carnet, que je ne voulais pas ouvrir, avait été commencé là-bas, tenu peut-être même en partie ou en totalité, inauguré sans doute comme tous les journaux intimes, sans intention particulière, sans portée, si ce n'est garder la trace de quelques moments par-delà l'écume et la dispersion des jours.

Qu'y trouverais-je ? Des brins de bruyère, des fougères séchées, des croquis, des aphorismes nietzschéens recopiés, des adresses, des numéros de téléphone, des initiales, des noms tronqués ? Je voulais l'imaginer à la manière d'un reliquaire, d'un herbier de ces années enfouies. Ker Huella devait y apparaître, avec son côté kitsch, vieille bâtisse dont s'entiche une bourgeoisie parisienne désargentée, musée de strates familiales et d'apports hétéroclites, inconciliables. Curieusement c'était la maison que je voulais voir se dessiner au fil des pages, la maison au bord de la lande, avec sa toiture couverte de lichens, ses contrevents délabrés, la peinture écaillée des portes et des fenêtres, cet aspect résidence balnéaire en indivision, où les plus enracinés se muent en hôtes de passage, convaincus que l'on y est pour une ultime saison et que la liquidation des biens – et des souvenirs – ne tardera pas. C'était ce que j'espérais ; c'était évidemment ce que je ne trouverais pas. À dix-sept ans, l'esthétique du Nouveau Roman, qui me laissait de marbre, ne m'avait pas donné le goût des listes et des inventaires : je n'avais pas cartographié Ker Huella à la façon d'un archiviste matérialiste et maniaque. D'autres orages, d'autres coups me dévastaient. Sans doute avais-je eu tort parce qu'il n'aurait pas été inintéressant de dresser le catalogue des papiers fleuris, des soieries fanées, des rideaux de percale brûlés par les rayons de la lune, des vieux carreaux de Delft qui tapissaient la cuisine, des étagères incurvées de la bibliothèque chargées de numéros de *L'Illustration* et de traités de navigation moisis, de conserver une trace aussi de la distribution des pièces, de la modeste antichambre pavée de schiste avec son hideux portemanteau en bec de perroquet, l'escalier tortueux, étroit, toujours impeccablement ciré et sur les marches duquel il était interdit de s'aventurer chaussé, l'ordonnancement des chambres, celle des parents d'abord – et qui avait été celle des grands-parents – avec une vue imprenable sur la mer, celle de l'oncle Grégoire qui lui restait attribuée bien qu'il ne vînt plus jamais, celle d'Anna, la pièce reculée où l'on avait installé son piano, la chambre aussi de notre jeune frère, d'autres salles, vétustes, incommodes, remplies de mobilier disparate et oublié.

Je suis sorti dans mon pub favori avec mon carnet. Je n'avais pas eu la force d'aller jusqu'à Westminster. Les stalles, les lampes, les petits chanteurs à corolle, leurs voix délices, tout cela était trop raffiné, insuffisamment accordé à ma rumination océanique. Il me fallait la mer, le vent, une odeur de vase remuée. J'ai pris place sur la terrasse de bois délavé, après avoir commandé une bière, le carnet près de moi. Il me faudrait plusieurs gorgées de ce breuvage lourd pour que je me sente capable d'ouvrir le petit *book* plastifié. J'étais à Ker Huella encore et toujours, je revoyais le pont de Térénez, avec ses arches de béton et ses filins d'acier, que nous empruntions pour gagner la presqu'île, je revoyais Landévennec, le cimetière marin de Penforn, l'île de l'Aber, Camaret que j'ai toujours associée à un havre irlandais, la lande maudite de Coecilian où, en un soir de juin 1940, fut détruite et souillée la solitude magnifique et hautaine de Saint-Pol-Roux. C'était une sensation très étrange et, pour tout dire, assez merveilleuse. C'était même une sorte de grâce de retrouver, sur un ponton de Londres, entre la City et les docks reconvertis, Ker Huella et le paysage qui l'environnait, ce mélange de sauvagerie celtique et de campement balnéaire, de mondanités et de sortilèges, encore que Morgat n'ait jamais eu les lettres de noblesse de Carnac ou de Dinard. Des buveurs, genre cadres de la finance, s'étaient installés près de moi et leur ramage et leur arrogance commençaient à m'agacer. J'avais espéré avoir la petite terrasse pour moi seul, à cette heure surtout, où les gens de négoce et d'argent devaient encore être en théorie au travail. Ils parlaient en anglais mais leur suffisance permettait sans nul doute de dire qu'ils étaient français. Je ne voulais pas de cette compagnie, de ces compatriotes dans lesquels je me reconnaissais si peu. Ils me regardaient curieusement d'ailleurs, un peu comme on considère un débris, un déchet, un parasite nostalgique, un improductif qui n'a d'autre passe-temps que de s'adonner à la boisson. L'un d'eux m'examinait, d'un œil térébrant, prêt à me démasquer ou à m'agresser peut-être. Il avait des cheveux bouclés, plus de douceur et d'élégance que les autres, il s'était détaché de ses amis et n'avait plus d'yeux que pour moi. Il me restait, si j'ose dire, le rempart de mon carnet. Je pouvais toujours faire semblant de le feuilleter, de parcourir les pages, le regard embrumé par l'ivresse légère, par le chagrin surtout qui remontait dès que j'avais un peu bu. Il me semblait que le fleuve était ambré, avec des luisances, des remous que suscitait le passage des bateaux et des navettes. Dans l'axe de mon champ visuel, ils étaient là, massifs, verdis, sveltes ou difformes, dans la vérité de leur corps, tels qu'ils m'étaient apparus sous la verrière poussiéreuse de l'atelier, un peu comme une cohorte de veilleurs, selon le vœu même du milliardaire qui, à peine en avait-il vu un dans son moulage d'argile, en avait voulu douze, treize, une colonie de bronzes en bordure de sa propriété fluviale. Je n'avais jamais été très porté sur la contemplation de mes œuvres. Ce mot d'Anna Horberer, dans une émission nocturne que j'avais récemment réécoutée, me hantait : « Je ne me regarde jamais, ou alors seulement dans le son de mon piano... »

Ce devait être un trait de famille. Je ne me regardais jamais dans un miroir. Le mot d'Anna était infiniment compréhensible, elle qui, avant même sa maladie, avait tant vieilli, tant grossi. La concession qu'elle avait risquée – si touchante –, je n'en aurais jamais eu l'idée et voici que j'en faisais l'expérience, je m'observais presque dans la cohorte de mes effigies fluviales, moi qui ne contemplais jamais mes photos, mes sculptures, mes croquis, moi qui étais incapable d'ouvrir les quelques monographies que l'on m'avait consacrées – moi qui, surtout, étais incapable de détacher le petit morceau de scotch jauni qui scellait le carnet plastifié.

— Pardonnez-moi, monsieur, mais vous êtes bien l'auteur de ces statues...

Une voix venait de m'arracher à mes ressassements. C'était le jeune homme aux cheveux légèrement bouclés. J'ai grommelé quelque chose, incapable de nier.

— Je voudrais vous offrir un verre...

Il m'était apparu le premier jour, dans ce collège catholique des environs de Paris, sur la terrasse de Saint-Germain-en-Laye, avec une vue incomparable sur la capitale, où mes parents m'avaient inscrit parce qu'ils trouvaient que ma pente était à la dispersion. Là-bas, croyaient-ils, sous l'influence des pères de l'Oratoire et de maîtres rigoureux, ma personnalité se construirait, dans un subtil alliage d'ouverture et de fermeté. On m'avait un temps menacé de me mettre à Pontoise. De Saint-Germain je pouvais revenir plus facilement rue du Louvre. Oui, il m'était apparu, blond, la silhouette déliée, un regard très bleu et perçant, un mélange d'élégance et de désinvolture, de paresse et d'aisance. Il s'était installé près de moi, en me toisant un peu : je devais être son genre. Il était nouveau, comme moi, il pratiquait – j'avais apprécié la formule – le « nomadisme scolaire » au gré des affectations de son père, militaire. L'entente avait été rapide entre nous : d'emblée, nous avions épinglé les mêmes tics, les mêmes ridicules parmi nos camarades et nos professeurs, une sorte de propension naturelle à saisir ce qui n'allait pas, une tournure impropre, un excès de snobisme, une manière d'être et de surjouer qui nous agaçait. Il y avait chez Stéphane Horberer beaucoup de facilité, d'intelligence vive, bien qu'il travaillât très peu. En un sens nous nous ressemblions : il avait choisi les matières qui lui seraient utiles ensuite, le français, l'histoire, les langues, et il se désintéressait du reste avec une désinvolture provocante et assumée dont j'étais incapable.

C'était une personnalité très forte et la première chose qui m'ait séduit chez ce garçon, dès son apparition sur la terrasse royale de Saint-Germain, ce fut sa vivacité, sa curiosité sans limite. Sa beauté sans doute aussi, bien que ces choses fussent encore indistinctes pour moi, cette alliance improbable d'onction aristocratique et de verve presque gouailleuse : j'apprendrais plus tard que la mère, d'origine vendéenne, portait une particule. Il fascinait ou il irritait, mais alors de manière très vive. Ce côté négligé, les vêtements froissés, l'impression qu'il donnait toujours de sortir du lit, les cheveux blonds ternes et mal peignés, la chemise Lacoste blanchie par les lavages, toujours des Stan Smith aux pieds alors que le règlement exigeait des chaussures de ville, tout cela agaçait mais très vite les professeurs et les autorités de l'école lui avaient beaucoup pardonné en raison de ses résultats scolaires et, chose plus singulière, de sa foi dont il ne faisait pas mystère. Il était de bon ton, dans ces années 70 et même dans les bonnes maisons comme Saint-Érembert, d'afficher une franche distance avec l'univers catholique ; Stéphane, lui, ne dissimulait pas sa pratique religieuse, son goût du scoutisme qu'il avait délaissé, son intérêt pour les papes et l'évolution de l'Église, bref il détonnait au milieu du groupe d'athées ou d'indifférents que nous formions.

D'un naturel discret et presque suiviste, j'avais mis mes pas dans les siens, il m'avait adoubé, encore qu'il ne voulût pas avoir d'influence visible. Nous étions pourtant une petite communauté à nous précipiter à sa suite dès qu'il sortait, sur les grandes terrasses ventées ou dans un petit café vieillot qui nous tenait lieu d'abri près du château, un café que possédaient des jumelles inséparables, ce détail me revient. En première il avait exercé son magistère de manière plus sournoise, moins manifeste, en terminale il ne se cachait plus : lors des longues marches rituelles sur les terrasses ou des fins d'après-midi enfumées dans notre repaire favori, il parlait avec une facilité déconcertante et il était plus passionnant que beaucoup de nos professeurs. Ce qui nous remplissait d'admiration, c'était l'étendue de sa culture, le spectre de ses références qui le faisaient aller très au-delà du *Lagarde et Michard* ou du *Malet et Isaac* qui constituaient le substrat de nos connaissances. Il nous avait ainsi confié que, dormant très peu, il passait ses nuits à lire. Il n'avait pas besoin d'apprendre, il retenait tout très vite : il lui restait donc beaucoup de temps pour lire et sortir du même coup du champ des références académiques. C'est ainsi qu'il avait déjà parcouru la *Recherche* en entier, et qu'il citait des auteurs inconnus de nous : Drieu la Rochelle, Nimier, Huguenin, Gracq. Il évoquait le suicide de Drieu avec des sanglots dans la voix et nous sommes même allés un jour, avec quelques camarades, repérer, rue Saint-Ferdinand à Paris, une maison qui n'existait plus.

Il avait trouvé, dans une rue obscure tout près du château, un bouquiniste âgé qui donnait l'impression de liquider sa propre bibliothèque. C'est là, chez ce libraire lui aussi saisi par la curiosité et les lectures de son jeune client, qu'il dispensait ses cours. La boutique portait un nom fabuleux, L'Athanor, et l'on sentait le vieil homme plus attiré par *Le matin des magiciens* que par Drieu ou Nimier que l'on dénichait pourtant sur les rayonnages poussiéreux. Stéphane Horberer n'avait pas son pareil pour évoquer la mort de Nimier roulant à tombeau ouvert, sur la route de l'Ouest, dans son Aston Martin, en compagnie de Sunsiaré de Larcône ; c'est lui qui m'a mis entre les mains *Le feu follet* et *Épreuves, exorcismes.* Il vantait les mérites d'une culture sauvage, élective, buissonnière, loin des sentiers battus, à l'écart de l'institution scolaire. Il n'aimait guère nos professeurs qu'il jugeait trop normés, frileux, empesés dans les limites de leur savoir. Un jour, je le vis mettre le professeur de lettres en difficulté, il en savait plus que lui sur les amours du « monsieur qui dit je » dans la *Recherche.*

En février 1977, quelques mois avant le bac, il disparut plus d'une semaine, ce qui me fit croire que, à la suite d'une nouvelle affectation de son père, il nous avait définitivement quittés. L'administration de Saint-Érembert, les jumelles du café de l'esplanade du château, le libraire de L'Athanor, personne n'était en mesure de nous dire ce qu'il était devenu. J'étais une âme en peine. Je menai l'enquête, terrifié par le vide qui m'envahissait, le chagrin suscité par la certitude de ne plus le revoir. J'ignorais son adresse, il disparaissait toujours au commencement de la forêt. Mes pas esseulés me portaient sur ses traces. Je n'avais plus envie de rien. C'était étrange, cet abandon, cette fuite rimbaldienne, ce pied de nez insolent qu'il nous adressait.

Il revint. Il était muet, impénétrable. Négligé, ensauvagé, les Stan Smith terreuses, son long manteau bleu marine abîmé par l'escapade. On crut comprendre que l'administration exigeait des explications qu'il refusait de donner. J'étais tellement heureux de le revoir que dans un mouvement irrépressible, et sans même consulter mes parents, je l'invitai à venir avec moi à Ker Huella au moment de Pâques. Le prétexte était tout trouvé : nous réviserions le bac.

— C'est où ? se contenta-t-il de demander.
— À Morgat, dans la presqu'île de Crozon.
— Entre Argol et Camaret, je vois. Je ne te promets rien. Il faut que je fasse déjà passer la pilule de ma fugue… Mais je ferai tout pour venir.

Ce séjour et quelques autres qui le suivirent se confondent, par l'intensité et la nouveauté qu'ils apportaient à ma vie. Je ne sais plus, par exemple, si Anna était présente la première fois, je serais enclin à penser le contraire, elle devait déjà vivre en URSS. L'été suivant, sans doute, parce que je crois que, le bac passé, Stéphane Horberer est revenu à Morgat, heureux de retrouver une région découverte quelques mois plus tôt et aussitôt adoptée. Je n'avais jamais invité de camarade de mon âge à Ker Huella, craignant sans doute à tort la réprobation parentale. Stéphane avait tout pour plaire et il savait exercer sur mes parents cette séduction qui jouait à plein sur nous. À mon père, juriste de formation, il parlait de son désir de faire Sciences-Po, de son goût pour l'histoire, de sa passion pour les écrivains de droite, les Hussards, les bolides foudroyés. Son romantisme discret, tout en nuances, séduisait ma mère qui était une femme introvertie, mélancolique, d'une lucidité sans faille. J'avais évidemment tu la fugue de février, cette disparition temporaire qui m'avait brisé le cœur. Thomas, mon jeune frère, était trop gamin pour que je puisse nouer avec lui une vraie complicité intellectuelle et affective. Anna m'apparaissait déjà bien trop distante, emmurée dans son art et le sacerdoce musical. Elle incarnait à mes yeux la vraie figure féminine, forte, portée à son paroxysme, autoritaire, indépendante, ombrageuse. La faiblesse de ma mère m'irritait. Devant Anna, ses foucades, face à la vie en général. Maman était rongée par une forme d'inquiétude, de neurasthénie disait-on alors, qui décolorait la vie. Elle était parfaite, bien élevée, automatique, prévisible, et je crois qu'elle n'adhérait à rien. Elle aurait pu enseigner la musique et elle avait renoncé. Elle n'était bien qu'à papoter avec ses vieilles amies dans ce salon sinistre de la rue du Louvre qui sentait la laque, le fond de teint et la pisse de chat. Elle se contentait de rester sur la rive et d'admirer. Elle admirait la carrière d'avocat de son mari, plutôt modeste, elle admirait surtout le trajet de sa fille, les premiers prix, l'admission au Conservatoire de Paris, l'enlèvement par Isralavic et le départ pour Moscou. En un sens ma mère aimait les coups de force. Elle ne se remettait pas d'avoir enfanté une fille pareille, douée, violente, d'une volonté et d'un caractère de chien, d'une rage de vivre qui contrastait avec l'atonie et la fadeur de sa propre existence.

Je n'ai pas bien vécu, je l'ai mesuré plus tard, le départ d'Anna, sa vocation consentie, le fait qu'elle n'eût pas une grande considération pour les siens. Certes elle avait ce don et elle avait tout mis en œuvre pour le cultiver, mais le peu de cas qu'elle faisait de nous me blessait. Orgueilleux, mon père se réjouissait des succès et des titres de sa fille, cette place éclatante, à moins de vingt ans, au concours Long-Thibaud-Crespin qui allait lui ouvrir toutes les portes ; quant à ma mère, elle se soumettait, elle suivait. Dans ce vide, ce *désamour* qui avait affecté mes résultats scolaires et entraîné mon départ pour Saint-Germain-en-Laye, la figure de Stéphane Horberer avait surgi telle une puissance miraculeuse, il était tout pour moi : l'ami que je n'avais jamais eu, une image idéalisée, un double accompli, aguerri, qui n'était plus, comme moi, puceau des mirages de l'adolescence. Ma mère était bien trop fine mouche pour ne pas voir la place qu'il avait prise dans ma vie et surtout l'ascendant qu'il exerçait sur moi. Elle n'était pas suffisamment forte pour interdire mais je voyais bien que beaucoup de choses, dans cette relation, la rebutaient : le genre du garçon, un peu bohème, un peu artiste, sa maturité, sa liberté, son intelligence et son alacrité d'esprit qui ne laissaient pas mon père insensible.

— Ce garçon ne t'apportera rien de bon, avait-elle lâché un jour à Ker Huella ou rue du Louvre… Il ne pense qu'à lui…

C'était à la fois juste et infondé. Il suivait sa ligne et l'épisode de la fugue l'avait révélé. Mais il était capable aussi de générosité lorsqu'il évoquait ses lectures par exemple, Nimier, Drieu, Michaux, pour ne citer que ceux-là, et il ne s'agissait pas alors pour lui de vérifier simplement la solidité des liens – le degré de dépendance – qu'il imprimait à la petite cellule nucléaire que nous constituions et qui était prête à l'accompagner jusqu'au bout. Un peu naïvement sans doute, mes parents avaient imaginé que l'épisode du pays de Caux – le garçon de passage déshabillé dans la maisonnette de bord de mer qui m'avait servi de modèle – appartenait au passé, que la foudre dont ils m'avaient menacé avait calciné mes désirs, que jamais on ne m'y reprendrait. Ils n'avaient pas forcément tort. Ce n'était pas le désir, à proprement parler, qui me portait vers Stéphane. Il n'avait pas la grâce, la présence authentique de T. que j'avais voulu voir et photographier, pensant ainsi capter un peu de son secret.

Je n'avais pas encore le projet de faire venir Stéphane à La Buissière qui, depuis l'affaire du nu découverte, était un peu devenue une maison maudite. Il y viendrait sans doute un jour mais pour l'heure il avait choisi Ker Huella et tout ce qui l'entourait. Dès le premier séjour, la lande proche, les plages et les grèves, les grandes vérandas vides

des hôtels de Morgat, le granite austère des façades des villas, le charme décati de notre maison, tout lui avait plu et il promenait sa grande silhouette bleu marine sur la digue ou les sentiers douaniers, un livre à la main ou dans la poche du long pardessus, les cheveux au vent, portant à son paroxysme ce personnage qu'il ciselait et qui lui venait d'*Un beau ténébreux*, des romans des Hussards, parce qu'il n'était pour lui, à cette époque, de vie possible que validée par la littérature.

Au retour à Saint-Germain, dans l'espèce de feuille de chou qu'un autre camarade, Gaspard, avait lancée, il avait publié un court texte, fulgurant, sur ce séjour dans ce qu'il appelait, pour se démarquer, « la presqu'île d'Argol ». Sans doute était-il le fruit de ses lectures, de ses ressassements et de ses influences, mais il témoignait d'une maîtrise, d'un ton aussi, d'une aisance de plume dont nous étions tous incapables.

— Vous allez écrire ! laissa maladroitement tomber en classe le professeur avec qui Stéphane avait eu des mots à propos de Proust.

La réponse cingla :

— Certainement pas. Je serai haut fonctionnaire, monsieur, et après j'irai pantoufler dans la banque, comme Pompidou…

Stéphane Horberer s'était une fois de plus attiré la faveur des rieurs et le malheureux maître avait battu en retraite. Il était si secret que je ne pouvais pas savoir ce qui se passait dans sa vie et j'ignorais toujours tout des motifs de la fugue. Le libraire de L'Athanor m'avait dit, un jour, que c'était un trafiquant, un aventurier. D'obscures histoires d'argent et de recel d'éditions rares les opposaient. J'avais cru comprendre que Stéphane avait tenté de négocier des collections familiales pour financer sa fugue, ce qui n'était pas du goût du marchand. « Méfiez-vous de lui…, avait-il ajouté, vous et vos petits camarades, il vous subjugue, c'est un ange noir, il a trop lu Rimbaud et Lautréamont… »

Je n'avais rien à faire des craintes et des avertissements du libraire. Encore quelques mois et je ne le verrais plus. La seule peur qui m'habitât était de perdre l'amitié de Stéphane. Il voulait Sciences-Po ardemment. J'avais évoqué les Beaux-Arts, une hypokhâgne dans un lycée de seconde zone, la Sorbonne. La possibilité des Beaux-Arts avait volé en éclats comme un pigeon d'argile dans un ball-trap. Pas de dessins, de photographies, de corps tentateurs. Je voyais venir avec angoisse une nouvelle forme de vie sans lui, sans sa présence régulière. Il avait enchanté par son magnétisme les années de Saint-Érembert, les terrasses ventées, la proximité du château sinistre, cette école d'esprits dociles, de bons cathos et de futurs géniteurs.

Un soir de juillet 1977, à Morgat, je le revois encore, il s'est assis sur les marches encaustiquées, après avoir ôté ses Stan Smith usées, rite qu'il abhorre. Il me regarde soudain d'un air mystérieux, complice, presque séducteur.

— J'aime tout ici, tout, cette maison, la presqu'île. Demain nous irons marcher dans les ruines de Coecilian. Je voudrais rapporter quelques pierres du manoir dévasté. Ce sera plus dur avec Argol. Et pourtant je suis sûr que, certaines nuits, on voit se lever les murailles de Storrvan et que, dans les bois, on entend le son de l'orgue d'Herminien…

J'ai consommé un peu trop de bière dans le pub, cette Guinness lourde, presque sirupeuse, qui m'enivre et me nourrit. Arnaud, le jeune homme aux cheveux bouclés, s'est attablé près de moi, il n'a cessé de réclamer de nouvelles pintes, généreux, empressé, multipliant les questions pour savoir qui j'étais, se montrant ravi de rencontrer l'auteur des veilleurs de bronze. Sa petite bande bruyante s'est vite dispersée. Il ne restait que lui, intense, charmant, une beauté bifide, et je découvrais un être cultivé, curieux, derrière le financier sûr de lui que j'avais redouté au début. Il travaille à la City. Comme toute sa génération, il a fui Paris, il ne déteste pas son pays mais il le voit comme un monde archaïque et à bout de souffle. J'ai dû lui expliquer que je n'avais pas ses motivations, ma présence ici tenait à cette commande, j'étais venu poser ces bronzes que ses amis et lui nomment « les gardiens de la Tamise » et j'étais resté le temps de me refaire. Il habite un loft, tout à côté de chez moi, dans une usine reconvertie, il est mélomane, a fait venir un piano : il souhaite me revoir et nous nous reverrons.

Je n'ai pas un souvenir exact de ce que j'ai dit mais je crains d'avoir trop parlé. À aucun moment – et c'est une certitude – je n'ai cité ton nom, à aucun moment, malgré l'ivresse et l'intimité naissante, je n'ai parlé de toi, de ta maladie, de ton départ. Il regardait le petit carnet que j'avais près de moi. Il devait croire que c'était un agenda, un cahier avec des croquis, des esquisses, des commandes. Il voulait en savoir plus sur le propriétaire des « gardiens de la Tamise », sur les raisons de cette étrange installation, un brin spectaculaire, et même un peu insensée, qui consiste à placer dans l'eau, à quelques pas de la berge, des hommes de bronze, des nus, d'âge et d'origine variés, de beauté tout aussi variable, le long de la terrasse de sa maison fluviale. Je n'ai pas tout dit, glissant seulement qu'il s'agissait d'un financier, producteur de cinéma et galeriste, Mikaël P., qui n'était pas à une demande spectaculaire près et entendait peut-être me voir l'accompagner dans un projet plus étonnant encore en Italie.

Des bribes me remontent des brumes de l'ivresse. Je crois que nous avons marché jusqu'au petit jardin avec le secret espoir d'apercevoir de nouveau le renard. Le froid humide de la terrasse, l'odeur de tabac avaient imprégné nos vêtements. Nous sentions la bière, la cigarette, la vase putride du fleuve. Il voulait connaître l'origine de ces nus et je lui parlais d'une errance, d'une traversée des ténèbres, d'un atelier que j'avais loué dans le 9ᵉ arrondissement, d'une localisation choisie en souvenir d'une femme aimée, une artiste, treize nus conçus et moulés comme une ascèse, une rédemption, treize veilleurs du fleuve de ma nuit, je répétais ces mots, comme des tessons, des haillons sonores. Avec une liberté incroyable, il disait aimer le corps des hommes, celui d'un performer qu'il admirait depuis chez lui dans un appartement voisin, celui des « gardiens de la Tamise » que ses amis, financiers comme lui, venaient contempler sur la terrasse du pub. Je ne parlais plus de toi et c'était comme une délivrance, précaire je te l'accorde. J'aurais pu lui dire que j'avais façonné ces nus en t'écoutant jouer Liszt, *Obermann*, les *Harmonies poétiques et religieuses.* Il n'avait pas à tout savoir d'emblée, je ne devais pas me livrer au premier venu. Était-il le premier venu d'ailleurs ? Il a cité un nom de lieu, incidemment, celui d'un port où il lui arrive de mouiller avec ses parents. J'ai sursauté. Il a aussitôt perçu mon émotion et mon malaise. Oui, ce jeune Français en exil connaît bien Camaret et il navigue encore souvent l'été au large des Tas de Pois et de la pointe de Pen-Hir. Je frémissais. J'étais comme pris de convulsions. J'avais froid et j'étais ivre. Il était temps que je rentre. Je disais que j'étais veuf, que j'avais perdu la femme de ma vie, la femme absolue, l'égérie tutélaire, ma muse et ma sœur. Je pleurais comme un veau. Je pleurais aux côtés d'un inconnu comme je ne l'avais jamais fait, comme je n'avais jamais osé le faire. Trop de pudeur, trop de retenue, de refoulement, effet d'une éducation corsetée. Et soudain ce fut comme une écharde : j'avais égaré le carnet plastifié, mon petit cahier de la presqu'île.

À Morgat, et surtout en l'absence des parents, nous jouissions d'une grande liberté. Stéphane, d'un an mon aîné – il avait redoublé sa seconde –, conduisait déjà, ce qui nous donnait plus de mobilité. Nous avions facilement accès aux plages et grèves proches, aux chemins de corniche qui surplombaient la mer. Nous en profitions le soir surtout, après le dîner, lorsqu'une brume légère montait des vagues, brouillant tout, rendant à ce paysage sa dimension de mystère, d'inquiétude voilée. Qu'y avait-il derrière la ligne des flots, à cet horizon lointain où la mer et le ciel se fondaient ? Des cités englouties, comme Ys, des terres invisibles ? Stéphane racontait que le peintre Yves Tanguy cherchait sur les grèves de Douarnenez des débris de la ville submergée. Il le faisait comme les visiteurs de Breton à Saint-Cirq-Lapopie, orpailleurs de fortune, quêtant l'or ou je ne sais quelle pierre précieuse dans les eaux du Lot. Une vibration singulière me permettait de goûter ce pays et c'était une expérience nouvelle. La présence de Stéphane changeait tout, son envie permanente de bouger, de parcourir sans cesse ce territoire. Un jour, il voulait aller sur les traces non plus d'Yves Tanguy, mais de Georges Perros, à Douarnenez. Il avait dégotté un exemplaire du service de presse des *Poèmes bleus* et un autre des *Papiers collés* chez le libraire de Saint-Germain. Nous avions traîné dans quelques bistrots du port, comme des enquêteurs littéraires. De vieux pochetrons sirotaient dans un nuage de fumée. Ils nous avaient regardés d'un air soupçonneux, nous opposant une réserve farouche. « Qui sont ceux-là ? Qu'est-ce qu'ils lui veulent ? » avait marmonné l'un deux d'un ton plein de défiance. Nous avions renoncé. Perros était déjà malade, traité pour son cancer, et il ne pouvait plus aller dans ses cafés favoris.

La vieille Ami 6 que Stéphane avait empruntée à ses parents était toujours sur les routes, les voies caillouteuses qui descendaient vers la mer, les chemins de terre dont les lacets menaient à des bâtisses en ruine, des fermes basses, construites pour résister aux assauts du vent, des criques inviolées, avec des laissées d'eau, des sables lisses, légèrement nacrés, comme un glacis originel. Il y avait les lieux du matin et ceux du soir. On ne se risquait à Landévennec ou au Folgoët, au bord de l'Aulne austère et verte, que le matin, dans une clarté vive qui réveillait l'obscurité des bois, la densité du couvert, au petit port du Fret ou à la pointe des Espagnols aussi, la route était parfois barrée, des militaires en treillis patrouillaient, les commandos en exercice quadrillaient la presqu'île. J'avais toujours aimé ce passé guerrier, ces forts, ces murailles hérissées de barbelés qui ponctuaient la lande, la proximité de l'île Longue et des ogives nucléaires tapies dans les cryptes sous-marines, cette impression presque buzzatienne que l'on ressentait toujours sur ces confins face à Brest, grise ou étonnamment blanche, avec le dégradé des immeubles staliniens, reconstruits, qui glissaient vers la mer. Fidèle à ses lectures, aux auteurs et aux héros des romans qu'il aimait tant, Stéphane Horberer roulait comme un fou, il ne craignait ni les accélérations, ni les coups de frein subits, ni les nuages de poussière qui se levaient de la lande. Sa fougue, son insouciance me séduisaient, sa liberté. Un matin, dans la lumière mouillée de la route du Nord, entre Le Fret et Camaret, nous manquâmes heurter un véhicule militaire qui avait surgi du bas-côté, Stéphane pila net, nous fûmes bons pour un contrôle, quelques menaces et une verte engueulade. Cet épisode m'avait marqué : Stéphane était resté de marbre, parfaitement aimable, d'un flegme absolu, sans jamais reconnaître ses torts. Le commando marin nous avait regardés d'un air haineux, condescendant : les militaires détestaient ces jeunes gens bohèmes, aux cheveux longs, ce duo de garçons désœuvrés qui n'avaient rien d'autre à faire que sillonner leur terrain d'exercice. Nous avions fui du côté de Camaret, Stéphane ayant une dévotion particulière pour Notre-Dame de Rocamadour dans sa chapelle ocre du bout de la digue, remplie d'ex-voto marins, et moi une attirance pour les carènes pourries, les carcasses de bateaux démembrés qui longeaient la jetée.

Je n'ai plus de dates, de repères – je ne veux pas les retrouver –, seulement des lieux, tout a dû s'arrêter vers 1980. C'est un flux de paysages, de routes coudoyant la lande et la mer, une impression constante de vide, de beauté sauvage, comme si nous avions traversé une terre désertée. À part quelques bourgs, quelques hameaux aux habitations basses, discrètes, cachées derrière des massifs d'hortensias, on voyait peu de marques d'une présence humaine, si ce n'est l'ensemble des installations militaires, les vestiges des fortifications vaubanesques qui ajoutaient au mystère et à la poésie. Stéphane opposait sans cesse ces paysages péninsulaires à la côte vendéenne, plate, sablonneuse et extrêmement peuplée, qu'il détestait. Et la vitesse, et la littérature, augmentait notre plaisir. L'émotion était forte chaque fois lorsque nous arrivions à Coecilian, dans le manoir éventré, aux tours dressées comme des citernes ou des silos, un grillage rouillé, largement déchiqueté, entourait ce qui avait été l'aire sacrée du Magnifique, sa bibliothèque, son lieu de rêverie et d'incantation, son balcon sur la mer. Face aux flots d'émeraude, à cet infini qui dilatait l'âme, il ne restait qu'une carcasse, des pierres amoncelées, un panonceau rappelant au visiteur imprudent les risques encourus. Cette pancarte avait le don de nous amuser, comme nous amusait rétrospectivement l'air mauvais des trognassons douarnenistes que nous avions rencontrés le jour où nous étions allés sur les traces de Perros. Je m'étais décidé à faire des études de lettres mais jamais aucun professeur ne me révélerait la littérature comme le faisait mon guide, en chair et en os, dans la réalité sensible, merveilleuse, l'exaltation et l'accord. Il y avait la vitesse, la fougue romantique, un désir secret de brûler la vie, de profiter à plein de cette incandescence autiste qu'on appelle la jeunesse. Les choses m'étaient apparues comme l'évidence : je dépendais de Stéphane, je me soumettais à ses envies, à ses caprices. Tout ce qu'il disait, tout ce qu'il racontait trouvait grâce à mes yeux. À plusieurs reprises, j'avais vu mon père froncer le sourcil ou hausser les épaules, inquiet de cette soumission, de cette abdication de tout esprit critique. Un fossé se creusait entre mes parents et nous. Ils ne comprenaient pas. Ils ne voulaient pas comprendre. Lorsqu'ils nous demandaient à quoi nous avions passé notre journée, ils semblaient surpris de nous entendre parler de Landévennec, de Camaret ou d'Argol. À Ker Huella, mon père ne jurait que par le bateau et ma mère le suivait, sans appétence particulière. Anna avait renoncé avant moi : elle avait mieux à faire. À la faveur des séjours de Stéphane, j'avais réussi à échapper à cette corvée des régates, des sorties en mer avec une petite société parisienne et transplantée dont les mondanités et le faux entrain m'agaçaient.

La soumission de mes parents face à Stéphane Horberer me surprenait aussi : effet de son charisme, de sa bonne éducation, de ses manières impeccables ? Certes il conduisait vite, il fumait trop, il ne refusait jamais un verre mais à part cela il était irréprochable, drôle, sociable : son récit de notre visite sur les traces de Perros resterait longtemps dans les annales familiales.

Le soir, avant de gagner nos chambres, nous nous attardions dans l'escalier, au bas des marches, je le regardais dénouer les lacets de ses Stan Smith, puis exhiber ses pieds qu'il avait longs et parfaitement dessinés. Tout en parlant, en repassant le film de la journée, entre Landévennec et Argol, entre l'Aulne et Pen-Hir, il caressait de ses orteils le chanfrein de la marche. C'était devenu comme un rite et chaque fois une tentation.

Le bel été de 1978, nous étions heureux de nous retrouver après une année de relative séparation. Nous nous étions moins vus en effet, Stéphane avait pris au sérieux son année liminaire à Sciences-Po, il s'était même inscrit en droit à Assas tandis que je végétais dans mon hypokhâgne du lycée Chaptal. L'année avait été douloureuse, la haute caserne qui surplombait les voies de la gare Saint-Lazare était une bâtisse austère et vieillotte, et l'enseignement qu'on y dispensait sentait le renfermé. Tout m'y semblait d'un classicisme empesé, je n'allais pas très bien et, plusieurs fois, longeant les voies profondes, rue de Rome, jusqu'à ce qui avait été la maison de Mallarmé, la tentation fugace de sauter m'avait saisi pour oublier le marasme, une certaine solitude, la crainte d'un avenir qui ne s'éclaircissait pas. Il existait une autre possibilité, moins radicale, prendre le train jusqu'à Dieppe et retrouver La Buissière, bien plus accessible que la maison de Morgat. À écouter les développements convenus sur Racine, Chateaubriand ou Proust, l'envie me prenait de revoir ce qui me manquait tant : la blancheur de la craie, les falaises friables, les galets, la mer très verte. J'avais donc attendu l'été comme une grâce, une parenthèse enfin, loin de la poussière de Chaptal et des mines chafouines des doctes, j'avais surtout attendu un signe de Stéphane dont il me semblait que la vie s'organisait autour de nouvelles polarités : le droit, l'histoire politique et les relations internationales, d'autres amitiés surtout.

Anna rentrait. Une trêve était annoncée dans sa formation soviétique. Aux quelques échanges aseptisés que nous avions eus comme toujours au téléphone – la peur obsessionnelle de la censure –, il m'était apparu qu'elle supportait de plus en plus mal la férule d'Isralavic, qu'elle s'interrogeait même sur la justesse de son choix et la vérité de sa vocation. Elle passerait l'été en France, à Ker Huella surtout, un nouveau Steinway avait été loué et livré, signe qu'elle ne renonçait pas. Elle ne pouvait plus renoncer, condamnée à jouer douze ou quatorze heures par jour, à jouer inlassablement les mêmes choses, Chopin, Schubert, Liszt. Les parents avaient accepté de me prêter La Buissière pour le début juillet et je m'étais aussitôt tourné vers Stéphane dont la réponse avait tardé. Il était question qu'il parte pour l'Angleterre. J'avais aussitôt pensé qu'il s'était conçu un autre programme, plus excitant, plus radieux.

Je l'avais imaginé différent, changé, requis par d'autres relations, d'autres horizons. Une année de rencontres et d'ouvertures stimulantes au cœur de Paris pendant que je m'étiolais dans la garnison de Chaptal, au-dessus de la saignée lugubre des voies ferrées qui me donnait le bourdon. Ce début d'été était normand à souhait, avec des ondées, une grisaille légère et dorée, une luminosité voilée qui tardait à percer, des contrastes vifs, les prairies très grasses, très vertes, la craie éblouissante, les vagues transparentes avec des flocons d'écume, les vaches paissant à flanc d'abîme – et la pluie qui revenait, enveloppant tout soudain. Dès que je l'avais retrouvé, Stéphane m'était apparu comme avant : franc, présent, rieur. Avait-il eu des aventures ? La question me brûlait. Nous étions sans voiture, livrés aux contraintes des bus, aux aléas de l'autostop, et nous avions finalement peu bougé. Stéphane souhaitait seulement voir Étretat, l'arche et l'aiguille creuse qui lui rappelaient Arsène Lupin, le petit cimetière paisible de Cuverville où Gide reposait aux côtés de Madeleine, Le Havre et les grands quadrilatères de Perret. La maison de La Buissière était vaste et démeublée, certains de mes oncles avaient réclamé leur part d'héritage, emportant les grosses armoires rustiques et les pièces chinoises laquées qui donnaient à la demeure son lustre d'ancienne résidence d'officier de marine. Nous campions au milieu d'un décor en partance, dans les reliques d'une splendeur familiale effilochée. Il restait encore de grands tapis d'Orient que Stéphane adorait fouler, il abandonnait ses éternelles chaussures de sport et il allait de long en large en fixant la haie de cyprès démembrés et tordus qui masquait l'océan. Tout en l'écoutant parler de ses lectures et de son avenir – il avait lu d'autres récits de Gracq, *Un balcon en forêt* et *Les eaux étroites*, Bataille, Blanchot, des érotiques que publiait Pauvert, et songeait de plus en plus, malgré ce tropisme littéraire, à s'orienter vers l'ENA –, je m'étais mis à le photographier, il avait manifesté un brin d'agacement au début, relevant sa mèche brouillonne, avant de se laisser faire, prenant la pose dans les canapés du salon que recouvraient d'horribles plaids écossais, affalé, languide, toujours aussi insouciant de son apparence ou prisonnier de son uniforme : les chemises Lacoste qui lui venaient de son père, le pantalon de toile rugueuse, les chaussettes noires ou bleu marine, les Stan Smith défoncées. C'était étrange ce reportage que j'avais commencé et qui me permettait d'exorciser d'autres désirs. Sur les galets d'Étretat ou du Havre,

Stéphane avait l'allure d'un jeune romantique, la barbe naissante, le cheveu filasse et terne, l'œil très bleu, un sourire avenant, complice. Inutile de revoir ces photos : le souvenir de la silhouette longiligne, sur fond de falaises ou de vagues, m'est resté, cette beauté libre, nonchalante, cette élégance brute, nomade, sans apprêt. Ce n'était pas seulement la compagnie du modèle qui me ravissait, c'était celle du camarade avide, curieux de tout, qui, à Étretat, malgré la pluie, avait tenu à monter jusqu'à la petite chapelle pour admirer la forme du village et manifesterait la même énergie au Havre, jamais las de visiter et de découvrir, cherchant les darses et les quais de l'ancienne ville, s'émerveillant de l'architecture janséniste et rincée de l'église Saint-Joseph. Nous étions inséparables et comme soudés dans une communauté de préférences et de goûts. Une chose m'avait frappé : nous ne nous touchions jamais, les garçons ne s'embrassaient pas à cette époque et nous ne nous serrions même plus la main.

Il était acquis que l'été se poursuivrait en Bretagne. Une brève césure parisienne et Stéphane arriverait dans sa vieille voiture comme les fois précédentes. Un soir, juste à la fin du séjour, je l'ai emmené dans le pavillon du bord de mer. Des bandes ocre et roses ourlaient les vagues. La pièce sentait la moisissure, des toiles d'araignées tapissaient les vitres, les charnières des fenêtres avaient rouillé, les huisseries gonflé. Stéphane ne pouvait pas imaginer pourquoi je l'avais entraîné là, dans cette resserre des confins de la propriété. Une chose l'obsédait : la localisation, à flanc de falaise, du petit bâtiment. Pour lui, c'était évident, encore quelques années, encore quelques tempêtes et autres agressions marines, et la bâtisse basculerait dans le vide. Il cherchait même à deviner dans la pelouse ce qu'il appelait la ligne de faille. Le mot m'est resté. Il eut surtout, ce soir-là, le don de provoquer un fou rire, nerveux, irrépressible. La ligne de faille, je l'avais à coup sûr localisée…

À Ker Huella, l'atmosphère serait bien différente. Anna et son piano trônaient. J'avais été heureux de revoir ma sœur, amaigrie, tendue, d'une beauté inquiète, un sourire impassible, absent. On eût dit qu'Anna s'était composé un rôle, qu'elle habitait un personnage qui était peut-être une création de son mentor. Dans la pièce aménagée pour elle à l'étage, elle avait donné un petit concert, quelques *Nocturnes* de Chopin et les *Tableaux d'une exposition* qu'elle travaillait alors. Le terme de progrès est assurément impropre, mais l'avancement d'Anna, la maîtrise de son jeu m'étaient apparus stupéfiants. Comme toutes les débutantes, elle avait été une élève appliquée, docile ; sans doute s'était-elle montrée semblable auprès d'Isralavic, mais elle avait acquis une autonomie, une assurance qui la rendaient singulière désormais, identifiable. Nous étions sous le charme, y compris Stéphane qui m'avait semblé concentré, presque intimidé par ce récital éblouissant et impromptu dans une vieille maison familiale de la presqu'île.

Cependant les relations s'étaient vite crispées, aux repas, quand Anna daignait descendre, pour des broutilles. En étudiant curieux, Stéphane s'était enquis des conditions de vie de l'autre côté du Rideau de fer, de la brutalité policière, du sort réservé aux intellectuels critiques, il s'était vite fait envoyer sur les roses. Anna donnait l'impression de craindre d'être constamment suivie et épiée. Elle devait redouter une parole un peu libre, un jugement de nature politique qui la priveraient de sa fin de scolarité à Moscou. Sur ces sujets elle devenait raide, intransigeante. Un autre événement me revient. Cet été-là, le pauvre Paul VI agonisait. On apprit sa mort un dimanche soir, le 6 août. Stéphane, à table, se contenta de noter que c'était le jour de la fête de la Transfiguration. La remarque, idiote, d'Anna fusa :

— Qu'est-ce que ça peut nous faire ? On n'a rien à braire de ces vieilleries, de ces papes qui ne servent à rien… La Transfiguration, quelle foutaise !

Stéphane eut du mal à contenir sa colère. Il répliqua que les convictions religieuses étaient sacrées et qu'on ne pouvait pas dire de telles choses. Anna poursuivit :

— Je pense la même chose des rois, des tsars rouges ou blancs !

Et, sentant la réprobation unanime des convives, elle leva le camp.

La présence d'Anna, le récital perpétuel changeaient la donne. Nous pouvions toujours prendre la voiture, nous enfoncer dans la forêt de Landévennec, en quête du château d'Argol et de la chapelle des abîmes, il n'y avait de bois touffus et continus que de ce côté de la presqu'île, dans les replis de l'Aulne, et nous ne nous en privions pas. La présence d'Anna à Ker Huella indisposait Stéphane, je le sentais bien. Du coup il était mutique, plus ordinaire, moins rayonnant qu'au début de l'été, à l'air libre, entre Le Havre et Étretat. Alors que je l'interrogeais sur la friction absurde qui avait marqué l'annonce de la mort du pape, il s'était contenté de dire :

— C'est une artiste, et pas la moitié d'une. J'ai eu tort de me rebiffer. Il faut savoir pardonner…

Il était étrange, absent, diffus. Il mettait une application maniaque à suivre les préparatifs du conclave, à tel point que je l'imaginais déjà ambassadeur près le Saint-Siège.

— Pourquoi pas ? C'est un beau poste, plus stratégique qu'on ne croit et la Villa Bonaparte est une maison superbe…

Je n'avais qu'une peur : qu'il s'en aille, qu'il précipite son départ. J'avais d'ailleurs poussé la porte de sa chambre : son sac n'avait pas été vidé. Ou alors il l'avait déjà fait, prêt à partir.

Une après-midi, Stéphane et mes parents, accompagnés de leurs amis médecins et notaires, étaient en mer, Anna me surprit alors que je somnolais dans le salon. Elle était maquillée, coiffée, prête à sortir. Elle m'interrogea longuement sur Stéphane, regrettant son mouvement d'humeur, en attribuant la faute à ce concert qu'elle devait donner près de Douarnenez pour des amis parisiens qui possédaient là une maison extraordinaire, avec des bois qui plongeaient directement dans la mer.

— Se chamailler pour des histoires de pape, c'est vraiment stupide. J'ai deux places pour ce concert. J'avais pensé inviter papa et maman. Ce serait sympathique si tu venais plutôt avec lui…

Je n'avais pas répondu. C'était sans doute une manière de réparer l'offense. Je me méfiais d'Anna, de son narcissisme, de son autorité, de ses coups de griffe constants. Elle devait reproduire de manière très inconsciente le comportement de ses maîtres, de ses professeurs, se vengeant, par procuration, des humiliations subies. Les colères d'Isralavic étaient légendaires : à partir du moment où il avait mis sa confiance en quelqu'un, la faiblesse, la fatigue, les ratés et les doutes étaient proscrits.

— J'aimerais dîner avec toi seul à seul, dit-elle soudain. Ils sont en mer et rentreront à pas d'heure. On va aller manger du homard chez Le Coz, à Sainte-Anne-la-Palud…

Elle avait assez joué. Les *Nocturnes* et les *Tableaux* qu'elle préparait pour le concert de Douarnenez devaient être au point. Elle ne le dirait pas. Au volant, elle était comme devant son instrument, fluide, sûre d'elle. Elle voulait revoir les plages de Telgruc et de Pentrez, ce blockhaus perché au-dessus de l'anse de Trez Bellec qui nous fascinait enfants. Elle voulait surtout aller à Sainte-Anne, dans le sanctuaire blotti au pied des dunes, elle entendait passer sous l'arche de la lourde statue minérale comme nous l'avions fait dans notre prime jeunesse avec notre grand-mère de Morgat. Je l'observerais dans l'église, liane vive et folle, se précipitant vers les cierges, en allumant un, sans respecter la pause d'une prière, haletante, instinctive, comme si le temps lui était compté. Son rite à elle consistait à passer sous l'arche, à toucher le socle de la statue de sainte Anne, à se charger, comme les pèlerins primitifs, de l'énergie de la pierre et des adorations enfouies. Elle était touchante sous l'autel de sa sainte patronne, la mère des Bretons, aussi dure qu'une idole primordiale. Elle avait besoin de ces puissances pour tout ce qui l'attendait : la fin du cycle moscovite, les épreuves, la solitude, les premiers signes d'une vraie carrière.

Au restaurant dont les baies donnaient sur la plage, dans la lumière du soir qui embrasait les vagues, elle était radieuse, détendue, en confiance. Elle s'était laissé passer le tablier indispensable pour la dégustation des homards en sauce et s'amusait d'être ainsi affublée, elle riait de sa gourmandise, de sa voracité sans limite. Je la regardais se débattre avec le crustacé, méthodique, implacable, décidée à ne rien perdre, fouillant la tête, suçant le contenu des pattes, extrayant le corail, mais aussi la mélasse ocre moins appétissante. Elle adorait le homard et c'était une jouissance visible, manifeste, comme lorsqu'elle jouait. Rien ne lui résistait : elle ne laisserait que la carapace. Un mot scandait sa conversation : les freluquets. C'était nouveau. Naguère elle pourfendait les médiocres. Je tremblais déjà à l'idée qu'elle pût me ranger, avec Stéphane, dans cette catégorie de parasites et d'incapables. Il émanait d'elle, et plus encore à table, une vitalité d'ogresse.

— Je t'ai trouvée changée lorsque je t'ai revue… C'est peut-être Moscou qui t'a changée, ta vie là-bas…

Elle avait posé ses outils et je la devinais soudain presque songeuse.

— Petit, c'est le piano qui m'a changée, le piano radical, intensif, le piano sans interruption jusque dans mes insomnies… Je plains ceux qui partageront ma vie, s'il s'en trouve. Le piano, c'est mon premier et mon unique amant…

Nous étions revenus à Sainte-Anne-la-Palud ce même été de 1978, fin août, pour le rituel pardon. Anna y tenait, elle repartait à Paris le lendemain. La lumière était superbe, voilée, des bancs de brume montaient de la mer, les bannières chamarrées des paroisses enserraient le sanctuaire, elles prendraient tout leur éclat l'après-midi lorsque la procession flamboyante s'égrènerait le long des dunes. Quand elle était à Morgat à la fin du mois d'août, Anna ne manquait jamais ce moment. C'était curieux de voir l'attachement qu'elle vouait à cette célébration, à ce lieu, elle qui était si peu religieuse et s'insurgeait même volontiers dès qu'il était question de christianisme. Ici, c'était différent, des souvenirs anciens la liaient à ce site magnifique, abrité derrière le cordon de dunes, tout près de la mer, l'émotion encore intacte des visites que nous y avions faites en compagnie de notre grand-mère, la similitude des noms jouaient à coup sûr. La liturgie y était rarement belle, les haut-parleurs diffusaient des cantiques braillards, genre veillées de scout, dans cette veine populaire, aisément déchiffrable, qu'affectionnait l'Église de l'après-Concile ; ce qui m'émouvait toujours en revanche, c'était la messe en plein air sous l'oratoire des pardons, l'abondance de prêtres et la présence d'un évêque toujours vêtu des splendides ornements bigoudens que la maison Le Minor avait brodés pour le titulaire du siège de Quimper dans les années 50. Ces détails nous plaisaient, cette identité bretonne soudain affirmée, le cantique à sainte Anne entonné par des femmes et des hommes dont le français était une seconde langue, les bannières qui claquaient dans le vent, les effigies des saints venus de Rumengol, du Folgoët et de Locronan. La joie était plus palpable cette année-là, on rendait grâce pour l'élection d'un nouveau pape, Jean-Paul Ier venait de succéder à Paul VI, je me souviens que le prédicateur avait vanté la bonhomie et la simplicité rieuse de l'ancien patriarche de Venise en espérant qu'il aurait la force de tenir l'Église dans des temps de plus en plus troublés.

La prairie devant l'oratoire au lourd toit de schiste était remplie de fidèles, pèlerins parfois venus de loin, vieilles femmes portant encore le costume traditionnel et la coiffe – certaines installaient même leur petit siège pliant comme à la plage –, les hommes étaient moins nombreux, plus anticléricaux, allergiques aux homélies bavardes, ils s'agglutinaient plutôt auprès des buvettes, à deux pas du sanctuaire, entre les oriflammes alignées et les hortensias bleus. Il y avait longtemps que j'avais pris mes distances avec l'Église : à Saint-Érembert, je n'avais assisté à aucune messe. Ici, cependant, c'était différent et je n'étais pas loin de rejoindre Anna dans l'attirance magnétique qu'elle éprouvait pour ce lieu, l'office en plein air, et la procession de l'après-midi, avait quelque chose de spectaculaire, et en même temps de simple, de rustique, une force qui venait de loin, de la chaîne jamais rompue des habitudes et des rites : cette assistance malmenée par le matérialisme et la sécularisation, la perte aussi de ce qui avait fait la puissance farouche de son identité, se retrouvait tous les ans au pied de la monumentale statue de pierre, aussi revêche qu'une divinité païenne : s'agissait-il encore de ferveur ou d'un retour à la solidité d'un ancrage, des valeurs, une esthétique, une liturgie plus fastueuse que dans l'ordinaire des jours et dont le peuple finistérien, passé au laminoir des idéologies et des modes, conservait la mémoire et la fidélité ?

Avant même la fin de l'office, Anna s'était éclipsée avec Stéphane, elle voulait lui montrer la statue dans l'église encore vide, bien avant l'afflux des pèlerins. La chose ne m'avait pas surpris, c'était une habitude, et l'attirance de ma sœur pour ce sanctuaire était telle qu'il n'y avait là rien d'étonnant. Au déjeuner ensuite, à Plomodiern, Anna se montra en grande forme, volubile comme elle l'était rarement, monopolisant la parole, évoquant son maître russe, son sale caractère mais aussi son immense générosité, *Casse-Noisette* qui lui avait donné le goût de la musique, Chopin et Tchaïkovski, *Tristan et Isolde* dont elle entendait les mesures sur les plages de la presqu'île, tout ici lui rappelant la boisson herbée, la forêt recluse et la voile tragique. De là elle se mit à parler de Penmarc'h, de cette pointe du roi Marc qu'elle n'avait plus revue depuis longtemps.

— Nous pourrions y aller…, murmura Stéphane qui s'enhardissait.

À mon air dépité, Anna devina que ce serait peut-être trop. Que s'étaient-ils dit en passant sous l'arche de sainte Anne ? Que s'étaient-ils juré ? Depuis le récital de Douarnenez, dans la belle propriété dont la clôture de taillis tombait à pic dans la mer, Stéphane n'était plus tout à fait le même. Il paraissait songeur, échangeait peu, se montrait pressé de s'enfermer dans sa chambre. Le rituel de l'escalier et de la conversation vespérale, je n'y avais plus droit. Le déjeuner de Plomodiern achevé, nous revînmes à Sainte-Anne-la-Palud pour la somptueuse procession aux bannières. Anna faisait *bella figura.* Stéphane boudait. Il affichait une tristesse renfrognée que je ne lui connaissais pas. Les porte-bannières s'ébranlèrent : les velours, les fils d'or, les effigies des saints resplendissaient comme les sublimes broderies de la chape de l'évêque dans les pas duquel nous marchions sur le chemin escarpé. La mer s'était retirée très loin, soulignant le vide de la longue esplanade sableuse. Les cantiques bretons s'enchaînaient. Je ne leur trouvais plus aucune grâce. J'avais la tête ailleurs. L'été s'achevait sur la conscience d'une brisure et la perspective d'une rentrée qui me désespérait.

Je me souviens d'avoir marché seul dans la pinède, au-dessus du petit port de Morgat, bouillant, les nerfs à vif, conscient que rien ne serait plus jamais pareil. Les maisons joliettes, les résidences avec leurs rotondes et leurs parements de granite, tout me semblait faux, mesquin, d'un goût douteux. Ce n'était pas la presqu'île que j'aimais, sauvage, tout juste domestiquée, avec ses vieux hôtels et ses villas dans le style de Ker Huella, c'était la modernité minable, la colonisation des retraités et des nantis. Ma presqu'île, c'était celle des pins maritimes, des genêts, des bruyères et des hortensias bleus ou roses, des plages vides au sable lisse et mouillé, celle de l'arrière-saison qui se profilait, avec cette brume qui montait de la lande, ses feux de goémoniers, ces journées crachineuses où l'on sentait les premières morsures de la mélancolie. Une silhouette s'était détachée soudain, à la descente vers le port, oisive, dégingandée, celle d'un promeneur dans mon genre, seul et sans destination. Ma première réaction avait été d'aller à la rencontre de ce jeune homme, mais mon élan s'était brisé net, c'était Stéphane qui errait, troublé sans doute par le départ d'Anna. Il hésita, fit mine de regarder dans la direction de la jetée, souhaitant peut-être ne pas avoir à me croiser.

— Je te cherchais…, dit-il. Je savais bien que tu étais parti du côté de la pinède. Tu aurais pu me prévenir…

Pas un mot ne sortait de ma bouche.

— Tu me sembles bien étrange depuis quelques jours. Bien sombre surtout. Tu joues peut-être au khâgneux romantique…

La provocation était trop évidente pour m'arracher une réplique.

— Oui, je ne sais pas quel cinéma tu te fais, aujourd'hui ou avant. Rien ne justifie ton attitude, ces caprices. Nous partons dans quelques jours et j'avais espéré une fin de séjour plus paisible, revoir Landévennec et Coecilian, aller boire une bière à Camaret… Je ne vois rien, de mon côté, qui puisse expliquer ce revirement. Je ne suis pas près de revenir…

Il riait de manière nerveuse, mal à l'aise et fuyant mon regard.

— Je sais ce que tu me reproches et contrairement à toi je n'ai pas peur des mots. J'ai bien compris que tu m'en veux d'être passé dans l'autre camp, pour être clair dans celui de ta sœur, et je ne veux pas envisager ce que tu t'imagines. D'ailleurs elle est partie et je ne la reverrai pas de sitôt. Oui ta réaction est absurde, disproportionnée, et elle révèle une possessivité jalouse. Or je suis libre, je ne suis pas ta chose, je ne le serai jamais…

Je crois avoir fui, affreusement blessé. Une forme d'orgueil me retenait de pleurer. Un monde s'écroulait, celui d'une amitié intense, d'une confiance exagérée. Je ne voulais plus rentrer, je ne voulais plus le voir. Que s'étaient-ils dit sous l'arche pierreuse de Sainte-Anne-la-Palud, que s'étaient-ils promis ? Il ne m'avait jamais appartenu, il était trop libre et ses goûts le portaient ailleurs.

J'avais rêvé que je le posséderais un jour, depuis cette apparition lointaine sur la terrasse royale de Saint-Germain, il n'avait cessé de me hanter. Sans me l'avouer, je l'avais désiré, fasciné que j'étais par sa liberté, sa beauté, son intelligence. La lucidité m'avait manqué : cette amitié insulaire, chimérique ne pouvait qu'être un leurre cruel qui me laissait en larmes dans la pinède, non loin de la falaise, avec au cœur cette plaie, ce poids dont j'avais déjà senti la menace rue de Rome lorsque je regardais la saignée lugubre des voies ferrées, les murailles noires de soutènement enduites de crasse et de suie. Les bruyères et les hortensias passés de la fin d'été s'accordaient à ma tristesse. Je ne voulais plus revoir Stéphane, je lui en voulais de m'avoir trahi et je m'en voulais d'être resté muet, d'avoir été incapable de lui répondre. Il n'y avait pas de réponse possible. Il n'y avait qu'une conscience : celle de ma gaucherie, de mon *inadaptation.* Je marcherais comme un fou sur la lande, jusqu'à l'extinction de mes forces. Je ne souhaitais plus le voir, *les* voir, tous ces humains pour qui vivre était une évidence, une excitation même, une source de plaisir. Une brume arrivait du large, compacte, elle enveloppait tout, le chemin côtier, les derniers boqueteaux. La mer était au bout, avec ses grèves de naufragés, son chahut d'écume.

LES BARQUES DE VARENGEVILLE

Anna est revenue en France à l'automne de 1980. Plus exactement, elle a posé ses bagages rue du Louvre, le temps de trouver un appartement et de se lancer sur les routes, pour des cycles de tournées sans fin. Je la revois, déboussolée, comme triste d'avoir quitté Moscou et le compagnonnage rassurant de son maître. Un temps elle m'avait demandé de suivre ses affaires, de tenir son agenda, elle n'avait pas encore pris d'imprésario. J'achevais des études qui ne me passionnaient guère, j'aspirais vraiment à entrer dans la vie active, à ne plus dépendre de mes parents qui semblaient attendre, avec la même impatience que moi, cette liberté conquise. Elle avait aussi cherché un lieu à elle, pour elle, où il lui serait possible de jouer sans trop déranger le voisinage et elle était tombée sur un grenier spacieux, plein de charme, sous les toits d'un immeuble de la cité Bergère qui donnait rue du Faubourg-Montmartre. Il ne fallait pas avoir le souffle court pour monter les six étages, par un escalier assez raide qui conduisait à cette thébaïde composée d'une suite de trois pièces ; des mécènes, proches des amis chez qui Anna donnait ses concerts estivaux en Bretagne, avaient fait livrer un piano, ce qui n'était pas une mince affaire, étant donné le caractère perché du studio et l'étroitesse des ouvertures.

Lorsque j'étais las de la préparation du CAPES qui me paraissait inaccessible, je venais me réfugier dans l'appartement céleste. Tout me plaisait dans ce quartier : la faune déjantée qui fréquentait le Palace, le souvenir de Lautréamont qui avait habité l'immeuble d'en face, le Bouillon Chartier où nous descendions dîner, d'un rôti froid mayonnaise ou d'un pot-au-feu, pour trois fois rien, cette immense publicité peinte sur une haute cheminée du boulevard Montmartre et qui représentait un ravissant bébé Cadum. Il y avait même, devant les fenêtres, de petites terrasses en zinc, encastrées dans les toits, où je pouvais réviser, aux premiers rayons du soleil, mes cours indigestes de phonétique historique et un florilège de citations et d'exemples littéraires pour les dissertations. Anna était dans sa période Schubert, les lieder, la sonatina qu'elle jouait en boucle, sans jamais manifester la moindre fatigue. Je lui préparais un peu de thé, elle venait s'asseoir près de moi sur la terrasse, les bambous japonais que lui avait offerts un ami à l'identité mystérieuse bruissaient dans les courants d'air de la rue du Faubourg-Montmartre.

Elle regardait parfois les notes de cours que j'avais prises d'un air amusé, presque ironique. Les étymons, la palatalisation, la diphtongaison, tout cela la faisait rire aux éclats, elle qui avait appris des choses encore plus arides. Je l'entends encore me dire :

— Tout cela pour aller enseigner à Hénin-Liétard ou près des hauts-fourneaux de Lorraine ! Tu aurais mieux fait de suivre Stéphane à Sciences-Po, tu aurais eu un autre destin…

C'étaient les rares fois où il était question de Stéphane Horberer que je voyais désormais de loin en loin, Stéphane qui devait être l'admirateur nocturne qui avait offert les bambous. Quand il n'était pas question de musique, des concerts à venir – une tournée de l'autre côté du Rideau de fer, organisée par Isralavic dont l'emprise demeurait aussi forte, quelques concerts aussi à Rome et en Espagne –, Anna parlait de politique. C'était chez elle une passion nouvelle. Jamais à Morgat ou en Normandie je ne l'avais entendue s'intéresser aux hommes et aux affaires de la Vᵉ République. Elle était intarissable à présent dès qu'il était question de l'élection présidentielle de 1981 et elle rêvait d'une victoire de la gauche et d'une installation de Mitterrand à l'Élysée. Elle n'avait pas de mots assez durs pour Giscard, cet orléaniste qui avait commencé en imitant Kennedy et achevait son septennat en restaurant la cour de Louis XV. Elle était féroce, virulente, drôle, extrêmement informée et ses sources ne provenaient pas seulement des *Nouvelles littéraires* dont un exemplaire traînait toujours sur la table basse du studio. Tout y passait, les safaris africains, les chasses royales à Chambord et Rambouillet, les diamants de Bokassa, l'escorte de femmes noires, la raideur du monarque républicain qui avait vite oublié « l'ère nouvelle » inaugurée en 1974. À l'entendre, Mitterrand allait ouvrir une époque brillante, il savait s'entourer d'artistes, d'intellectuels, d'hommes de spectacle qui mettraient la culture au premier plan. Ce serait mieux encore qu'avec Malraux qui nous avait assommés avec ses vaticinations funèbres et son blanchiment de Paris. Je n'avais jamais vu ma sœur aussi politisée. Elle me distrayait, moi qui avais toujours considéré l'univers politique d'assez loin, un temps séduit, il faut l'avouer, par le vent de nouveauté qu'avait fait souffler le jeune orléaniste fringant, sûr de lui, après le reflux de la grandeur gaullienne et l'interminable maladie de Pompidou.

— Tu l'aimais bien, Pompidou, ce mélange de paysan roublard et d'érudit, on aura la même chose avec Mitterrand, il est passionnant quand il évoque les paysages de la France, la Nièvre, les Charentes, et quel séducteur !

Je croyais deviner qu'elle avait assisté à un petit déjeuner en sa présence, rue de Solférino ou peut-être même chez lui rue de Bièvre, qu'elle connaissait bien l'un de ses intimes : ce devait être l'unique explication, je voyais mal le premier secrétaire du Parti socialiste faire cas d'Anna Tugdual, pianiste talentueuse mais uniquement connue des *happy few*. Elle se remettait vite au travail. Ma présence ne la dérangeait pas, même si parfois elle tâtonnait, trébuchait, recommençait en jurant violemment. Il y avait quelque chose d'intime, d'indiscret dans ma présence, certes je me tenais sur la petite terrasse de zinc, entre la fenêtre et le garde-corps, je me faisais si petit qu'il m'arrivait de m'éclipser, sans qu'elle s'en rende compte, craignant l'irruption de l'intrus. Je ne tenais pas à le revoir. Le visiteur du crépuscule, l'adorateur nocturne, l'amant anonyme. Il n'avait plus de nom, plus d'existence dans nos conversations, ce n'était peut-être pas lui d'ailleurs. Des relations communes, d'anciennes connaissances de Saint-Érembert, me renseignaient. Ils avaient été vus dans quelques soirées de cette petite société que Stéphane fréquentait encore et il n'avait pas été manifestement mécontent de se montrer en compagnie d'Anna Tugdual. Depuis ma chute malencontreuse à Morgat le soir de notre dernier échange, cet abandon à la grève et aux vagues que ma famille avait maquillé en accident, il était impensable pour moi de le revoir en tête à tête, même si, je le mesurais bien, j'avais avant tout été victime d'un attachement disproportionné et du film insensé que je m'étais construit. J'avais roulé très bas sur la grève, et la cause en demeurait mystérieuse : malaise, éboulement du chemin côtier, obscurcissement subit de la conscience. Des promeneurs ou des pêcheurs m'avaient retrouvé plusieurs heures après, alors que la gendarmerie quadrillait la presqu'île pour tenter de me localiser. On m'avait tiré d'une sorte de sommeil comateux, tuméfié, en sang, avec une côte enfoncée. Certains avaient cru à une altercation, on ne glissait pas ainsi du sentier douanier sans en avoir été précipité. Un temps suspecté, Stéphane avait même nié le fait de m'avoir vu quelques heures plus tôt à la descente du port. Son congé lui avait été signifié et il avait été poliment exfiltré de Ker Huella où il serait longtemps persona non grata.

Anna Tugdual était plus diserte sur la fin de la République giscardienne que sur ses visiteurs du crépuscule et ses informateurs.

— Arrête de faire le singe savant et de te bourrer la tête de toutes ces choses inutiles ! Tu iras enseigner le complément d'objet direct et l'accord du participe passé à Hénin-Liétard ! Viens plutôt avec moi à Rome que tu ne connais pas. Ça te fera une coupure salutaire…

J'aurais pu mal le prendre mais il n'y avait aucune condescendance dans ses paroles. Elle ne méprisait pas mon choix de devenir professeur.

— Tu sais, poursuivait-elle, ce que mes maîtres m'ont apporté et ce que je leur dois. Tu seras un professeur de cette trempe, de cette envergure. Un maître, un grand, un passeur… Mais tu feras peut-être autre chose. Je me souviens de tes photos, des portraits que tu as pris de moi, l'été 78, à Ker Huella. Tu devrais peut-être aller voir de ce côté-là…

J'avais du mal à partir. Schubert, la sérénade, la sonatina, et les *Années de pèlerinage* auxquelles elle s'était remise, cette intimité dévoilée, ce jeu qui, au prix d'une force qui défiait la fatigue, s'affirmait de façon éclatante. Ces heures sur la petite terrasse du studio céleste d'Anna me comblaient, le froissement du vent dans les bambous, le sourire du bébé Cadum de la publicité murale, le plaisir égoïste d'être le seul auditeur. Il en viendrait un autre, à la nuit tombée, dès que je me serais effacé. Quels étaient ses habitudes, ses rituels ?

Dans une anfractuosité du grenier de la cité Bergère, Anna s'était composé une sorte d'autel portatif ou de reposoir, avec quelques souvenirs de Moscou, des poupées russes, une photo du mausolée de Lénine, plusieurs éléments bretons aussi qui m'attiraient bien plus, une carte postale représentant la statue de Sainte-Anne-la-Palud, une reproduction du tableau de Luminais, conservé au musée de Quimper et évoquant l'immersion de la ville d'Ys, avec la fuite de Guénolé et de Gradlon, quelques brins de bruyère séchée qui devaient provenir des landes de la presqu'île de Crozon, des galets qu'elle avait ramassés à Morgat ou à Telgruc, et une belle pierre ocre qui me fascinait. Lorsque j'étais las d'étudier, ou que le zinc chauffé à blanc m'obligeait à fuir, j'aimais me réfugier auprès de l'autel breton d'Anna. Elle m'avait avoué avoir résisté à Moscou grâce à ce reposoir privé où ellc s'était amusée à réunir tout ce qui lui tenait à cœur et la réconfortait dans les moments de vitalité basse. Cet attachement au Finistère m'avait touché : ma mère, parisienne d'adoption, avait appris à dissimuler ses ancrages, elle détestait les intonations bretonnes, disant que cela faisait plouc et trahissait des origines rurales. Anna s'agaçait des reniements de notre mère, elle trouvait même que sa Bretagne était trop balnéaire et mondaine et, si elle en avait eu le temps, elle n'aurait pas détesté apprendre le breton pour s'opposer à sa mère et manifester qu'elle n'avait, elle, rien d'une renégate. Un petit chapelet m'intriguait aussi et je soupçonnais ma sœur de l'avoir volé à Morgat parmi les reliques de la grand-mère.

— Il y aura mieux bientôt, m'avait-elle confié un jour. Un ami m'a promis de me rapporter d'un ossuaire du Morbihan ou des Côtes-du-Nord un crâne tout verdi par la mousse…

Que de fois, dès qu'elle a été connue, on a vu le reposoir d'Anna, les journalistes médusés se plaisant à photographier ma sœur près de ses amulettes et de ses reliques puisqu'elle assurait se recharger dans la proximité de ses gris-gris et de ses talismans secrets. La pochette d'un de ses premiers enregistrements de Schubert la montre assise dans la petite loge du studio, une autre sur la terrasse de zinc avec à l'arrière-plan, et comme brouillé, le visage rieur du bébé Cadum. Souvent je prenais la pierre ocre, je ne l'interrogeais pas, j'en connaissais la provenance.

— Je ne savais pas que tu avais pillé les ruines de Coecilian…, risquai-je un jour.

Anna était restée interdite, démontée, inquiète soudain mais, très vite, elle avait retrouvé son assurance et un immense sourire.

— Ah, Saint-Pol-Roux… Je n'ai aucun souvenir d'avoir pris ce caillou là-bas, tu as toujours été plus familier que moi de ce lieu…

Il était temps de se remettre au piano, d'attaquer un nouveau lied, de révéler sa virtuosité et, même si je l'ai rarement entendue accompagnée au violoncelle dans le grenier céleste, *Auf dem Wasser zu singen* m'émouvait chaque fois aux larmes. Il y avait aussi *Illusion* où elle manifestait la même fluidité et la même grâce. Tout cela serait donné à Rome au printemps de 1981. J'avais promis de la rejoindre, les épreuves du CAPES passées, en espérant ne pas avoir à y croiser l'intrus.

C'était un moment irréel. Anna était véritablement survoltée. Elle rêvait, contre toute attente, d'assister à une bénédiction du pape place Saint-Pierre et Jean-Paul II venait, quelques jours plus tôt, de tomber sous les balles d'Ali Agca. Elle s'était prise de passion pour le pontife polonais, elle qui avait toujours eu le Vatican et les papes en horreur. Jean-Paul II, invisible, luttait contre la mort à la clinique Gemelli. Il n'y avait pas que cela pour susciter son excitation. Mitterrand, comme elle l'espérait, avait été élu et elle enrageait presque de ne pas être à Paris pour participer à la liesse des fêtards de la Bastille et de ceux qui voulaient huer Giscard quand il quitterait l'Élysée, à pied comme il y était entré. Elle attendait de savoir qui occuperait le bureau de Malraux : à l'entendre, une véritable révolution culturelle était en marche…

Je ne connaissais pas Rome et c'était étrange de visiter le Vatican comme en deuil, la basilique Saint-Pierre remplie de bougies et de lampes votives, avec sur les marches des autels des billets manuscrits, des prières dans toutes les langues, et un flot de pèlerins polonais en pleurs, convaincus que l'URSS s'était vengée du vent de liberté que l'élection de l'archevêque de Cracovie avait soulevé et qu'on avait tué leur pape. Anna répétait toute la journée avec la violoncelliste. Les concerts étaient prévus à Santa Maria delle Grazie et à Santo Stefano Rotondo. Je fus plus touché par celui de Santo Stefano Rotondo, en raison du lieu sans doute, cette curieuse église circulaire, qui tenait du temple ou de la villa romaine, tout près de la basilique Saint-Jean de Latran dont l'abside et le cloître me conquirent. C'était cette Rome que j'aimais, presque sauvage, livrée aux orties et aux ronces, à la croissance des herbes, à la prolifération des orangers, cette Rome en marge, loin de l'hypercentre colonisé par les pèlerins pleurnichards.

Une liberté joyeuse s'était emparée de moi. La gaucherie, la timidité, les rêveries morbides, les pulsions suicidaires relevaient du passé. Je serais même capable, dans la sacristie de Santo Stefano Rotondo puis au dîner qui suivrait le concert, de tenir le crachoir à Isralavic, géant ombrageux, impressionnant, qui s'exprimait dans un français si pur et si beau qu'on était prêt à lui pardonner toutes les contre-vérités qu'il énonçait, à savoir l'évidente absence d'implication de l'URSS dans la tentative d'attentat contre le pape. À Santa Maria delle Grazie, Anna fut éblouissante, elle avait repris Liszt, *Les jeux d'eau à la Villa d'Este* et *Saint François de Paule marchant sur les flots.* Le monde aquatique réussissait à Anna Tugdual, belle, intense, portée par l'élection de Mitterrand et évidemment amoureuse. Elle ne disait toujours rien. Une mince cloison nous séparait dans cet hôtel sans charme où l'on nous avait logés près de la gare Termini. Elle téléphonait beaucoup. *Son* arrivée était imminente. Lorsque nous nous retrouvions en tête à tête – c'est-à-dire dans les rares moments où le tyrannique Isralavic lui octroyait une permission –, elle restait muette. Elle aurait aimé marcher avec moi sur les quais défoncés du Tibre, se perdre dans le Trastevere, longer les beaux jardins du Celio dont je lui parlais, avec leurs villas et leurs orangers, elle aurait voulu m'accompagner à la Vallicella dans cet autre cloître où je m'étais aventuré, non sans culot, sur les traces de saint Philippe Néri.

C'était le dernier soir. Isralavic avait été invité par un ambassadeur du bloc soviétique, Anna, un peu lasse, libre surtout, en avait profité pour dîner avec moi seul. Elle chantonnait Schubert et Liszt en riant, elle chantonnait mes airs aquatiques favoris, *La villa d'Este* et *Auf dem Wasser zu singen*. Elle rêvait d'apercevoir le palais Farnèse, les berges caillouteuses et malfamées du Tibre que je lui avais décrites. Elle voulait surtout boire, autre chose que la vodka d'Isralavic. Elle choisirait des vins pour la légèreté et la beauté de leurs noms : Frascati, Orvieto. Un miracle avait eu lieu à Orvieto, me souvenais-je, l'hostie s'était mise à saigner entre les mains d'un célébrant qui doutait de la présence réelle. Elle éclata de rire :

— Tu étais vraiment fait pour t'entendre avec Stéphane, vous aimez les mêmes choses, vous avez les mêmes références...

Nous étions attablés sur le Campo dei Fiori. Le vin d'Orvieto avait éteint en moi toute jalousie, toute hargne. Anna m'en dirait-elle plus ? Stéphane arriverait-il à Rome le lendemain de mon départ comme il montait dans le studio de la cité Bergère dès que je m'éclipsais ? J'avais trop souffert de toutes ces histoires pour les laisser, pour *le* laisser, gâcher la grâce de ces moments romains, notre accord restauré, cette rareté miraculeuse. Je voulais retrouver une légèreté, une fluidité, celle de Santo Stefano Rotondo, de la musique de Liszt et de Schubert dans le temple circulaire, au beau milieu des jardins plantés d'orangers, de cette musique aquatique magnifiée par les mains et le jeu de celle qui, en ces jours de mai 1981, s'appelait encore Anna Tugdual, je voulais, dans la griserie du vin d'Orvieto, l'avoir pour moi seul, comme dans une île au cœur des eaux basses et gravillonneuses du Tibre, soudain gonflées par les crues printanières, dans cette île qu'était le sanctuaire de Santo Stefano Rotondo, cette île imaginaire qu'était la musique lacustre de Schubert et de Liszt, ma sœur adorée pour moi seul, ma sœur en majesté, rayonnante dans la gloire d'un printemps romain, contre tous les autres : Leonid Isralavic, Stéphane Horberer, les admirateurs anonymes, tous ceux qui la presseraient jusqu'à l'extinction de ses forces, les losengiers de la mort et du temps.

La scène m'est restée, comment d'ailleurs pourrait-elle s'effacer ? Nous sommes dans le petit salon de Ker Huella, à la fin juillet 1981 ; le CAPES obtenu, je suis dans l'attente de ma nomination et, sur un coup de tête, j'ai demandé l'académie de Rouen en espérant avoir un poste au Havre ou dans sa périphérie. Anna vient de rentrer de Russie où elle a passé plusieurs semaines, juste après Rome. Elle est nerveuse depuis ce retour, elle ne tient pas en place, joue peu, s'isole pour téléphoner, marche longuement sur le sentier qui surplombe la mer.

Cette fin d'après-midi, nous sommes seuls. Elle va et vient dans la maison, fait mine de trier des partitions, fouille parmi ses papiers. Elle a toujours été désordonnée et les questions matérielles la lassent vite. Un instant j'ai pensé que nous sortirions mais la velléité est vite retombée. Telgruc, Sainte-Anne-la-Palud, le homard de Le Coz ? Je la vois venir, je lis en elle comme dans un livre. Tout ce qu'elle croit me dissimuler m'est évident. Je pourrais accélérer les choses mais je prends un malin plaisir à l'ignorer, à faire comme si je ne saisissais rien de sa fébrilité, de son malaise. Elle s'assoit enfin près de moi, enveloppante, séductrice, la voix douce, chuchotante. Ce n'est pas le visage de ma sœur que je préfère, je l'aime plus rageuse, plus dominatrice, elle se souvient de Rome, de ces moments heureux.

— C'est dommage que tu n'aies pas pu rester. Le pape est réapparu, très amaigri, vieilli. Isralavic m'amuse quand il ose prétendre que l'URSS n'est pas derrière cette affaire et que tout a été fomenté par les services secrets bulgares…

Elle me redit à quel point elle a aimé le Latran, le Celio, Santo Stefano Rotondo, notre dîner près du palais Farnèse, le Tibre, ses quais sauvages, abandonnés, qu'elle a découverts juste avant de partir.

— Stéphane m'a rejointe, juste le temps d'un week-end. Il ne pouvait pas rester plus longtemps. Il a regretté que tu ne soies plus là. Tout cela est de l'histoire ancienne maintenant. Personne ne le sait encore, nous allons nous marier. Tu feras comme tu voudras mais nous aimerions tant que tu soies avec nous ce jour-là. Aucune date n'est encore fixée. Stéphane se consacre à son concours de l'ENA et moi j'ai une nouvelle tournée qui s'annonce…

Elle sourit, comme hébétée, de ma réaction ou plutôt de mon absence de réaction. À quoi s'attendait-elle ? À une crise, des protestations, des reproches ? Elle a, ils ont tant tardé. Trois ans que je sais, trois ans que les signes n'ont cessé de se multiplier, les bambous mystérieux de la terrasse de zinc du Faubourg-Montmartre, les informations d'ordre politique venues d'une source fiable, l'intérêt subit d'Anna pour ces questions et l'élément incontestable, la petite pierre volée à Coecilian et déposée dans le reposoir breton du studio céleste. Je suis à l'image du temps qu'il fait ce jour-là et qui n'offre aucune visibilité, lent, cotonneux. La blessure a dû se cicatriser, il suffirait de peu pour qu'elle s'ouvre de nouveau.

— Ce sera où ?

C'est la seule question que je puisse poser.

— Nous n'en savons rien. Maman n'est pas encore prévenue. Les parents de Stéphane, comme tu le sais sans doute, sont divorcés. On aimerait un lieu qui nous parle, ici peut-être, Sainte-Anne où tout a commencé. Si les familles nous mettent des bâtons dans les roues, ce sera Paris, n'importe où, mais à l'église forcément, Stéphane y tient…

Nous sommes sortis, sous la bruine, les palmiers et les tamaris du jardin, tout était d'un vert superbe, insolent. Il n'était pas nécessaire d'en dire plus. Anna fredonnait les airs de Schubert qui m'avaient transporté à Rome. Il ne fallait plus de mots, de paroles, après cette annonce douloureuse et si évidente, quelques lueurs incertaines dans la brume, des voiles blanches sur la mer, quelques pas au son de la mélodie de Schubert. Il ne fallait aucun lieu qui rappelle les drames antérieurs, Sainte-Anne-la-Palud, l'arche minérale de la sainte, les dunes du chemin processionnaire, la pinède de Morgat, le sentier accidenté, les grèves en contrebas. Anna, je le devinais, s'étonnait de mon calme, de mon état cotonneux, à l'unisson du temps. Juillet était souvent comme cela ici, la fin du mois surtout, humide, presque automnale. On disait toujours que les estivants allaient fuir et cette prédiction me réjouissait.

— Nous allons rentrer, dit-elle soudain. Il faut que je travaille un peu. Mais je serais plus rassurée si tu rentres avec moi…

Je l'aimais aussi protectrice. Elle n'avait rien à craindre, tout cela était de l'histoire ancienne, mais un peu à l'image du temps, une brume insistante et, derrière, comme une ardeur voilée.

Une nouvelle vie commençait, une charge, une ville à découvrir, une forme d'insouciance aussi et de griserie. J'avais été nommé au Havre, au lycée, on m'avait confié deux classes de seconde, élèves agréables, peu intéressés par la littérature il faut l'avouer. J'avais tout mis en œuvre pour capter leur attention, n'hésitant pas à leur faire lire Céline et de la poésie. Mon auditoire avait une sagesse normande, de la distance et de l'humour, ils me regardaient me dépenser, conscients qu'il s'agissait de mes premiers pas et que, tôt au tard, mon enthousiasme retomberait.

J'avais souhaité cette affectation pour la ville qui m'avait toujours fasciné, les larges avenues, l'ouverture de la cité sur l'estuaire et sur la mer. J'arpentais sans cesse les rues, l'appartement que j'avais loué était situé dans une ruelle escarpée qui surplombait le port, en quelques minutes j'étais dans la ville, sur les plages caillouteuses, le long des bassins, j'aimais sillonner le quartier des entrepôts, entre la gare et les darses, une sorte de môle malfamé, avec des hangars aux arcatures rouillées, sur le point de s'effondrer. La préparation des cours et la correction des copies m'occupaient assez peu, je m'étais remis à la photographie, je dessinais beaucoup, les blocs gris de Perret, cette utopie presque soviétique, tracée au cordeau, sans écart, sans ligne tortueuse, ces quadrilatères réguliers surgis d'une ville pulvérisée, effacée. Ce qu'avait été Le Havre avant la destruction, je le goûtais du côté du lycée François-Ier, dans cette bâtisse austère, cette bibliothèque digne des Assis de Rimbaud où l'on disait que Sartre avait écrit des pages de *La nausée*, ces petites rues secrètes avec leurs pavillons de retraités, les jardins ratissés, les glycines et les ferronneries bien entretenues, ces quartiers à taille humaine qui contrastaient avec le vide et la largeur des avenues ouvertes sur l'océan. Il était de bon ton de ne pas l'aimer, de soutenir que cette reconstruction était un ratage complet, que la place de l'Hôtel-de-Ville n'avait rien à envier aux agoras du bloc de l'Est, qu'on attendait presque l'apparition, au balcon, du meneur d'hommes venant haranguer une foule absente… Plus d'une fois, dans les quelques échanges que j'avais eus avec d'autres professeurs – j'exécrais le nom de collègues –, j'avais choqué en avouant ma passion pour Le Havre, l'émotion que je ressentais en entrant dans l'église Saint-Joseph avec sa tour aussi haute qu'un phare, le plaisir qui était le mien en entendant les mouettes crier dans les artères désertes, cette impression de jeunesse, d'étendue tabulaire livrée aux flots, de ville vouée à une nouvelle destruction, celle des vagues qui entreraient à grand renfort de tourbillons ravageurs, plus terribles que les bombes, dévastant tout.

Il fallait être parisien pour dire cela, un habitant véritable vomissait ces propos d'esthète, je m'étais vite tu, préférant poursuivre seul mes promenades, mes reportages, tôt le matin pour capter le premier soleil sur les bassins, sous la verrière béante des entrepôts abandonnés, parmi les errants, les rats, les mouettes énormes qui colonisaient les lieux, dans cette frange maudite qui bordait la zone portuaire. L'Apocalypse marine que j'appelais de mes vœux avait une forme de grâce élémentaire et poétique, ici c'était autre chose, un monde de marge, de bas-fonds, de rebut et de proscription, une gangrène insidieuse qui regroupait ceux que la communauté humaine rejetait, des étrangers parfois, des dockers qui avaient perdu leur emploi, des travailleurs exploités par les sociétés de transport maritime. J'avais sympathisé avec quelques-uns de ces hommages de la marge, ils hantaient un troquet minable derrière la gare, Le Large, ils s'étaient laissé tirer le portrait, heureux d'exister enfin, de sortir d'une relégation qui pouvait être sans fin. Je leur payais des verres, ils m'indiquaient d'autres endroits, plus avancés dans le périmètre portuaire et où il était interdit de s'aventurer. Évidemment je leur avais tu mon activité diurne, ils me croyaient photographe, étudiant en architecture, menant une vie de bohème, j'aurais perdu tout crédit auprès d'eux en leur avouant mon état, eux qui détestaient l'ordre, l'autorité, l'école. « On vous a vu traîner du côté du port… Il faudra nous payer un verre au Large… », avaient claironné deux lycéens insolents que mes subtilités littéraires amusaient. Je m'étais aussitôt senti démasqué et j'avais compris ce qu'ils sous-entendaient, ce qu'ils étaient peut-être prêts à diffuser auprès de leurs camarades, mon goût des marginaux, de l'underground, des terres interdites où un jeune professeur n'avait pas sa place.

On ne disposait pas en province de l'anonymat que j'avais connu à Paris. Sans entrer dans l'inquiétude d'Anna qui se sentait toujours épiée, je regardais désormais si l'on ne me suivait pas, je m'engageais moins volontiers du côté du Large, des quais huileux, rouillés des grandes darses désaffectées : la lumière, la menace d'une averse de grésil, des oiseaux qui passaient en vols compacts, une sorte de grisaille légère, vibratile, dont les flocons envahissaient le ciel, la tentation était permanente, sans compter celle des jeunes errants, de ce Tchèque superbe qui voulait me montrer ses tatouages, bien conscient que mes cibles esthétiques ne se limitaient pas aux oiseaux et au ciel…

Le proviseur était un homme affable, un agrégé d'histoire qui m'aimait bien. Il avait toutefois jugé bon de me convoquer pour me dire qu'on me voyait beaucoup en ville, certes tout cela ne le regardait pas mais des parents d'élèves s'étaient plaints… Le vieil humaniste, qui devait porter le même costume depuis sa nomination en qualité de proviseur, avait tenu à rappeler que j'étais libre mais qu'il ne fallait surtout pas mettre en péril ma titularisation au terme de cette année probatoire, qu'un mauvais esprit sévissait chez certains bourgeois qui gardaient une conception étroite et rigide de l'image du professeur. En clair il m'était conseillé de cesser de traîner en ville, d'aller à La Buissière si je voulais photographier des nuages et des modèles, de ne plus apparaître au Large où ma présence portait atteinte à la réputation d'un établissement de prestige.

— Allez en paix, on n'est pas encore en présence d'une nouvelle affaire Russier, avait dit le proviseur en riant et en me tapotant l'épaule. Oublions tout cela, mais soyez prudent, j'ai simplement fait mon devoir…

J'étais rentré fou de rage. Étaient-ce ces petits cons qui m'avaient dénoncé ? Rêvaient-ils de m'accompagner au Large et ainsi de me faire trébucher ? J'étais prêt à me réfugier à La Buissière dont j'avais les clés. Un avis pour retirer un envoi recommandé m'attendait sous la porte. Le pli ne serait disponible que le lendemain. Ce devait être la suite de l'affaire, une convocation rectorale, le proviseur ne m'avait pas tout dit, les ragots et les plaintes des parents étaient déjà arrivés à Rouen… Le calme revint lorsque je me mis à regarder tous les clichés pris depuis l'automne, l'eau mordorée, grasse, des bassins, les impressions au soleil levant dans les verrières de Saint-Joseph et les baies des quadrilatères de Perret, les darses interdites, la faune du Large et le matelot d'origine tchèque. Toute la nuit, incapable de lire ou de préparer la moindre explication, je classai les photos en prenant des notes, en ajoutant des éléments de commentaire, comme pour un livre ou une exposition. À huit heures du matin, tremblant, j'étais au bureau de poste. Le paquet que l'employé mal réveillé me tendit était volumineux, ce ne pouvait donc pas être la convocation du recteur de Rouen. J'avais à peine signé le document que je déchirai l'enveloppe devant le guichetier, médusé par ma fébrilité et mon empressement. C'était un disque. C'étaient les œuvres de Schubert et de Liszt enregistrées à Rome au printemps. J'étais soulagé, hilare, si heureux que je ne vis pas tout immédiatement. Il y avait un petit bistrot près du bureau de poste, sous les arcades, où je m'engouffrai parmi les buveurs matinaux de calva et de vin blanc. Mon excitation était si vive que j'aurais presque embrassé la patronne. Soudain un détail, que je n'avais pas vu jusque-là, doucha mon enthousiasme. Le nom de la pianiste n'était pas celui que j'attendais. Celle qui avait joué à Santo Stefano Rotondo et à Santa Maria delle Grazie s'appelait encore Anna Tugdual. Le nom qui figurait sur la pochette du disque, à côté d'un portrait un peu sévère et composé de ma sœur, était une nouveauté et un déchirement : Anna Horberer.

Cette date m'est restée, comme un jour sombre et diamanté, un joyau noir dans l'hiver havrais, le vendredi 12 février 1982. Je vois ton portrait en noir et blanc, visage romantique et intense, un portrait, tu me l'as dit plus tard, voulu par Leonid Isralavic qui ne pouvait pas se résigner à te voir prendre ton envol sans lui. La population des clients matinaux, ces alcooliques de l'aube qui tremblaient s'ils n'avaient pas leur ration de calva, de muscadet râpeux, m'avait regardé pleurer dans le café modeste avec son bar et ses tables de formica, très bistrot de la reconstruction, ils regardaient couler mes larmes sans savoir pour quelle raison je pleurais et le savais-je moi-même ? Il devait leur sembler bien étrange ce jeune homme esseulé qui tenait, en tremblant comme eux, la pochette d'un 33 tours dans un paquet tout juste déchiré. Voyant mon désarroi, la patronne avait proposé de me servir un remontant. J'avais décliné. Un deuxième petit noir amer suffirait, je continuais de pleurer en considérant la pochette, la mention de Liszt et des morceaux que nous aimions, et cette marque cinglante, qui coupait tout et faisait de toi une autre, non plus ma sœur, le vieux nom celtique qui nous venait de mon père et qui avait survécu à la transplantation normande d'une partie de la famille, tu l'avais effacé, jeté aux vagues, tu avais choisi ton nom d'artiste – il sonnait bien, c'était un beau nom que celui d'Anna Horberer, mystérieux, germanique – et ce nom coïncidait avec ton identité nouvelle. Tu l'avoueras, c'était un bien curieux faire-part, tu n'avais plus beaucoup donné de nouvelles, je te savais retournée en URSS et tous ces mois d'adaptation havraise, j'avais été bien absent moi-même. J'étais groggy, incapable de sortir de ce bistrot des arcades, il me semblait que j'avais cours, je ne savais plus trop. Un homme très élégant, le docteur Lambert, s'est assis près de moi, attiré par mes sanglots et l'objet de mon chagrin. Il possédait un immense appartement au-dessus des arcades. Il descendait chaque matin prendre son café. Il était veuf, retraité et il aimait la musique. Il avait une distinction, une fibre paternelle sans doute aussi au point de m'inviter à monter chez lui, de m'administrer un calmant tout en me faisant admirer la vue que l'on avait de son appartement océanique. Il s'est enquis de mon état, a lui-même appelé le proviseur pour lui dire que je n'étais pas en mesure de dispenser mes cours, puis il a disposé ton disque sur une platine high-tech. « C'est mon péché mignon, a-t-il glissé en me désignant sa discothèque, je me suis offert cette folie, autant de moins pour mes héritiers qui dilapideront tout… »

Ainsi j'ai écouté le premier disque d'Anna Horberer dans l'appartement d'un inconnu face à la mer, aux vagues remuantes que soulignaient des liserés d'écume. Le vieux médecin s'était tu, il avait soigné la mélancolie havraise, les deuils, la tristesse de ceux qui n'admettaient pas la métamorphose de leur ville, il avait soigné le spleen, d'autres affections, d'autres dépendances, et il accueillait ce vendredi de février un jeune professeur un peu perdu, un jeune homme qui ne se faisait pas à un nom, à la captation du patronyme d'un être aimé et à l'occultation d'un autre. C'était presque comme un pseudonyme. Si je créais un jour, si j'allais jusqu'au bout de mes fantasmes et de mes projets, du côté des môles et du Large, je demeurerais un Tugdual. J'effacerais peut-être mon prénom, souhaitant mettre en valeur la rudesse, la brutalité concassée de ce nom de galets et de dentales. Ton nom d'artiste, Anna, tu l'avais pris dans mon jardin intime, au creux de mes souvenirs magnétiques, tu l'avais puisé dans la séquence de Saint-Érembert, sur la terrasse royale de Saint-Germain. C'était le nom qu'on lirait dans les chroniques du *Figaro* et du *Monde*, le nom qu'on entendrait sur les ondes. Tournée d'Anna Horberer, récital d'Anna Horberer, nouvel album…

C'était ton nom d'artiste et aussi d'épouse, et c'était ce qui me faisait le plus mal. J'avais fini par avouer la chose au docteur Lambert qui ne voulait plus me laisser partir, ni chez moi au Havre et encore moins à La Buissière où j'avais prévu de passer le week-end seul. « L'appartement est immense, inhabité… Vous prendrez vos aises… » Ce vieil homme était délicieux, il aimait ton interprétation, souhaitant la réentendre, si cela ne m'indisposait pas. Je voulais marcher sur les flots à la suite de saint François de Paule. Je rêvais de partir sur les vagues très vertes, au-delà du mascaret d'écume, et je me redisais ce nom, celui qui figurait sur le disque, sans m'y habituer. Je ne comprenais surtout pas pourquoi tu ne m'avais pas averti de la date de votre mariage, pourquoi, contrairement à ce que tu m'avais promis, vous ne m'y aviez pas convié. Tu étais capable de t'être mariée à la sauvette à Saint-Eugène-Sainte-Cécile, tout près de ton studio de la cité Bergère. Dans la chapelle de la Vierge de Saint-Eustache peut-être, au pied de la Madone à l'Enfant de Pigalle que j'aimais tant. Peu importait. Je me moquais de cette cérémonie. Votre union, vous l'aviez scellée, ce dimanche d'août 1978, en passant ensemble sous l'arche granitique de Sainte-Anne-la-Palud et cela ne regardait que vous. Le reste relevait des petits arrangements, des compromissions sociales. Ton nom magnifique, douloureux, sonnerait toujours pour moi comme celui d'une étrangère, et resterait associé au souvenir d'un belvédère océanique tout au bout de l'avenue Foch, aux vagues très vertes qui remuaient dans la froide lumière de février, à distance, sans envahir, comme je l'aurais voulu, les géométries si tranchantes de Perret.

Les vagues ne déferlaient peut-être pas dans les rues du Havre comme je l'aurais souhaité, les blocs d'Auguste Perret demeuraient immobiles et gris, à l'abri des embruns, mais comment aurais-je pu en douter, le ciel était habité, j'avais trouvé un protecteur, un homme raffiné, plus âgé que moi, chez qui je pouvais me réfugier quand je l'entendais, pour le plaisir d'une conversation, d'une compagnie, d'une contemplation sans fin des flots, de leur miroitement, de la procession de navires qui passaient au large. Le docteur Lambert avait connu Le Havre d'avant la destruction, il se souvenait des bombardements, des baraquements de l'après-guerre, des rats qui avaient longtemps grouillé au milieu des ruines, parmi les détritus et les cadavres. Il était précis, factuel, porté par une éloquence fleurie, il avait toujours de belles vestes de tweed vert ou bleu qu'il achetait chez Arnys à Paris, on sentait le notable, le lettré, l'homme de goût pour qui la médecine telle qu'il l'avait pratiquée était une discipline humaniste plus qu'une science désincarnée et efficace. Il admirait le professeur Bernard, les médecins de l'Académie, Henri Mondor, des hommes qui savaient tenir la plume et avaient publié. Écrivait-il lui aussi ? Il devait être du genre à tenir des carnets, il y avait un beau lutrin face à la mer sur lequel était parfois posé une sorte de livre de bord qu'il s'empressait de ranger. Il était svelte, sec, très droit, il avait beaucoup joué au tennis et au golf avec son épouse, une Anglaise, Anny, qui était morte la même année que Pompidou et du même mal.

L'idée qu'il écrive m'amusait. Peut-être gardait-il trace de nos conversations, le soir après les cours, quand je le rejoignais, il servait de beaux verres de whisky et s'installait le dos au large dans des fauteuils très bas dont j'appris plus tard qu'ils étaient l'exacte copie de ceux que Pierre Paulin avait conçus pour le fumoir des Pompidou à l'Élysée. Il était curieux de tout : les élèves, leur psychologie, les textes que je leur expliquais, Céline, Verlaine, Cadou, Saint-Pol-Roux, Gracq. Il s'amusait du comportement de ces jeunes Normands qu'il connaissait bien, taiseux, ironiques, l'air faussement empoté, ne se payant pas de mots, malins, obstinés et sans réelle ambition.

— Ils resteront au Havre, les meilleurs finiront cadres supérieurs ou ingénieurs, il faut les secouer, les éveiller. Parlez-moi de Céline, du *Voyage*...

Il marchait jusqu'à sa bibliothèque et sortait une édition vieillotte, l'originale peut-être, achetée à Rouen du temps de ses études. De Gracq, en vrai bourgeois lettré, il connaissait *Le rivage des Syrtes*, je le pressais de lire des textes plus singuliers comme *Lettrines* ou *Les eaux étroites*. Il admirait volontiers, s'enthousiasmait de mes recommandations et de mes analyses.

— Pour une fois que le lycée du Havre tient un bon, j'espère qu'il va le garder. Je l'ai dit au proviseur qui a opiné en haussant les épaules... Un brave type, un administratif qui n'en peut mais...

J'aimais sa lucidité, sa distance. Il ne me laissait pas partir et, après avoir servi des whiskies tourbés bien tassés, il m'emmenait dîner, souvent d'huîtres et de coquillages sur le front de mer. Nous passions devant l'église Saint-Joseph.

— Je n'y suis plus jamais entré depuis l'enterrement d'Anny… 1974… Huit ans bientôt…

Au restaurant, nous étions considérés. Le docteur Lambert était un notable havrais. La chose m'amusait, moi qui avais un père si peu mondain qui ne sortait jamais et n'avait qu'une passion : la consultation maniaque de ses dossiers. Au fil des jours, de notre intimité qui se renforçait, Louis Lambert m'interrogeait sur ma famille, ce qui m'avait poussé à demander Le Havre, la vocation de ma sœur. Le disque d'Anna était d'ailleurs resté chez lui et il me disait l'écouter souvent, comme il convenait, en regardant le large. J'étais moi-même trop secret, trop emmêlé dans mes hantises, pour tout lui dire. Un soir, la langue déliée par l'excellent sancerre qu'il avait choisi, je m'étais enhardi et m'étais mis à lui parler de mes années de jeunesse, de ce que j'appelais toujours désormais la séquence Saint-Érembert, de la révélation miraculeuse qu'avait été la rencontre de ce camarade, Stéphane Horberer.

— Je vois, s'était contenté de noter le docteur avec une délicatesse qui m'avait touché. Nous avons tous connu cela, ces apparitions foudroyantes, ces amitiés qui sont plus que des amitiés, ces passions inabouties… Quoi qu'on vive après, ces fantômes nous habitent toujours et des relations qu'on peut avoir sur cette terre, ce sont souvent les plus belles…

De sa vie, je savais peu de chose, sinon qu'il avait perdu un enfant en bas âge, que cela avait été une épreuve si grande qu'il était impossible d'en vouloir un autre, qu'il comptait au nombre de ses héritiers des neveux qui ne lui inspiraient qu'agacement et dégoût.

— De vrais Normands englués dans la glaise, des êtres cupides et bas…, avait-il lancé en tirant un trait sur ce chapitre.

Il s'attachait, c'était évident. Il semblait rassuré quand je lui rappelais que j'étais mis pour trois ans à la disposition du recteur de Rouen et qu'à ce titre je ne pouvais pas être muté très loin, Fécamp, Dieppe peut-être. Il me poussait à continuer, à préparer l'agrégation, à ne pas rejoindre mes élèves dans leur manque d'ambition. J'avais un peu délaissé la faune du Large, j'y étais repassé, le Tchèque avait disparu, c'était pourtant lui que j'aurais aimé emmener poser dans le pavillon de l'abîme, à La Buissière. Aux môles et aux zones louches des darses, je préférais désormais le bel appartement de la Porte Océane, sa vue, sa luminosité, j'y venais pour un oui ou un non, parfois même en l'absence du docteur Lambert, il suffisait de demander les clés à la patronne du café des Arcades. Je soupçonnais le docteur d'aller se ressourcer à Saint-Wandrille, des courriers de l'abbaye, des confirmations de réservation traînaient parfois sur la table du salon, mais il s'agissait là d'un domaine celé et inaccessible. Le docteur Lambert était bien plus bavard lorsque je l'aiguillais du côté de la politique. Il avait froncé le sourcil à un moment où j'évoquais la mitterrandolâtrie d'Anna Horberer.

— Vous direz à votre sœur bien-aimée, s'était-il permis sur un ton qui ne souffrait pas la contestation, qu'elle se fourvoie et surtout qu'elle se tienne à l'écart de cette petite coterie funeste. Je n'ai jamais supporté le pacte de Mitterrand avec les communistes, la présence de communistes au gouvernement, même s'ils sont inoffensifs et ligotés par l'arsouille. Vous ne le savez peut-être pas, c'était le surnom que de Gaulle donnait à Mitterrand. J'ai trop vu les communistes, la CGT, à l'œuvre ici, leur clanisme, leur brutalité, leurs mœurs de voyous. Merci. Notre dernier vrai président, c'était Pompidou : clairvoyance, culture, sens des réalités, et quel courage !

Au moment de signer la fiche de notation administrative, le proviseur m'avait convoqué dans son bureau d'angle aux vieilles banquettes élimées. Tout était comme lui, empesé, poussiéreux, d'un autre temps. Tout en me regardant lire l'appréciation plutôt élogieuse qu'il avait portée, il retenait un sourire.

— Je vois que mes conseils ont été suivis d'effet. Vous ne traînez plus au port, dans les bars malfamés et, pour le lycée et pour vous, c'est une bonne chose. J'ai appris que vous fréquentiez maintenant l'une des plus grandes fortunes du Havre. Vous passez d'un extrême à l'autre, Tugdual, des déclassés aux collectionneurs. On dit que le docteur Lambert possède une très belle série de Boudin. J'ai une passion pour ce peintre. Vous demanderez à les voir et vous me raconterez…

La vérité avait fini par me parvenir, sous la forme d'une lettre reçue au Havre, quelques jours après la découverte du disque et du nom sous lequel ma sœur entendait être désormais connue.

Le 10 février 1982

Mon cher,

J'ai demandé qu'on te poste aujourd'hui mon premier album, les pièces de Schubert et de Liszt enregistrées à Rome au printemps dernier. Ne sois pas surpris, contre l'avis de beaucoup, je l'ai signé Anna Horberer. Isralavic m'a tancée, il était vigoureusement hostile à ce changement, prétendant qu'un certain public me connaissait sous le nom d'Anna Tugdual. Il n'a pas tort, mais il existe d'autres pianistes dont le nom a des consonances bretonnes, et j'entends porter, à la ville comme sur scène, le nom de mon mari. Ne le prends pas mal, de ce côté aussi les choses se sont précipitées. Je suis enceinte et l'enfant devrait naître cet été, fin juillet, début août si tout se passe normalement. L'annonce de cette naissance hors mariage risquait d'être un drame. Stéphane et moi, nous nous sommes mariés dans l'intimité, et pour tout dire presque secrètement, à la mairie du 9e arrondissement il y a quelques jours. Leonid était mon témoin et Stéphane a sollicité deux amis de Sciences-Po.

Cela fait beaucoup, me diras-tu. Je mène une vie de folle, Isralavic voudrait que je retourne à Moscou, je n'en peux plus. La promesse de cet enfant m'a surprise, je n'étais pas certaine de vouloir déjà être enceinte alors que tant de contrats sont en cours de signature et que beaucoup de concerts se dessinent. Mais tu connais les convictions de Stéphane et il était impossible pour moi de renoncer à cet enfant. Ça va être difficile, très difficile. J'ai certes mes cachets, et Stéphane sera payé s'il entre à l'ENA, comme je l'espère.

J'aurais dû t'appeler. Maman me dit que tu es heureux de ta nouvelle vie, que tu ne te déplais pas trop au Havre et que tes cours t'intéressent. Il faut que je vienne te voir, je suis plongée actuellement dans l'intégrale des Nocturnes *de Chopin, et je partage mon temps entre mon grenier de la cité Bergère et une maison qu'on m'a prêtée, dans la campagne près de Sens, une maison avec un jardin qui ressemble à une vaste prairie et, au fond, une rivière, l'Yonne je crois. Je joue, je ne fais que cela. J'oublie ainsi la fatigue, les nausées, mon corps qui se transforme. Les choses ne se sont pas bien présentées au début, j'étais épuisée, on a même craint que je doive rester alitée.*

Je tremble à la perspective d'annoncer tout cela rue du Louvre, ma grossesse, le mariage précipité. De grâce, ne parle pas de l'album, de la signature. Je croyais avoir pris mes distances, avoir même rompu avec le nœud familial et j'observe que je suis en fait très soumise, très dépendante. Moi qui rêve d'éclairer le monde, d'y mettre un peu de beauté, je passe mon temps à blesser et à décevoir. Je voudrais tant que les gens soient comblés, que la vie soit heureuse et fluide comme la musique, je voudrais tant qu'il y ait cette grâce, cette présence, et il me faut déplorer des malentendus, des mensonges, une sorte d'inaptitude à dire la vérité.

Je te lasse avec ces bavardages. Je t'imagine dans cette ville monotone, c'est pour moi comme un jeu de construction avec des blocs gris, des rues rectilignes et sans fin. Il y a la mer, c'est vrai, La Buissière n'est pas loin, même si, tu ne le sais que trop, je n'ai jamais été séduite par ce capharnaüm délabré. La dernière fois que nous nous sommes parlé, tu m'as dit que tu t'y sentais libre : la formule n'est pas tombée dans l'oreille d'une sourde. J'aimerais tant me sentir libre. J'aimerais tant avoir une vraie cité portuaire qui me rajeunisse. Les villes nouvelles, les quartiers concentrationnaires, j'en ai trop vu dans les pays de l'Est, je suis plus heureuse à Sens, j'aimerais tant donner un récital à la cathédrale. Les alvéoles staliniens du Havre m'effraient mais si tu y es heureux…

J'espère, mon petit, que tu me pardonneras ces nouveaux coups que je t'inflige. J'espère surtout que tu viendras nous voir lorsque je me serai établie avec Stéphane. Il occupe toujours sa mansarde de la rue du Bac, me rejoint ici dès qu'il le peut, mais c'est tout sauf commode. Je me cache, je me terre et je me traîne comme une grosse diva mélancolique. J'ai, pour m'aérer, la prairie, les bords de la rivière et un petit bois humide et boueux qui longe la propriété. On est loin de tes galets et de tes vagues ! Porte-toi bien, mon petit, résiste et surtout n'en veux pas à cette grande sœur un peu folle et ingrate.

Je t'embrasse tendrement,

Anna

Je savais tout désormais, et je ressentais une impression étrange : la prose d'Anna agissait sur moi comme sa musique, j'appréciais la justesse de ses mots tout autant que celle de ses notes. J'imaginais le mariage clandestin dans cette mairie du 9e qui ressemblait à un petit Élysée, la maison des environs de Sens, la prairie, la rivière, les bois. Il n'y aurait jamais de cérémonie officielle et j'en concevais comme un soulagement : je n'aurais pas à me composer un visage, à jouer la comédie. Et il y avait cet enfant à venir, aurait-il l'élégance nonchalante de son père ou l'incandescence et la folie de sa mère ? Je voulais brusquement sortir, jouir de cette liberté dont me parlait Anna. Ma première tentation avait été de descendre au café des Arcades, dans l'espoir peut-être d'y croiser le docteur Lambert. Je ne voulais pas de confesseur, de médecin des âmes. Je voulais être seul, avec la lettre de ma sœur, ses mots que j'irais relire au bout des môles, près des hangars désaffectés.

J'ai enfilé ma canadienne, il bruinait, la brume avait envahi les rues, plus de perspectives, la mer semblait s'être retirée au-delà des nuages… La tentation du Large me reprenait, celle de cette coque puante et enfumée, avec les carrelages gras, souillés, les vitres irisées, les voies ferrées inutilisées qui jouxtaient le bistrot, les ronces, les broussailles… C'est là-bas que j'irais relire la lettre d'Anna, c'est là-bas surtout que je lui écrirais, dans cette atmosphère de désœuvrement et de mort distillée. Fuyant la bruine et la grisaille, confinés dans l'antre du Large, les buveurs mouraient à petit feu. Ils sentaient le tabac, la bière, le suint des vêtements mouillés. J'avais pris quelques feuilles et, tout en écrivant, j'observais la clientèle. Le Tchèque n'était plus là, il y avait un jeune blond superbe qui me dévisageait, ma présence, mon attitude l'intriguaient. Il semblait trop frais pour appartenir à la faune des entrepôts et des môles.

C'était une belle propriété dans un village déserté de l'Yonne, le porche de l'église en pierres très blanches abritait une Vierge romane, à peine scellée et qui portait encore des traces de polychromie, la rivière coulait au bas du jardin et toute une partie de la pelouse, et de la prairie qui la prolongeait, était inondée. J'avais quitté Le Havre à la faveur des vacances de février, pris à Bercy un train pour Sens, attendu plus d'une heure, dans un café miteux sur la place de la gare, qu'on vienne me chercher. J'avais un pressentiment mais je ne voulais pas vraiment y croire. Cependant tout le confirmait : au téléphone, Anna m'avait confié qu'elle était de nouveau saisie par les nausées, dans ces conditions je l'imaginais mal prendre le volant.

Je ne l'ai pas reconnu tout de suite, il avait le cheveu très ras, le front dégagé, il portait une sorte de veste de chasse kaki, un peu informe, qui l'épaississait. Il m'a embrassé, s'est précipité au comptoir pour payer mes cafés, voulant avant tout se faire pardonner son retard. Il a bafouillé qu'Anna n'était pas très en forme, que la fatigue de la grossesse commençait à miner son moral, qu'elle ne parvenait plus à jouer aussi longtemps qu'elle l'aurait voulu.

— C'est une poubelle, excuse-moi, a-t-il dit ensuite en désignant sa vieille voiture qu'il avait mal garée sur le trottoir. Je fais sans cesse l'aller-retour entre Sens et Paris, ma caisse est remplie de cours et de vêtements, c'est ma seconde maison, j'ai l'impression d'être un nomade…

J'ai le souvenir d'une route rectiligne qui traversait des bourgades vides, de maisons mal entretenues ou à vendre, de contrevents fermés.

— C'est cette campagne proche de Paris qui se désertifie, les gens meurent ou partent, personne ne prend la relève…

Le ton était assuré, c'était celui du futur énarque, de l'homme qui ne doutait pas. Stéphane avait gardé sa propension à disserter, à faire cours et cela ne me dérangeait pas, j'étais mal à l'aise, transi par le froid humide, l'attente dans le café de la gare. La propriété se trouvait entre Sens et Villeneuve-l'Archevêque, là même où, crut bon de me rappeler Stéphane, saint Louis était venu, pieds nus, accueillir la relique de la sainte couronne d'épines.

— Ta sœur a le génie pour dégotter de belles demeures… C'est un de ses vieux soupirants qui lui prête cette maison. C'est un critique connu, je crois, un type qu'elle a rencontré chez des amis bretons…

Anna m'attendait dans le salon, allongée sous un plaid, manifestement frigorifiée, face à la rivière qui avait envahi le jardin. D'emblée je l'ai sentie inquiète, électrique, apparemment heureuse de me revoir, mais elle se forçait, je la sentais à cran, agacée d'un rien : le chauffage central qui dysfonctionnait, l'humidité grandissante de la maison, ses maux de dos. C'était la première fois que je les voyais ainsi, mariés, dans l'attente de l'enfant, et tout était prétexte à des chamailleries, des crispations, à commencer par le choix du vin de Bourgogne qu'on prendrait à l'apéritif et qu'on puisait généreusement dans la réserve des propriétaires.

— Je ne suis pas sûr que ce soit une bonne idée que tu boives..., avait dit Stéphane d'un ton sentencieux. Ce n'est pas bon pour ta santé, surtout dans cet état...

— Mon état, s'était-elle écriée, mais à qui donc je le dois ? Je suis en train de me transformer en grosse vache indolente, je n'ai plus goût à rien, je me traîne et j'ai si mal au dos que je ne tiens pas plus d'une heure sur mon tabouret...

Le ton était donné et rien ne varierait, à tel point que j'envisageai très vite de précipiter mon retour. Les vagues du Havre, le belvédère du docteur Lambert, Le Large et son vivier de modèles, La Buissière, tout aurait été préférable à ce mouroir aquatique. Stéphane était fuyant : soit il s'isolait pour travailler dans une mansarde, soit il partait se promener en se gardant bien de m'inviter à le suivre. Une fois ou deux, au dîner, la confiance était revenue, une forme d'innocence – favorisée sans doute par la cave superbe des propriétaires –, nous avions même évoqué des souvenirs communs, Saint-Érembert, le libraire de L'Athanor, les livres lus alors.

— Quelle sottise j'ai faite, avait-il laissé tomber, en renonçant à la littérature, je passe mon temps à recycler dans mes dissertations de culture générale mes vieux restes, des citations de *Lucien Leuwen* et de *L'éducation sentimentale...*

Et, un peu ivre, il avait continué en disant qu'il m'enviait, qu'être professeur au Havre cela avait un sens, que j'avais une utilité intellectuelle et morale. Je n'en demandais pas tant. À ces moments, je l'avais retrouvé tel que je l'aimais, tranchant, impulsif. La scolarité à Sciences-

Po, le droit avaient posé sur son tempérament enflammé une réserve, une onction dont il rêvait soudain de se débarrasser.

— Je sais bien que je n'en aurai pas la force, on m'a mis sur des rails…

Anna avait tenu à me montrer la Vierge du portail de l'église. Elle s'était emmitouflée dans une sorte de long manteau rouge laineux qui ressemblait à une parure de Pentecôte.

— Tu es belle dans ton manteau de Pentecôte, lui avais-je soufflé.

Elle avait éclaté de rire.

— Ce que c'est agréable d'entendre un compliment, on ne m'en fait plus beaucoup, manteau de Pentecôte, je retiens la formule, il est ample pour les raisons que tu sais !

Nous avions marché dans le village désert, à la fois beau et sinistre. La Vierge au sourire radieux trônait dans un porche souillé de fientes et de plumes. Des oiseaux nichaient dans la charpente de l'église, des chauves-souris sans doute aussi.

— Je suis un peu lasse de ma ville d'Ys, on va rentrer à Paris. Stéphane me ment : je le soupçonne de sortir beaucoup, de ne plus préparer son concours. Et moi, je m'étiole, mon corps ne m'appartient pas, je passe mon temps à vomir et je ne joue pratiquement plus !

Nous avions continué notre promenade, dans une allée bordée d'arbres, très boueuse avec des fossés qui débordaient. J'avais l'impression de fouler une terre spongieuse, l'eau ruisselait, investissait tout, les prairies étaient des lacs, les chemins des ruisseaux, Anna voyait juste en comparant sa maison à la cité d'Ys, mais la ville engloutie se situait au milieu des flots, ici c'était la campagne, l'insularité fangeuse, l'horizontalité des terres. Anna sombrait dans cette mélancolie froide, humide, sans protecteur, sans admirateurs, sans visiteurs réguliers, Stéphane était intermittent, capricieux, agacé par cette grossesse, effrayé par les échéances qui les attendaient. Elle suggérait, plus qu'elle ne le disait. Sa souffrance était manifeste, comme était patente l'incompatibilité d'humeur, ce désaccord sournois qu'amplifiaient la solitude et la fatigue d'Anna, la pluie permanente, les crues, l'humidité glaciale.

— C'est terrible ce que je vais te dire, c'est un garçon merveilleux, d'une intelligence et d'une culture éblouissantes, je l'ai épousé pour les raisons que tu connais mais je ne me vois pas faire ma vie avec lui…

Nous étions sur la petite place du village silencieux, quelques retraités craintifs passaient et ils regardaient avec méfiance cette diva tonitruante qui tempêtait en manteau de Pentecôte.

— Je ne tiens plus ici, je vais venir passer quelques jours au Havre avec toi. Je n'en peux plus de cette campagne vallonnée, de ce bocage mouillé. Je veux la lumière du large, je veux entendre le cri des mouettes…

Elle avait les larmes aux yeux, elle était douloureuse, révoltée dans son manteau de feu. C'était l'heure de rentrer. Stéphane m'attendait pour me raccompagner à la gare de Sens. J'étais sans voix. Sur la route rectiligne et sans grâce du retour, il a murmuré :

— Nous ne tiendrons pas longtemps ici. Nous ne tiendrons peut-être pas tout court, Anna est sur une pente qui m'inquiète, elle boit bien trop…

Ce printemps de 1982, dans la belle lumière du pays de Caux, cette lumière aveuglante, mate comme les falaises de craie, je me suis vraiment mis à photographier, à dessiner des corps, sans réserve, et dans une passion qui ne souffrait pas les limites. J'avais approché un des jeunes clients du Large, nous avions bu ensemble et je lui avais donné rendez-vous ensuite, chez moi d'abord, à La Buissière ensuite dans le petit pavillon du bord de mer. Il avait abandonné ses vêtements avec une liberté incroyable, il avait un corps harmonieux, une pilosité abondante sur le torse surtout, de beaux pieds, il ne craignait ni le froid ni les poses, il se laissait photographier, docile, présent, ne dissimulant rien de son intimité. Une de ses phrases m'avait amusé : « Tu me connais maintenant sous toutes les coutures… » Il disait aussi : « Je ne suis pas un Apollon… » Il se trompait, il avait beaucoup de grâce et d'authenticité ; ce que j'appréciais surtout c'était son naturel, la vérité d'un corps qui n'était pas travaillé par le sport, la discipline, un souci exagéré de l'esthétique. Je croyais revoir mon premier modèle, la ressemblance me troublait, jusque dans certains détails, la toison du torse, la beauté des galbes.

Au Havre ensuite, dans mon appartement, j'avais commencé à malaxer de l'argile, je voulais retrouver la forme de ce corps. Thibaud avait-il parlé à ses camarades du Large ? Il me semblait que certains clients me regardaient de travers, soupçonneux, curieux, intéressés peut-être. J'avais le projet d'une exposition de photographies où je mélangerais les extérieurs et les nus, les paysages maritimes et les modèles. Le matelot tchèque était réapparu au bout des môles et, vainquant une forme de timidité, je l'avais abordé. Il n'avait pas dit non, mais il voulait de l'argent, c'était évident. Il était assez musclé, portait un tatouage à l'aine, il avait une virilité massive qui se lisait dans l'épaisseur de son sexe. J'étais plus sensible à la nudité de Thibaud, à cette complicité qui s'était vite établie entre nous, à sa grâce rieuse. Il y avait chez le marin tchèque une sorte de sauvagerie et de défiance, Thibaud se déshabillait avec plaisir, ce qui n'était pas le cas de l'autre, cupide, indifférent à l'esthétique masculine, plus rebelle, plus indépendant.

Les clichés étaient réussis, je disposais de quelques beaux portraits. Je m'étais mis à les développer moi-même, le docteur Lambert m'ayant prêté un garage, tout près de l'église Saint-Joseph, qu'il n'utilisait plus.

— Que fabriquez-vous donc dans ce garage ? m'avait-il demandé à l'heure du rituel whisky. Vous n'allez pas me faire croire que vous y préparez vos cours…

— Je sculpte, je développe des photos…

— Il faudra que vous me montriez cela…

— Je ne suis pas certain que cela vous plaise…

— Cela dépend, j'ai des goûts très classiques en effet. Ma femme aimait beaucoup Boudin et nous en avons acheté au début de ma carrière. Je ne vous les ai jamais montrés ?

Dans la pièce voisine, qui avait dû être un bureau et semblait délaissée, il y avait quelques petits tableaux normands, les falaises, les prairies, la nacre des vagues, les ciels très gris, quelques vues aussi du fond de la rade de Brest.

— C'est du côté du Faou, Boudin avait épousé une femme originaire de Hanvec, Anny aimait beaucoup ces paysages… Regardez, elle admirait aussi ce petit tableau de Nicolas de Staël, il est inspiré par le cap Gris-Nez, il devait lui rappeler les falaises, l'atmosphère de son Angleterre natale. Je n'ai pas encore pris mes dispositions, mais tout cela risque de finir au musée André-Malraux, mes héritiers sont indignes de posséder un jour ces merveilles…

Dans la pièce grise, face à la ligne des galets et des cabines balnéaires, des paillotes aussi qu'on installait à l'approche de la belle saison, le docteur Lambert m'était apparu soudain très las, d'une fragilité visible, sans doute accentuée par l'émotion.

— Certains jaloux prétendent ici que je suis collectionneur. Ils n'ont rien compris. C'est ma femme qui avait cette passion. Je l'accompagnais, comme dans d'innombrables domaines. Je m'apprêtais à la suivre dans la mort quand vous êtes apparu. La Providence vous a fait entrer au café des Arcades. Vous m'avez dit que votre sœur viendrait bientôt. J'aimerais vraiment la rencontrer…

Un doute me saisissait : si elle était aussi nerveuse que dans la campagne de l'Yonne, il ne me semblait pas souhaitable d'organiser une telle rencontre. Et pourtant… Anna pouvait être sensible à la délicatesse, à la courtoisie du vieux médecin qui me rappelait tant les visiteurs de nos parents rue du Louvre. J'avais confié à Louis Lambert ma tristesse et mon scepticisme au retour de ce bref voyage. Et encore avais-je caché mes angoisses concernant les intermittences de Stéphane Horberer, la passion d'Anna pour les flacons somptueux de la cave des propriétaires. À entendre Louis Lambert, une grossesse subie provoquait toujours de telles réactions et plus encore dans le cas d'une artiste qui voyait ses forces absorbées, amoindries par autre chose que son art.

— Je plains un peu cet enfant, disait-il, votre sœur est une immense artiste, j'ai suffisamment entendu de musique pour savoir de quoi je parle. Ma femme aussi avait un piano, un beau Pleyel. Il était là dans l'autre pièce. Je m'en suis débarrassé : sa présence m'était devenue insupportable…

Anna Horberer ne jouerait donc jamais dans l'appartement océanique qui était ma seconde résidence. Le verrait-elle même un jour ? La situation semblait s'améliorer, au téléphone elle m'était apparue plus solide, plus enjouée aussi, les projets revenaient. Elle s'était installée à Paris, loin de l'Yonne humide, dans un deux-pièces qu'ils avaient trouvé sur les Grands Boulevards, tout près de la place de la République. La publicité du mariage avait été faite, provoquant rue du Louvre un véritable drame qui ne s'était calmé qu'avec la promesse d'une cérémonie religieuse, l'été, en Bretagne. Je connaissais mieux que d'autres la validité des promesses d'Anna. Bien évidemment j'avais laissé ma mère à ses illusions. Anna se marierait sans doute un jour religieusement. Elle viendrait sans doute aussi un jour au Havre. Elle promettait beaucoup, avec intensité, et au moment de la promesse, nul n'aurait osé mettre en doute sa parole. Anna Horberer était pianiste mais elle aurait pu aussi être comédienne, tragédienne même, et elle avait la puissance de Sarah Bernhardt et de la Berma réunies. Elle était enceinte mais elle ne songeait plus qu'aux *Nocturnes* de Chopin. Elle n'avait plus ses béquilles, elle n'était plus sous la coupe d'Isralavic. Dans le travail comme dans la vie, elle n'aimait que les figures masculines fortes. Stéphane manquait de densité, il ne lui résistait pas assez, il n'affirmait pas assez son autorité. Il restait le jeune homme romantique qui l'avait séduite, mais elle cherchait des pères, des mentors, des gourous. Il s'était remis à préparer l'ENA, il avait fait acte d'allégeance, mais les titres et les grades de la haute administration laissaient désormais Anna indifférente : elle ne rêvait que de prix, de récitals, d'albums à enregistrer.

— Le temps m'est compté, avait-elle dit au téléphone, mon état actuel me le fait mesurer plus encore, ce qu'on appelle le talent est une grâce passagère, je vois parfois mes gros doigts boudinés s'engourdir. Je suis là à l'instant T, cent autres Anna Horberer, plus inspirées, attendent déjà en coulisses…

Je m'étais retrouvé dans une échoppe sombre, tout près de la cathédrale de Rouen, dans l'arrière-salle d'un galeriste qui exposait l'été à Deauville. L'espace rouennais ne payait pas de mine, l'homme qui me recevait était une connaissance du docteur Lambert. J'avais fini par montrer au médecin les paysages, quelques portraits de garçons, les plus neutres des nus. Il avait longuement regardé les photos, comme s'il eût consulté un document médical, avant de dire qu'il trouvait cela superbe. Comment aurait-il pu en être autrement ? Il était avec moi d'une si grande indulgence. Il m'avait conseillé ce galeriste avec qui sa femme, quinze ans plus tôt, avait été en affaire. Thévenin – tel était son nom – avait regardé le dossier avec la même attention, observant tout, les paysages surtout, les photos de La Buissière, les vues marines du pavillon délabré et de l'appartement océanique.

— Je ne suis pas sûr de tout prendre, avait-il fini par dire, et pourtant cela constitue un ensemble très cohérent. Les bords de Manche, les garçons des môles, un peu comme des matelots à la Genet, oui, cela forme une suite très astucieuse. Je ne suis pas sûr que mon public me suive… Les bords de mer, ça risque de marcher, mais vous avez un univers et de quel droit le briserais-je ? Le docteur Lambert m'a dit aussi que vous vous essayez à la sculpture.

J'avais marmonné quelques paroles.

— Laissez-moi le temps de la réflexion. On va faire quelque chose ensemble. À moins que vous ne souhaitiez attaquer tout de suite Paris !

Je m'étais retrouvé dans la rue, un peu démuni, avec l'impression d'être aussi dénudé que mes modèles. La cathédrale Notre-Dame était toute proche, immense et noire, et d'horribles immeubles modernes la jouxtaient. À l'intérieur, il y avait encore les aménagements de la reconstruction, très années 50, qui me semblèrent d'une grande beauté, la clôture du chœur, la chaire, le trône de l'archevêque qu'on devait au ferronnier d'art Raymond Subes. J'allumai un cierge. Le galeriste donnerait-il un avis favorable ? Dans une rue qui bordait l'imposant palais archiépiscopal, j'achetai, dans une brocante, un petit bénitier en faïence de Rouen. Il serait pour Anna, au moment de la naissance. Il finirait peut-être dans la niche aux reliques de son studio de la cité Bergère.

Je me souviens d'avoir marché des heures, sans savoir si je devais repasser voir Thévenin, craignant plus que tout un refus qui serait pourtant sans conséquence. Et lorsque je m'étais résolu à revenir dans le quartier de la cathédrale, après être resté un long moment à contempler les vitraux dans l'église contemporaine de la place du Vieux-Marché qui n'était pas inintéressante, j'avais évidemment trouvé porte close. Il m'appellerait. Tout cela était sans importance. Un pressentiment m'habitait : il ne prendrait que les paysages, s'il retenait aussi les nus ce serait pour les garder, les montrer sous le manteau à une clientèle discrète qu'il devait avoir à Rouen. Je n'avais pas fait ces portraits pour qu'ils finissent dans des appartements de vieux excentriques qui s'entouraient d'une galaxie de gitons et de profiteurs. Et dans le train du retour, je pesais le pour et le contre. Ces photos m'apparaissaient comme des travaux préparatoires, ces corps, le joli et velu Thibaud, le matelot tatoué, il fallait les sculpter, leur donner une présence d'argile, une densité nouvelle. J'étais incertain, inquiet. La richesse un peu grasse du bocage me lassait, Bréauté, Beuzeville, Yvetot, je n'aimais que Le Havre, son Lego stalinien, l'entrelacs des bassins, la ligne des vagues. Le docteur Lambert m'avait demandé de l'appeler, dès mon retour, pour lui rendre compte de l'entrevue. C'était son épouse qui avait été en relation avec Thévenin. Je savais déjà comment tout cela finirait : l'apéritif tourbé dans le belvédère puis le dîner sur les hauteurs de Sainte-Adresse si la lumière était belle. J'avais, au retour de Rouen, un tempérament de mauvais fils. La parole m'était difficile, les deux longues stations à la cathédrale et à l'église Sainte-Jeanne-d'Arc m'avaient mis sur une pente méditative. Ma vie basculait et je ne savais trop vers quoi. Je ne détestais pas mon métier, je m'étais attaché à cette ville et à ce vieil homme surtout qui veillait sur moi comme personne ne l'avait jamais fait. Il était manifeste que j'étais devenu l'une de ses raisons de vivre à un moment où son horizon s'assombrissait. Il n'était pas impossible qu'il fût malade, même si rien ne transparaissait, sinon cette pâleur, cette fragilité qui le rendaient parfois transparent, presque friable. Une sentinelle de craie de la Porte Océane. L'année s'achevait : je me sentais plus libre. La tentation des môles me reprenait, je passerais directement de la gare au Large : Thibaud, Vaclav étaient peut-être là, d'autres encore. Le docteur m'attendrait sans doute, je n'avais pas de comptes à rendre, je m'inventerais une histoire. La probabilité de le voir errer le long des darses, entre les hangars désaffectés, était nulle, cependant cette longue nuit de rencontres et d'ivresse, pas un instant elle ne me quitterait.

Souvent j'allais sur la côte, je m'étais mis en tête de visiter l'atelier de Braque à Varengeville, invisible, caché dans une propriété privée. Je rêvais de voir le crâne et la cruche qui avaient accompagné le peintre dans ses méditations. Tout cela existait-il encore, fermé comme un musée sur lequel on avait apposé les scellés ? À défaut de découvrir cet atelier, insatisfait de mon pèlerinage au petit cimetière, je préférais marcher dans les chemins creux, il y avait de superbes maisons dissimulées derrière de hauts murs et une abondante végétation, je me serais presque cru à La Buissière, mais ce qui m'attirait, c'était la mer avec ses nuances de vert et de gris, l'abrupt des falaises, cette impression constante d'un paysage qui s'arrêtait net, qui s'effondrait, d'une cassure venant rompre la monotonie des pâturages et des champs de betteraves. Les fermes de briques, avec leurs bâtiments austères, leurs cours fermées, semblaient avoir été construites contre le vent, contre tout ce qui arrivait de la mer, la pluie, les bourrasques, les nuées d'oiseaux. C'était le paysage qui m'avait toujours transporté à La Buissière, ce vertige soudain sur l'arête de calcaire, cette sensation d'un pays plat, domestiqué, qui basculait soudain, vers l'infini, la ligne grise ou bleue des eaux, la procession des cargos qui remontaient vers la mer du Nord.

Jamais comme en ces moments je n'ai eu l'imagination maritime, fasciné que j'étais par les falaises, leurs alvéoles et leurs cassures, les filons de silex qui les veinaient, ce mélange de craie, d'ocre, de salissures d'argile qui me rappelaient la palette de Braque. J'aurais voulu peindre, je me contentais de photographier, les brisures de la roche, les failles verticales qui fendaient la paroi, l'impression d'un feuilleté qui ne cessait de s'effriter et dont des pans entiers tombaient sur les grèves, avant de se dissoudre parmi les galets. C'était une passion de ce printemps de 1982, un travail plus austère que les lumières marines et les nus du Havre, une sorte d'exercice aride, obsessionnel que je pourrais montrer sans problème à Thévenin, le galeriste de Rouen. Les modèles du Large me signalaient, me démasquaient bien trop. C'étaient de bons compagnons qui incarnaient à merveille mes fantasmes, mais je reviendrais plus tard à cette thématique : la série que je dénommerais *Sur les pas de Braque* était bien plus neutre, plus inoffensive. C'étaient des clichés en noir et blanc, parfois tout juste colorés, mais d'une tonalité presque fade, délavée. Je les développais toujours dans le garage que m'avait prêté Louis Lambert près de l'église Saint-Joseph, les photographies séchaient sur de larges planches que j'avais dénichées au port, étranges, très vides, avec les galets, les accidents de la falaise, les laminaires, parfois des oiseaux, les mouettes et les corbeaux qui peuplaient ces lieux, parfois seulement leurs traces sur la paroi blanche veinée de noir. Un homme avait peint, avait travaillé – c'était son mot – dans ce paysage ocre et gris, près de ces chemins d'argile qui descendaient vers la mer, l'immobilité statuaire des rochers et des pierres au jusant, cette étendue blanche, silencieuse, de galets concassés, d'algues, de branches et de morceaux de bois déposés par les flots. Des heures je restais immobile à scruter la lumière, à attendre l'éclaircie qui ouvrirait la noirceur du ciel, à guetter le mouvement des nuages, l'irruption d'un vol, quelques taches, quelques présences dans un ciel qui finissait par prendre la couleur des hautes murailles de craie. Le peintre était passé là, il était venu dans son bourgeron de velours observer ces nuances du ciel, cette mobilité soudaine, la grâce d'une lumière mouillée qui éclaboussait les vagues, il avait quitté l'atelier, le crâne et la cruche, ce creuset où, selon son mot, « ça se passait ». Vingt ans plus tôt, il avait marché sur ces grèves, il avait emprunté ces valleuses qui menaient aux champs de galets, jusqu'aux reliques maritimes, les plumes dispersées, le mélange des gris et des pourritures ocre, les barques échouées.

Lorsque je les avais découvertes, dans une sorte de crique protégée au pied de la falaise, ces barques renversées, poussées par la mer vers le haut du rivage, m'avaient ravi, à tel point que j'avais immédiatement su qu'elles constitueraient désormais l'essentiel de mon travail. Braque les avait contemplées, il les avait peintes, la figuration, très noire, de l'une d'elles avait accompagné Malraux dans sa vieillesse, jusqu'à la solitude de Verrières-le-Buisson. Ces carènes échouées, avec le bois brut et blanc apparaissant sous le goudron, la marque illisible du nom et de l'inscription maritime, le chaos des lattes et des arcatures disjointes m'obsédaient littéralement, si bien que je n'avais plus d'yeux pour les nuages, les grains, les oiseaux en provenance du large. Les grandes marées bousculaient parfois l'ordonnancement des bateaux qu'aucun pêcheur n'utilisait plus depuis longtemps. Très tôt le matin ou le soir, dès qu'il était possible de photographier de nouveau, lorsque la lumière trop uniforme n'écrasait plus le paysage, je revenais à mes barques, plus réelles que tout autre souvenir de Braque, plus présentes que la vision de la cruche ou du crâne captifs de l'atelier caché.

J'avais montré ces images à Anna un soir de mai, dans le studio de la cité Bergère. Elle était énorme, lasse, les jambes gonflées, d'une humeur capricieuse et son visage s'était éclairé lorsqu'elle avait vu la série de mes clichés sur les traces de Braque.

— Ça me rappelle plein de choses, avait-elle dit, Varengeville et la côte du pays de Caux, mais Morgat aussi, les galets de Telgruc. C'est étrange, cette passion pour les barques et les falaises. Ça ne nourrit pas son homme mais je t'engage à continuer. Tu devrais aller montrer cela à un galeriste rue de Seine…

Et elle s'était remise à jouer, comme inspirée par ce qu'elle avait vu, un mélange de Liszt et de Schubert, une composition à elle, en hommage à Braque et aux barques de Varengeville. Le souvenir de cette musique improvisée m'est resté et pendant longtemps je n'ai pu regarder ces photos sans entendre cette mélodie qui n'avait existé qu'un soir, en mémoire du peintre des oiseaux, du veilleur des grèves de Varengeville. Le conseil d'Anna m'avait touché, c'était le signe qu'elle croyait en mon travail et c'était un signe qui me touchait plus que tout autre. Évidemment je n'étais pas insensible au soutien de Louis Lambert qui représentait pour moi l'homme de goût, l'amateur éclairé, mais qu'Anna eût aimé ces photos me comblait parce que renaissaient ainsi une complicité essentielle, fondatrice, une sensibilité océanique, forgée entre les grottes de Morgat et les sables de Sainte-Anne-la-Palud. L'avis d'Anna, celui de Louis Lambert comptaient bien plus que le jugement de Thévenin qui manifestait avant tout l'appréciation d'un marchand, de quelqu'un qui misait, qui se disait qu'ainsi il pourrait vendre, constituer une clientèle. Et, en effet, sa réaction avait été conforme à ce qu'on pouvait attendre, cette fois il n'avait pas hésité, la sentence était tombée sans délai :

— Ça je prends, c'est bien plus accessible que vos marins qui sont, je le redis, très beaux. Il reste ici un public fidèle à Braque. Ça va plaire…

J'avais soustrait de la série deux clichés, l'un finirait dans le perchoir de la cité Bergère, l'autre, que j'avais fait encadrer au Havre en ayant soin d'exiger une baguette noire, janséniste, j'attendrais notre rituel whisky de la fin d'après-midi pour l'offrir à Louis Lambert. Le grain, la qualité du tirage me semblaient meilleurs que ceux laissés au galeriste, j'étais certes un débutant mais, à force de nuits passées dans le garage près de Saint-Joseph, un certain métier s'affirmait. Le docteur Lambert semblait heureux, ragaillardi, des réminiscences d'une lointaine visite à Varengeville, dans un logis de ferme confortable, lui revenaient. Il se souvenait d'un homme poli, aimable, de son tact et de ses dons de causeur. Avait-il entendu le fameux « C'est là que ça se passe » ? L'émotion du vieil homme était palpable soudain, elle provenait d'un passé heureux, complice, celle qui aimait Braque et Boudin, c'était Anny et elle n'était plus. Louis Lambert s'était levé, son verre à la main, il regardait la mer et je ne voyais que sa silhouette, plus voûtée, plus diaphane dans la lumière du soir. Il voulait me parler mais sans avoir à affronter mon regard :

— Beaucoup de choses seront pour vous, ici, le moment venu. Beaucoup. Dans la mesure du possible, je laisserai le minimum à mes indignes héritiers. Rassurez-vous, je ne compte pas partir demain. Il y a une chose toutefois que j'aimerais vous confier dès maintenant parce qu'elle me semble susceptible de vous servir, c'est ceci…

Sur une table qui faisait face à la baie vitrée, il y avait un crâne, les orbites béantes, l'os lisse, intact.

— C'est ce qui m'est resté de mes cours d'anatomie à Rouen et je n'étais pas, d'ailleurs, censé l'emporter. J'ai pensé qu'après la barque vous pourriez trouver là un nouveau motif de fidélité à Georges Braque…

PENSÉES DES MORTS

Simon Horberer est né le 26 juillet 1982, jour de la Sainte-Anne, hasard qui eut l'effet de ravir sa mère. Anna, qui avait espéré être en Bretagne au moment de l'accouchement, ne pouvait plus voyager à la fin de la grossesse et la naissance eut lieu plus banalement dans une clinique du 15ᵉ arrondissement. Les derniers moments avaient été éprouvants ; Anna, épuisée, ne pouvait plus monter jusqu'à son studio de la cité Bergère et elle passait son temps à fulminer contre son état, le genre humain, sa carrière compromise et ses rivales qui allaient profiter de cet empêchement pour s'imposer. L'accouchement eut pour elle l'effet d'une libération : elle existait enfin, comme avant ; elle ne voulut pas suivre l'avis des médecins qui lui prescrivaient du repos et rentra dans l'appartement des Grands Boulevards plus tôt que prévu. La chose me surprit lorsque je vins offrir le petit bénitier en faïence de Rouen : Stéphane pouponnait tandis qu'Anna répétait cité Bergère. Elle voulait monter sur scène dès l'automne, enrageait de ne pas avoir pu jouer tout ce temps et disait à qui voulait l'entendre qu'elle désirait prendre sa revanche.

Nous étions plus d'un à penser que ce n'était pas la

formule appropriée. Telle elle était. Les privations et les contraintes des derniers mois l'avaient aigrie, la grossesse n'avait pas été une aventure heureuse et encore se gardait-elle de tout dire. Dans le modeste appartement des boulevards, tout était en désordre, des papiers gisaient sur le canapé, Stéphane, pas rasé, traînait entre son bureau et le berceau, il surveillait le sommeil du bébé, les biberons, tout en révisant son concours qu'il passerait fin août. Il m'avait accueilli avec le sourire, l'air fatigué mais détendu, riant de sa condition d'homme au foyer, de père maternant comme il disait. Une émotion m'avait saisi en découvrant Simon qui avait la pâleur et la blondeur de son père, une sorte de grâce fripée, en retrouvant aussi un ami que je ne voyais plus. En l'absence d'Anna enfermée dans son studio, Stéphane avait tenu à déboucher une bouteille de vouvray pétillant – il n'avait que cela – pour fêter la naissance de leur fils. Il avait une nonchalance qui me rappelait nos belles années, il croulait sous la tâche et s'en amusait. Un mois le séparait de l'échéance, il mesurait ses lacunes, les béances dans sa préparation, les questions effleurées. Il regardait tout cela avec une forme de distance sereine, ne semblait pas douter de son succès, faisant confiance à la Providence ou à son ange gardien, aux instances célestes qui veillaient sur son destin.

— Au pire je serai sous-préfet en sortant de l'ENA, ou administrateur civil… Tout cela ne sera pas du goût de la grande Anna Horberer… Une sous-préfecture crottée, un bureau miteux pendant que madame court le vaste monde !

Ce n'était pas le moment d'évoquer le passé, les nuages, l'endormissement de notre amitié, Anna l'avait tenu informé de ce que je faisais et il m'interrogeait avec cette minutie dans l'enquête, cette curiosité, ce goût du détail qu'il avait toujours eus. Les photos, les sculptures entassées dans le garage du quartier Saint-Joseph, les nouveaux travaux consacrés aux vitraux de l'église, aux jeux de la lumière sur le béton nu, il voulait tout savoir, il rêvait de venir au Havre, de voir la série des barques et les évocations des grèves de Braque. Il ne forçait rien, il avait toujours la même aisance, la même distinction : à le voir faire, on ne doutait pas un seul instant de son succès.

Anna ne réapparaîtrait pas de sitôt. Stéphane m'avait demandé de garder l'enfant, le temps pour lui de descendre acheter quelques petites choses à grignoter. L'appartement était incommode, exigu, un campement entre deux voyages, deux tournées. Dans un angle, sur des étagères de bois blanc, étaient disposés plusieurs des livres achetés à la librairie L'Athanor, Huguenin, Drieu, Michaux, Michel Tournier. L'espace de Stéphane se réduisait à cette encoignure, le reste de la maison étant envahi par les affiches, les partitions, les collections de disques d'Anna. Rien n'était beau ni rangé, rien n'évoquait l'antre d'un couple harmonieux, accordé. Le temps semblait s'être arrêté, et avec lui la valse des angoisses. Jamais, au cours du frugal dîner que nous partagerions ensuite, il ne serait question des orages et des craintes qui demeuraient liés, pour moi, à la triste demeure de l'Yonne, l'alcool, les tensions, le détachement des êtres. La naissance de Simon avait expurgé l'angoisse, Anna, qui avait retrouvé son indépendance et sa liberté, ne se sentirait jamais mère, elle refusait d'allaiter l'enfant, s'estimant déjà assez enlaidie comme cela. Le vouvray et le champagne que nous avions bu ensuite délieraient les langues. Allongé sur le canapé, les jambes ballantes, presque indifférent au bébé qui pleurait dans son couffin, Stéphane pensait à son avenir. Il se souvenait d'une phrase de Stendhal affirmant qu'il fallait toujours choisir le parti qui serait aux affaires quand on aurait quarante ans. Il se voyait faire de la politique. C'était nouveau, je l'aurais plutôt imaginé jusque-là dans le rôle de l'éminence grise, du haut responsable qui tire les ficelles en coulisses. Il était loin de partager l'enthousiasme d'Anna pour Mitterrand et sa cour, il se moquait même des reniements de celui qu'il appelait le « monarque solutréen », de son alliance avec les communistes qui, pour lui, ne résisterait pas longtemps à l'austérité des mesures économiques, des promesses non tenues et des mensonges éhontés proférés à seule fin de chasser Giscard. La droite reviendrait vite au pouvoir, seule la solidité des institutions garantissait la survie de la législature jusqu'à son terme, et en 1986, Mitterrand aurait à coexister – c'était son mot – avec un gouvernement de sensibilité opposée. Il se voyait même jouer un rôle à ce moment-là, et laissait entendre qu'il participait déjà à des groupes de réflexion un peu clandestins parce qu'il craignait la surveillance des réseaux d'information du pouvoir socialiste. Il était d'une droite ouverte, éclairée, presque centriste, il bannissait le populisme, la droite bonapartiste, le côté autoritaire qu'on prêtait alors à Chirac.

— Anna est allée ce printemps à l'Élysée pour une remise de décorations et elle est revenue conquise. Le monarque de Solutré clignait, distribuait ses hochets, au milieu de sa cour. Il a ébloui tout le monde en racontant, sans notes, les vies des récipiendaires avec force dates… Elle m'amuse. Le roi l'a gratifiée d'un sourire aimable. Elle ne désespère pas d'être bientôt reçue à déjeuner… Ce président aime les artistes, c'est son refrain. Je le crois intéressé par la littérature, sincèrement, les vieux livres, la musique pas du tout. Les arts plastiques, oui, parce que ça sert l'image et draine beaucoup d'argent. Ta sœur est d'une incroyable naïveté politique mais, Dieu soit loué, elle a bien d'autres talents…

À Pleyel, en octobre 1982, Anna fut éblouissante, malgré la naissance de Simon et les mois de préparation moins intense. Liszt toujours, Chopin, et Schubert. Il fallait la voir arriver, souveraine, une sorte de majesté plus amène, la silhouette épaissie par la grossesse, l'expression d'une trentaine épanouie. Elle caressait le piano, ne frappait les touches à aucun moment, épousait l'instrument dans une forme de virtuosité jamais démonstrative, de grâce fluide, assurée. Elle le dirait à la télévision dans un entretien que j'ai revu récemment :

— Les événements des derniers mois m'ont tenue un peu à l'écart de mon piano. J'ai eu un enfant, je l'ai attendu et ces mois ont été compliqués, parfois douloureux, les femmes qui ont eu ce bonheur et cette épreuve aussi me comprendront. Au seuil de la trentaine, j'ai dû négocier ce tournant, devenir mère tout en continuant à jouer parce qu'il est évident que je ne mettrai pas ma carrière entre parenthèses, pour mon public, pour ceux qui me suivent, pour ceux qui m'ont assurée de leur confiance dès le début. Du sang breton coule dans mes veines, je suis une Celte obstinée. Qu'on se le tienne pour dit, j'ai l'âme d'une guerrière. Oh je ne veux la mort de personne, je veux seulement que la musique triomphe et, avec elle, les valeurs auxquelles je crois, la beauté, la transparence, l'harmonie. J'ai beaucoup joué depuis des années, j'ai plus joué que je n'ai vécu, je suis une débutante. Pleyel, c'est déjà une sorte de consécration mais j'ai bien conscience d'être loin, très loin du but. *Obermann*, je ne sais pas encore bien le traduire, mes *Jeux d'eau à la Villa d'Este* doivent encore gagner en fluidité, en sobriété, je ne suis pas assez nette parfois, je me laisse aller à la tentation de l'arabesque. L'économie de moyens, c'est une force. Je ne crois qu'au travail, à cette discipline qu'on s'impose, à cette haire musicale que je porte et que je ferais bien de serrer un peu pour donner à mon corps plus d'élégance, plus d'allant... Des enregistrements m'attendent si je passe avec bonheur le cap de Pleyel. Je ne plais pas à tout le monde. Que m'importe !

Elle faisait référence à un épisode malencontreux qui avait marqué le début des répétitions. Un critique, qui avait éreinté le premier album d'Anna, s'était infiltré dans la salle en usant de complicités, il s'agissait d'un folliculaire d'extrême droite, qui avait navigué dans l'orbe de Rebatet, homme cultivé au demeurant et d'un goût plutôt sûr, mais qui osait écrire qu'Anna Tugdual était devenue Anna Horberer pour dissimuler qu'elle était surtout la « dernière pianiste française d'inspiration soviétique ». Est-ce Bruno Dorléac, son agent, qui l'avait avertie de cette présence dans la salle alors qu'Anna, jusqu'au dernier moment, exigeait de rester seule ? Elle avait fondu sur l'intrus, l'insultant, le traitant de « collabo et de fumier nazi », des coups s'en étaient suivis, Anna, en tombant, s'était blessée sur un strapontin et le journaliste avait fui, assurant qu'il pourchasserait de sa haine Anna Horberer, pianiste bolchevique sans génie. Cet épisode était malencontreux parce qu'il révélait l'extrême susceptibilité d'Anna et qu'il risquait de fédérer quelques critiques dans la dénonciation de pratiques que même les plus grandes pianistes ne s'autorisaient plus. Une certaine presse serait prompte – elle le fut – à fustiger le jeu d'une guerrière, d'une artiste qui exécutait, manquant de nuance, de délié, de précision, jouant comme elle l'avait appris de l'autre côté du Rideau de fer, sans états d'âme, sans empathie, comme un rouleau compresseur, je crois même que d'aucuns osèrent parler de char d'assaut.

C'était d'une méchanceté terrible et d'une grande injustice, Anna jouait avec retenue, délicatesse, mais elle était sur le point de percer, de détrôner deux ou trois déités que ces critiques adulaient. L'affaire de l'algarade tombait mal parce qu'elle manifestait la nervosité d'Anna, sa sensibilité excessive. Le cap était passé mais Pleyel n'avait pas été le succès incontesté que nous espérions tous. La violence de l'artiste, le caractère tranché de son tempérament ravissaient certains et en horripilaient d'autres, nombreux, qui disposaient d'un vrai pouvoir de nuisance.

Je la revois dans sa loge, puis dans l'appartement des boulevards où Stéphane, à la veille de passer ses oraux, avait organisé un souper. Elle rayonnait, malgré le doute et la fatigue, encore portée par la musique qu'elle aimait, confortée par le public dans la conviction que sa manière de jouer était la bonne, qu'elle ne trahissait ni Liszt, ni Schubert, ni Isralavic. Elle demeurait fidèle à l'enseignement reçu, à une ligne, à un idéal. Rien ne la ferait dévier, devinait-on, rien, elle s'était radoucie, acceptant de prendre un instant dans ses bras Simon qui n'en pouvait plus de la seule attention paternelle. Elle semblait là, comme à contrecœur, captive d'un rôle, d'une position qui ne lui convenaient pas, on la sentait prête à remonter sur scène, à retrouver son instrument dès cette nuit, elle partait quelques jours après en Touraine, elle devait enregistrer à la Grange de Meslay les *Harmonies poétiques et religieuses.* Rien ne semblait plus compter pour elle que cela ; Simon, Stéphane qui lui aussi se trouvait au seuil d'une étape décisive, rien n'existait plus. Elle avait soif de champagne, de vengeance, elle riait très fort en souhaitant la fin du « plumitif nazi ». Tout cela était exagéré, justifié par le spectacle qu'elle aimait donner. Sur la scène de Pleyel – j'avais certes peu d'éléments de comparaison –, elle m'était apparue d'une présence rare, d'une audace qui forçait l'admiration. Au fond d'elle-même, elle ne l'avouerait jamais, elle devait regretter d'avoir perdu ses nerfs, de s'être révélée sous un jour intransigeant et belliqueux qui dépassait sa nature. Mais il ne lui déplaisait pas non plus d'avoir montré qui elle était, la force qui l'habitait, à son agent, à son mari, à ses proches. La scène ressemblait à une aire de combat, comme la vie, et Anna n'était heureuse que lorsqu'elle désignait des cibles, des ennemis, des concurrentes à abattre. Elle serait admirée à proportion de ce qu'elle serait redoutée. C'était sa conviction profonde. Elle n'avait pas tout à fait tort.

À Lille où je l'avais rejointe, Anna avait conquis son auditoire. Elle ne jurait plus que par les *Harmonies poétiques et religieuses*, l'album enregistré à la Grange de Meslay était sur le point de sortir, les quelques articles que j'avais pu lire la désignaient déjà comme une des très bonnes interprètes de Liszt. À l'église Saint-Maurice où elle avait joué, c'était l'affluence des grands jours, malgré le froid, le grésil menaçant, une sorte de givre boueux qui salissait les pavés. Elle résidait à l'hôtel Brueghel tout à côté de l'église, dans le centre ancien de Lille. Bruno Dorléac m'avait confié le dossier de presse, heureux de la tournure que prenaient les événements, de l'accueil de la critique, des tournées futures. À l'hôtel Brueghel, il ne restait qu'une chambre minuscule sous les toits qui surplombait les gargouilles et les sculptures de l'église. Tout en regardant l'espèce de neige fondue qui tombait, je compulsais le dossier de presse un peu comme s'il eût été question d'une étrangère. Je ne m'étais jamais fait à ce nom, je ne m'habituais pas à lire des commentaires qui me semblaient porter sur un personnage autre, cette femme qu'on décrivait, qu'on louait, à qui on promettait une carrière superbe si elle savait garder cette exigence, n'était pas ma sœur, c'était une créature publique qui ne m'appartenait plus, portée par la musique de Liszt qu'elle habitait plus intimement que si elle l'eût elle-même écrite.

Je n'étais pas critique musical, je ne le serais jamais, j'étais tout juste bon à prendre quelques photos, à sculpter, à enseigner la grammaire et un peu de littérature dans ce collège triste de la banlieue havraise où l'on m'avait affecté, mais je lisais avec une sorte de défiance tout ce laïus, ces phrases qui s'enchaînaient dans une sorte d'approche sirupeuse et où il était question de subtilité, de connivence et de délicatesse. Tout cela cernait sans doute une forme de vérité mais ce qui m'avait saisi dans la nuit froide et lugubre de Lille, dans cette église mal entretenue dont les portes disjointes laissaient passer les courants d'air, c'était l'extrême justesse du jeu d'Anna, et dans deux pièces plus particulièrement, *Bénédiction de Dieu dans la solitude* et *Pensées des morts*. La *Bénédiction* s'égrenait comme une sorte de distillation tragique, de piétinement grave et solennel. C'était une grâce d'entendre cela, cette prière déchirée entre tourment et sérénité, dans le sanctuaire où l'on ne voyait que des dessins d'enfants hideux et des chauffages à gaz dignes d'une église ouvrière, pauvre et délaissée. Il y avait heureusement l'assistance fournie, la concentration de l'auditoire et, j'oserai le mot, une forme de ferveur. À la bordure du chœur, à l'emplacement de la sainte table, Anna Horberer était la grande prêtresse de cette liturgie nouvelle, plus convaincante, plus inspirée dans son sacerdoce que bien des locataires et des desservants du lieu. Il y avait sans doute des églises plus accordées à ce type de concert, dotées d'une acoustique meilleure, mais la conjonction de Liszt, de la nef lugubre, du vent et de la neige, du souvenir lointain de Lamartine magnifié par la transcription de Liszt, faisait de cet office vespéral un moment exceptionnel, plus pur, plus fervent que le récital de Pleyel pollué, dans mon souvenir, par trop de considérations extérieures à la musique.

Anna avait demandé à Bruno Dorléac de lui laisser le lendemain ce qu'elle appelait une « journée blanche », elle ne voulait aucune obligation et l'interview promise à FR3 accordée, nous montâmes dans un train assez désuet et haut, du genre de ceux que l'on voit dans les tableaux de Delvaux. Elle avait le désir de marcher à Bruges le long des canaux, de se promener en manteau de fourrure à l'intérieur du béguinage et dans les rues pavées, elle voulait voir les œuvres de Pourbus et du maître de Flémalle, les adorations, les crucifixions, les portements de croix si magistralement peints par les artistes des Flandres et leurs ateliers. Elle disait que ces images étaient en résonance avec ce qu'elle vivait, ce qu'elle jouait, elle se montrait attentive à une étoffe, à la couleur de la robe de la Vierge, au rouge du manteau d'opprobre du Christ, aux pierreries d'une crosse épiscopale, à l'échappée bleutée d'un paysage de montagne dans l'entrebâillement d'une fenêtre. J'aimais sa façon de regarder les tableaux, pressée, goulue, capricieuse. Elle passait vite, revenait, un détail l'attirait, une inscription, la forme d'une mitre, le visage béat d'un donateur, la grâce juvénile de la Vierge, l'effroi de la Pietà au bord de l'abîme. À l'hôpital Saint-Jean, devant la châsse de sainte Ursule de Memling, elle resterait longtemps en arrêt, admirant tout, la précision des scènes, la beauté du reliquaire, sa perfection chromatique.

— Ils sont stupides, me dirait-elle en sortant, ceux qui pensent qu'un pianiste ne doit connaître que son instrument, évidemment le travail est indispensable, les heures et les heures de claustration, comment le nier ? Isralavic lui-même s'isolait souvent pour contempler des icônes, il m'a appris qu'on joue vraiment bien en se nourrissant d'autres choses, en lisant, en regardant des tableaux, en sortant de la stricte ornière musicale. Comment bien jouer Liszt si on n'a pas, un peu, le souci de la transcendance ? Cette journée blanche est aussi utile pour moi qu'une journée de solitude dans mon studio. Je me charge de tout ce que je vois et en plus je suis avec toi…

Sa joie faisait plaisir, cet enthousiasme qu'elle exprimait, cette vitalité qui la poussait à tout voir, à traverser à vives enjambées la prairie givrée du béguinage, à marcher le long des canaux en regrettant que les conditions climatiques nous empêchent de naviguer. Elle n'avait rien d'une béguine, d'une nonne cloîtrée, d'une adoratrice immobile du reliquaire de sainte Ursule. Elle ne tenait pas en place, elle avait la fougue d'une marcheuse grisée par une ville qu'elle découvre, un recoin, l'embranchement d'une ruelle un peu vide, une vue sur un jardin dont les arbres dénudés dessinaient sur le ciel des hampes très sombres, tout l'attirait. La patine des tuiles et des briques surtout, ces teintes rougies, macérées, l'excitaient.

— Je voudrais qu'on entende tout cela dans ma musique lorsque je me remettrai à Liszt. Qu'il y ait ces canaux, ces couleurs, ce mystère, ce christianisme domestiqué, si sensible…

Elle voulait boire un chocolat chaud, une bière peut-être, elle souhaitait se poser dans un estaminet, une salle lambrissée de bois sombre avec des tables rustiques à la surface mal équarrie, elle voulait continuer à admirer la ville derrière des vitres au verre irrégulier, comme dans un cocon, une intimité quiète qui lui rappellerait la volupté des intérieurs flamands. Je la voyais regarder sa montre.

Elle était toujours hantée par le rythme des obligations, un coup de fil à passer, une confirmation qu'elle n'avait pas donnée, l'horaire du retour. Au chocolat qui risquait de la faire grossir, elle avait curieusement préféré une bière épaisse, très crémeuse, qu'elle savourait, soudain indifférente au temps, aux contraintes du retour. Elle était heureuse de ce qu'elle avait vu, de ce qu'elle avait engrangé, et elle employait le terme à dessein en songeant au lieu de ses derniers enregistrements. Elle parlait d'une autre ferme, dans la Vienne je crois, en cours d'aménagement et qui aurait une acoustique plus extraordinaire encore. De Stéphane, de Simon, il serait très peu question. Tout juste s'était-elle réjouie du succès de son mari à l'ENA en disant que le séjour en ambassade risquait de compliquer leur vie. Elle était libre, sans attaches, encore reliée à Bruno Dorléac qu'elle appelait continuellement, ayant toujours une chose à vérifier, une question de calendrier, les dates d'une programmation, une clause à ajouter dans un contrat. Tout ce qu'elle avait vu, tout ce dont elle s'était nourrie – y compris durant sa longue station dans la chapelle du Saint-Sang devant l'ampoule censée contenir quelques gouttes coagulées du sang du Christ – rejaillirait à n'en pas douter dans ses exécutions futures. De journée vraiment blanche, il ne pouvait pas y en avoir pour Anna. Elle surveillait tout, elle vérifiait tout, inquiète, presque soupçonneuse. Elle relançait sans cesse son agent comme si elle eût douté de son efficacité. Elle avait été façonnée par l'implacable et rigoureux Isralavic et jamais elle ne sortirait de ce moule. Parallèlement elle demeurait soucieuse de son image, de la légende qu'elle entendait construire. Au-delà du plaisir d'une escapade, une journée blanche à Bruges, dans les voitures archaïques des trains de Delvaux, entrait avant tout dans cette perspective.

La nouvelle était tombée comme la foudre, c'était le 13 avril 1983, on m'avait appelé de l'hôpital du Havre :

— Avant de sombrer dans le coma, le docteur Lambert a demandé de vous prévenir. Il a été renversé ce matin par une voiture…

Je m'étais précipité à l'hôpital, je n'avais évidemment pas pu franchir le seuil de la chambre. Une surveillante revêche interdisait toute visite au motif que je n'étais pas de la famille. L'intercession d'un interne bienveillant m'avait permis d'apercevoir le vieil homme masqué, bardé de tuyaux, sous un drap bleu plastifié qui faisait penser à un linceul. J'étais bouleversé. Je pleurais toutes les larmes de mon corps. Louis Lambert avait été fauché par une voiture alors qu'il sortait du café des Arcades après sa rituelle visite matinale. Des témoins prétendaient qu'il s'était jeté sous le véhicule et que le chauffeur, un pauvre homme déboussolé, n'avait pas eu le temps de freiner. Il était sombre, peu disert, confierait la tenancière qui ne croyait pas, pour autant, à un suicide. Le docteur était trop croyant, trop attaché aux valeurs humanistes. C'était un habitué des lieux qui livrait ce témoignage. Jamais rien de tel ne m'était apparu ; le docteur Lambert m'avait semblé, ces derniers temps, plus mélancolique et taciturne, sujet à des absences, des oublis, il avait ainsi omis d'honorer plusieurs de nos rendez-vous sans donner d'explication. S'il avait vraiment voulu se donner la mort, le médecin aurait choisi un autre moyen, il ne pouvait pas s'être jeté sciemment sous les roues de cette camionnette. Il ne pouvait pas être aveuglé, le soleil ne traversait pas la rue à cette heure, il n'avait pas bien regardé au moment de s'aventurer sur la chaussée, simplement requis par une pensée, distrait comme il l'était de plus en plus.

J'avais longtemps rêvé l'irruption des vagues dans les avenues et les travées de cette ville métaphysique, cette fois c'était la mort qui surgissait. L'envie m'avait pris un instant de monter dans son appartement mais je n'étais pas sûr de supporter la lumière, le lieu de nos rencontres, la vue de ses objets, la chauffeuse de Paulin vide désormais. L'interne ne m'avait guère laissé d'illusion : le traumatisme crânien était d'une telle gravité qu'un retour à la vie tiendrait du miracle. Tout serait mis en œuvre pour aider le docteur à glisser lentement vers la mort, sans acharnement, avec le respect qu'imposait ce vieil homme. « Vous êtes le fils ? Le petit-fils ? » avait demandé la surveillante revêche. « Un peu des deux… », avais-je répondu, surpris de cette formule. Des images me revenaient tandis que je marchais comme un piéton ivre dans la belle lumière d'avril : les volutes de fumée du cigare dans le restaurant perché de Sainte-Adresse le dîner de fruits de mer achevé, le cognac partagé, les confidences livrées sur un deuil qui ne s'était jamais cicatrisé, la visite au cimetière de Sainte-Adresse, la tombe grise, minérale, d'Anny Lambert à quelques pas de celle de René et Germaine Coty, la promenade, un soir, jusqu'au garage de Saint-

Joseph parce que le docteur voulait voir instamment mes travaux, les nus, les essais de sculpture, la série augmentée des barques et des grèves de Braque. Il était présent, je l'avais appris ensuite, à Lille, il avait pris le volant malgré les averses de neige, la délicatesse de la confidence m'arrachait des larmes : il voulait entendre Anna Horberer, la voir surtout, mais sans me le dire parce qu'il ne souhaitait pas troubler notre intimité. Je m'en étais voulu de ne pas l'avoir repéré dans la foule transie de l'église Saint-Maurice, il avait dû s'éclipser sitôt le concert fini, incognito, comme un voleur. Chez lui puis dans le belvédère vitré de Sainte-Adresse, il avait évoqué ensuite la gestuelle d'Anna, sa présence, son autorité. Il reconnaissait avoir peu de passion pour les *Harmonies poétiques et religieuses*, mais jamais il ne les avait entendues servies avec une telle vérité. Il parlait d'un jeu qui venait d'au-delà d'elle, d'une effusion de l'âme, de la voix même des sphères célestes. Il attendait avec impatience la sortie de l'album, je l'avais même vu s'agacer du retard de la livraison, lui qui était si poli, si mesuré, si retenu, lui qui ne laissait rien voir de ses rages ni de ses tourments.

C'était un vide effroyable et jamais la ville, malgré la lumière, la clarté d'émeraude qui prolongeait les digues, ne m'était apparue aussi grise, aussi froide, à ce point conçue, bâtie, liguée contre l'homme et son bonheur. On ne pouvait pas être heureux ici, avec ces arêtes vives, ces blocs si régulièrement tracés, cette alchimie minérale, cette cité cérébrale devenue matière, molécules lumineuses, béton sépulcral. Et pourtant j'avais été heureux, j'avais même approché une sorte de félicité jusque-là inconnue, ma convalescence vitale s'était achevée et je le devais à cette ville, à Louis Lambert, à sa générosité, son amitié si douce, si réconfortante. Ce n'était pas mon premier deuil, j'avais vu partir mes grands-pères, le vieux loup de mer de La Buissière n'était pas n'importe qui, mais jamais encore je n'avais ressenti ce désarroi, cet abandon, la ville bétonnée avait un cœur, un tabernacle, un observatoire et tout cela disparaissait soudain derrière la grisaille uniforme des immeubles de Perret.

Le béton régulier des blocs et des barres m'apparaissait comme creusé, fendu d'une béance noire. Une barque calfatée m'obsédait, seule sur la grève, de jais dans le calcaire éblouissant des falaises. Je disposais toujours de la clé de l'appartement de Louis Lambert mais jamais plus je n'y monterais, j'étais tout sauf un voyeur, un charognard, un indiscret en quête d'indices. Il y avait des traces, des écrits, des notes testamentaires, je n'en doutais pas. Louis Lambert se savait sur le départ et il distillait les signes. Il aurait pu tomber des falaises d'Étretat, de Varengeville ou de Dieppe, il avait été fauché au pied de son immeuble, sur cette avenue qui appartenait au circuit régulier de ses promenades, fracassé, anéanti. Toutes traces de l'accident avaient été effacées sur le macadam : elles resteraient à jamais inscrites dans mon regard et dans mon cœur.

Louis Lambert a survécu un peu moins d'une semaine à l'accident. Un document avait été trouvé sur lui, une lettre écrite à la hâte dans laquelle il me priait de bien vouloir organiser ses obsèques à l'église Saint-Joseph, peu lui importait la messe, il demandait seulement un cercueil de bois brut, aussi nu que le béton de l'église, et un peu de musique, une pièce des *Harmonies poétiques et religieuses.* Cette disposition accréditait la thèse du suicide, ce que ne manqua pas de me faire remarquer le prêtre, un ouvriériste soixante-huitard qui devait bouffer du bourgeois et s'interrogeait sur mon statut : petit-fils, filleul, favori. Il semblait décidé à contrarier mes projets, j'étais épuisé, ravagé par le chagrin mais bien décidé à ne pas céder une miette. L'extrait du chapitre 17 de l'Évangile de Jean qu'il me proposa était superbe, la grande prière sacerdotale. En revanche, les chants qu'il recommandait étaient d'une pauvreté désolante. Que faire ? J'avais bien une idée et je n'osais l'exprimer. Je suggérai un peu de Liszt. Il me considéra d'un air réprobateur, dit que les gens demandaient souvent à passer des chansons, et insista pour que je rédige quelques mots d'un éloge funèbre.

Je n'aurais jamais l'audace de prendre la parole pour brosser le portrait d'un homme que j'avais connu la dernière année de sa vie, de manière improbable et intense, mais notre amitié ne regardait que nous. Le prêtre m'agaçait et il me touchait aussi, il s'était radouci, je lui avais parlé du défunt, de sa solitude, de notre rencontre au café des Arcades, de mon état ce matin-là. Il opinait en souriant, moins rigide, moins engoncé dans ses certitudes sociales, touché peut-être par la générosité du vieux médecin nanti qui avait su ouvrir sa porte à un jeune professeur esseulé. Et j'avais évoqué Anna, la blessure qu'avait été son changement d'identité, la place que ma sœur avait prise dans notre complicité, l'audition répétée de l'unique album, l'attente impatiente du suivant, le voyage hivernal à Lille. Ma demande était insensée, d'autant plus que rien ne l'étayait. Il devait bien y avoir un piano quelque part, on se cotiserait pour en faire venir un. Le prêtre me regardait d'un air ébahi. Il laissa soudain tomber :

— C'est un enterrement que nous préparons, monsieur, pas un spectacle…

Je voulais qu'Anna vienne au Havre. Elle ne pouvait pas me refuser cela. Ce ne fut pas une mince affaire de la joindre. Stéphane ne répondait pas, Bruno Dorléac m'assurait qu'il transmettrait mon message tout en jouant la montre. Je savais ce que je demanderais à Anna : qu'elle donne, pour le requiem de mon protecteur havrais, *Pensées des morts* comme cette nuit d'hiver à Saint-Maurice. Je voulais qu'elle soit l'officiante véritable, celle qui ferait monter dans la haute colonne du phare qui couronne l'église Saint-Joseph la prière de Liszt. Elle tardait à répondre. J'avais rappelé Bruno Dorléac, laissé un message à la jeune femme qui gardait Simon. Ne doutant de rien, j'avais aussi téléphoné au presbytère en confirmant que je m'occupais de tout et que ma sœur viendrait bien jouer la pièce dite à la fin de la cérémonie.

Anna, lorsque je l'avais jointe, avait observé un bref silence, mesurant sans doute les bouleversements d'agenda que ce voyage supposait. La rencontre miraculeuse du docteur Lambert avait effacé, un matin de février, la blessure d'un nom. Il fallait la présence d'Anna, sa musique, pour tenter d'effacer une autre blessure, celle d'une disparition qui venait assombrir la séquence havraise. Telle était Anna, toujours disponible quand il le fallait. Bruno Dorléac la conduisit au Havre, elle était à Saint-Joseph une heure avant l'enterrement pour essayer le piano, noire, intense, ajustée à mon chagrin. La prière finale fut d'une beauté sublime, dans la vaste église plus remplie qu'on ne pouvait le craindre, et, sur les parois intérieures du fût bétonné de la tour-lanterne, les langues de feu des vitraux étincelaient.

Un voile de tristesse recouvrait désormais la ville, le phare de l'église Saint-Joseph était devenu à mes yeux une sorte de lanterne des morts et je ne pouvais le voir sans songer à la messe d'enterrement, cette assistance de notables et de gens plus simples aussi, d'anciens patients de Louis Lambert, sans doute un peu surpris du contraste entre la célébration, d'inspiration très conciliaire, et le bref récital qui l'avait conclue. Plusieurs jours ensuite, incapable de monter jusqu'au cimetière de Sainte-Adresse, je suis venu m'asseoir dans l'église, à peu près à l'endroit qui était le mien pendant la messe, incapable de prier, de formuler une demande, perdu au milieu d'une ville à laquelle, en si peu de temps, tant de souvenirs forts me liaient. Ce qui me plaisait le plus et me réconfortait, c'était le jeu des lumières sur le pavage, l'éclatement et le tourbillon des biseaux colorés, l'ascension des particules chatoyantes dans le fût de la tour par laquelle quelque chose de la présence de Louis Lambert s'était échappé. Il reposait désormais sur les hauteurs de Sainte-Adresse, près de sa femme, sous une dalle grise et sobre, le souvenir du gisant aperçu à la morgue ne me quittait pas, le visage comme bleui, à l'unisson de la veste de tweed d'Arnys qu'il aimait tant.

La patronne du café des Arcades, avec un bon sens et un réalisme normands qui m'amusaient, m'avait prédit de beaux jours lorsque la succession serait réglée. Détenait-elle des secrets, elle qui chaque matin, depuis le veuvage, recevait la visite du médecin, impeccable, tiré à quatre épingles, soucieux, jusqu'à sa mort, de l'image qu'il donnait ? Elle me poussait à monter, à suivre la femme de ménage qui continuait à entretenir l'appartement, une chose était claire : je n'aurais jamais la force de revenir seul dans ce salon où j'avais pris tant de plaisir à regarder la mer, le balancement des vagues, les clartés d'émeraude, la grisaille nacrée des flots qui constituaient pour moi l'essence de la palette du Havre. Les remarques de la patronne, ses incitations grossières finissaient par m'agacer et pourtant je continuais à venir, attiré par ce bistrot comme par un aimant, un repère sûr au milieu d'une cité ingrate où mes jours étaient comptés. D'autres clients, connaissances lointaines du docteur, m'avaient interrogé aussi, elles voulaient savoir qui était cette pianiste qui avait joué à la fin de la messe, il se disait que c'était moi qui l'avais fait venir, on savait Louis Lambert amateur de peinture, un peu moins de musique… Un temps, j'avais songé me retirer à La Buissière, mais je n'étais pas un bon conducteur et la route serait longue jusqu'à mon collège de la périphérie du Havre. J'avais essayé un week-end, invité quelques amis rencontrés au Large que je fréquentais de nouveau, la chose m'était apparue comme l'évidence : j'étais incapable d'y vivre seul.

Les cours finis, je redescendais au centre-ville, au café des Arcades, je choisissais la même place, près de la baie vitrée, devant l'esplanade minérale où la vie de Louis Lambert s'était arrêtée. Je buvais café sur café, je griffonnais, je prenais des notes. La patronne, mesurant mon chagrin ou ma sauvagerie bougonne, ne m'incitait plus à monter dans l'appartement. Je croyais comprendre qu'un notaire était venu, que les héritiers putatifs s'agitaient. Elle distillait les informations : les biens les plus précieux, les tableaux surtout, avaient été emportés, placés dans le coffre d'une banque, en sécurité. La cupidité de tous ces gens m'irritait. « Il vous a couché, oui il vous a couché, c'est sûr… » C'était ce qu'elle répétait à l'envi et la formule, dans sa trivialité, avait le don de m'ourler les nerfs. Un matin qu'il n'y avait pas de clients, sentant ma tristesse malgré la belle lumière qui venait des vagues, elle s'était assise près de moi, elle devait être en veine de confidence :

— Moi aussi, je ne supporte plus de voir cette rue. Je pense sans cesse à l'accident. Je ne sais pas si c'est ce matin-là ou la veille qu'il m'a parlé de vous. Il a dit que vous étiez le fils qu'il aurait voulu avoir… D'ailleurs, à l'hôpital, ce n'est pas moi qu'on a prévenue…

Il y avait chez cette femme une douleur soudain palpable, et elle dépassait la perte d'un client régulier qui ne consommait que quelques cafés.

— Anny, sa femme, était charmante aussi, plus pimbêche, plus grande dame, mais le cœur sur la main…

J'aurais insisté, le misérable petit tas de secrets m'était offert. Et j'avais beau être agacé, l'émotion reprenait le dessus, l'attachement, la force de l'habitude. Je revenais au café des Arcades, à ma table de formica, comme j'allais m'asseoir sous la tour-lanterne de Saint-Joseph. Ensuite, et seulement ensuite, si j'avais un peu de force, je m'enfermais dans le garage que personne ne m'avait encore demandé de quitter. J'avais entrepris une série de sculptures, d'inspiration étrusque ou giacomettienne, autour de quelques motifs déjà essayés, les veilleurs nus, les barques funéraires des grèves de Braque, des phares aussi, des sortes de hautes tours tragiques, mes lanternes des morts. C'était comme un mausolée secret que je construisais dans la ville, à la lisière des flots, il ne m'était pas nécessaire de pénétrer dans l'appartement de l'avenue Foch ou de monter jusqu'au cimetière venté de Sainte-Adresse pour retrouver un peu de la présence du disparu. Thévenin, le galeriste de Rouen et de Deauville, s'était manifesté, il voulait me revoir, s'enquérait dc ce que je devenais. Il avait surtout appris la mort de Louis Lambert et s'inquiétait de mon sort. Tout cela était étrange, et sans importance. Je n'étais heureux que lorsque je me cloîtrais dans mon garage, pétrissais l'argile, et que, sous mes doigts, naissaient les effigies et les formes rêvées au café des Arcades. Je travaillais en musique et j'écoutais, jusqu'à la hantise, *Pensées des morts,* dans l'interprétation d'Anna Horberer. Le disque, avec le retard que l'on sait, était enfin sorti…

Serait-il nécessaire d'exposer un jour ces travaux ? Thévenin était venu au Havre, il était prêt à faire couler les bronzes, j'aimais la nudité fragile de ces statuettes, façonnées dans la périphérie de la lanterne des morts de Saint-Joseph et il ne me paraissait pas nécessaire d'accentuer leur ressemblance avec les œuvres de Giacometti ou de leurs devanciers étrusques qui m'avaient inspiré. Thévenin me tournait autour. Il m'avait demandé tout de go si je possédais la clé de l'appartement de Louis Lambert, il rêvait de s'introduire chez le médecin pour revoir les tableaux. Il devait me croire très naïf. Quelle n'avait pas été ma stupéfaction de l'entendre dire que la vente d'une toile de Boudin, même petite, aiderait à financer mes bronzes et que ce mausolée ne pouvait pas rester en l'état ! Nous nous étions séparés en mauvais termes. La greffe ne prenait pas. Il m'avait promis un vernissage pour les grèves de Braque et il n'avait toujours rien programmé. Il jouait avec moi. Il soufflait le chaud et le froid. Tantôt il m'encourageait, voyant dans mon travail une justesse, une singularité dignes d'un artiste, tantôt il se lamentait en prédisant que je serais au mieux un amateur et que, de toute façon, je gagnerais ma vie en enseignant. Pour un peu il aurait dit un fonctionnaire, signe pour lui de ma servilité, de ma nature commune et de mon absence de talent.

Je n'étais pas mécontent que Thévenin m'abandonne. J'avais transporté dans mon garage-atelier le crâne que m'avait donné Louis Lambert, j'avais demandé à l'un des modèles du Large de poser en jouant avec la relique, je disposais d'une belle série de clichés, j'avais retravaillé les photos et commencé de nouveaux moulages, une suite de veilleurs nus que j'appelais « les dieux immobiles ». Une fin d'après-midi, j'étais dans mon atelier lorsque soudain des coups avaient retenti à la porte : craignant une visite de Thévenin, j'avais immédiatement coupé la musique.

— Je sais que tu es là, c'est moi, Stéphane, la patronne du café des Arcades m'a donné ton adresse…

J'étais aussitôt sorti, un brin hagard, incrédule : que pouvait bien faire Stéphane Horberer au Havre ? J'avais l'impression d'être sale, les mains terreuses, surpris dans mon capharnaüm, Stéphane, en costume gris clair, cravaté, était d'une élégance parfaite. Comme souvent, lorsque j'avais longuement travaillé, je me sentais fourbu, peu loquace, coupé du monde.

— Je voulais te faire une surprise et c'est manifestement réussi, s'était-il amusé, je commence mon stage à la préfecture de Rouen, on m'a prêté une voiture, je voulais revoir cette ville dont Anna m'a souvent parlé. Et accessoirement te voir !

J'avais demandé quelques minutes, le temps de me ressaisir, de ranger et surtout de fermer mon antre. J'étais heureux de retrouver Stéphane mais je ne tenais pas à le faire entrer tout de suite dans l'intimité d'une activité que je jugeais encore clandestine. Le moment venu, il verrait le mausolée secret, les veilleurs au crâne, les barques et les dieux immobiles. Il voulait monter jusqu'à Sainte-Adresse pour dominer le centre, la perspective de l'estuaire et du port, le cadastre régulier des îlots bétonnés. Peu m'importait sa réaction. Je m'étais mis à aimer cette ville pour des raisons très particulières. Stéphane observait, en silence. Il se souvenait d'une notice qu'il avait lue dans laquelle on rapportait le désir d'Auguste Perret de construire « un ensemble urbain organique et vivant » le long d'un véritable front de mer. Ce qu'il découvrait des escarpements avec leurs vieilles maisons le passionnait, il aimait la courbure de la plage, le quadrillage des bassins, la géométrie cartésienne des rues.

— Je te dérange, je sens que tu connais cela par cœur, que tu veux redescendre… Tu peux y aller, j'irai marcher, je me perdrai dans le dédale…

L'irruption inattendue de Stéphane me troublait. Depuis l'accident de Louis Lambert, je ruminais une sorte de mélancolie sourde qui s'atténuait dès que je m'enfermais dans mon garage. Je ne savais pas trop ce que j'allais faire, les propos des uns et des autres m'avaient permis d'espérer un peu d'argent, une liberté miraculeuse qui me délivrerait de l'enseignement de la grammaire et des *Lettres de mon moulin*, de *L'enfant et la rivière*… À moins que je ne retrouve très vite un poste au lycée. La beauté de Stéphane, l'élégance du jeune homme sûr de lui m'avaient saisi dès qu'il m'était apparu. Il posait sur les choses le discours de l'expert, avec cette netteté, cette facilité de parole que je ne maîtriserais jamais, il avait le don de la formule, de la référence exacte. Ainsi, alors que nous surplombions la ville, il s'était souvenu que Leiris parlait du Havre au début de *L'âge d'homme*, de l'étonnant assolement qu'avait pratiqué la pluie des bombes, de l'emprise de l'humidité aérienne, du clair et beau soleil. Il avait peut-être relu cela juste avant de venir, pas forcément, il avait une mémoire infaillible de tout ce qu'il lisait, rien en lui ne s'effaçait.

— Je ne suis pas pressé, nous pouvons dîner si tu es libre, à moins que tu ne veuilles te verrouiller dans ton antre…

J'avais hésité un instant, nous disposions d'une voiture, on gagnerait donc facilement les hauteurs de Sainte-Adresse. Je ne connaissais que ce restaurant où Louis Lambert m'avait si souvent emmené et où je craignais de revenir, submergé par l'émotion. Le maître d'hôtel me reconnut immédiatement et, me voyant accompagné, il eut l'élégance de ne rien évoquer. À la gravité de son expression, presque celle d'un employé des pompes funèbres, je compris qu'il pleurait la perte d'un client fidèle, d'un *bon client*. Stéphane était grisé par ce qu'il avait vu, l'audace monumentale de la reconstruction, l'ampleur stalinienne, la réussite du front de mer, l'église Saint-Joseph où il avait apprécié la luminosité des vitraux de Marguerite Huré.

— Je comprends que tu te plaises ici, c'est une ville forte, Rouen est loin d'avoir cette puissance. Dommage pour toi qu'il y ait eu ce drame…

Louis Lambert, son fantôme, était des nôtres et encore le maître d'hôtel avait eu l'heureuse idée de ne pas nous placer dans le box où je m'étais installé tant de fois. Stéphane semblait heureux à Rouen, il était à un peu plus d'une heure de train de Paris et pouvait ainsi rentrer voir Simon dès que son emploi du temps le permettait. Le préfet lui était apparu comme un homme autoritaire, jaloux de ses prérogatives, serviteur docile du pouvoir en place. Malgré sa courte expérience, Stéphane manifestait une lucidité intraitable dès qu'il s'agissait d'observer les travers de ses supérieurs, leurs ridicules, leurs faiblesses. Il dépeignait le préfet comme un homme apeuré d'un rien, affolé à l'idée de perdre son poste au prochain Conseil des ministres, prêt à tout pour effacer la moindre aspérité et créer l'illusion que tout allait pour le mieux. Il n'avait rien perdu de sa causticité et riait encore de la naïveté d'Anna grisée par les lambris de la rue de Valois et les ors de l'Élysée.

— Il faudrait les mettre à la diète, les loger dans les appartements jansénistes du Havre, les soumettre à l'école du dénuement et du béton comme dans les démocraties nordiques !

Anna n'était jamais là et il en souffrait. Rome, l'Espagne, Berlin, les concerts se succédaient, elle s'imposait comme une grande interprète de Liszt. Il voyait l'avenir sous le signe du nomadisme, des vies séparées, une sorte d'errance sans fin.

— La pression qu'elle s'inflige est ahurissante. Depuis Pleyel, elle est irascible, un rien l'agace. Impossible de l'arracher à son studio de la cité Bergère, à la maison de l'Yonne dont elle s'est entichée de nouveau… Je déteste ce lieu, notre couple a failli y sombrer… Je sais très bien pourquoi elle s'y retire…

Une tristesse subite avait embué le regard de Stéphane, moins volubile soudain, moins présent. Les sujets privés le gênaient, il préférait parler du pouvoir, de ce qu'il ferait à la sortie de l'ENA, de Mitterrand qui – il assurait le tenir de bonne source – était gravement malade.

— Il cache sa maladie comme Pompidou naguère, avec un système plus pervers encore puisqu'il multiplie les bulletins de santé, mais ils sont tous faux… La droite a raison d'espérer, Giscard se revoit à l'Élysée, il se croit un avenir à la Poincaré…

Les nuages s'étaient dissipés entre nous, je me réjouissais de le retrouver, il avait fait le premier geste en venant jusqu'au Havre et c'était une bénédiction. Je le regardais manger ses fruits de mer, avec une méticulosité presque japonaise, une grande délicatesse, loin de la voracité gloutonne d'Anna. Il extrayait, avec une efficacité gracieuse, la chair des tourteaux des cavités de leur carapace, il ne manifestait aucune impatience, aucun dégoût. Son raffinement me séduisait, cette économie des gestes, et dans la lumière du soir qui arrivait de la mer et glissait, en bandes déclinantes, dans la coque vitrée du restaurant, il avait la gestuelle d'un estivant de la Belle Époque, le profil aussi d'un dandy proustien. Rien ne l'atteignait plus, les réalités du retour, les comptes éventuels à rendre au préfet sur cette excursion havraise, sa famille, sa femme lancée sur les routes de l'Europe et du monde.

— Je me dis souvent que mon couple est un peu comme cette époque, comme le régime. Je sais que je ne devrais pas te faire cette confidence, tu vas t'inquiéter inutilement. Nous ne ferons pas de vieux os ensemble. Toi, tu es d'une fidélité archaïque...

Il pouvait parler. Qui avait fait le premier pas jusqu'à moi ? Sans doute pour effacer nos incompréhensions et nos blessures, redire qu'il tenait à moi au sortir d'une épreuve. Anna, je le devinais, lui avait tout raconté de la messe funèbre, de ce requiem d'un père que je m'étais trouvé, un intercesseur discret, lucide, dont la seule présence était un baume. Et je n'étais pas mécontent que nous fussions ce beau soir de juin dans cette salle à manger marine où Louis Lambert m'avait invité tant de fois. Stéphane ne semblait pas pressé. Sa présence inopinée dans ce lieu, cet échange entre considérations politiques et révélations plus personnelles étaient irréels. Je le regardais et je sentais bien que jamais je ne saurais lui dire mon admiration, l'espèce de sidération qui était la mienne dès qu'il revenait. Je me débattais dans une sorte de glaise, j'aurais toujours les mains terreuses quand il apparaissait. Sans doute entrevoyais-je la manière de rompre cette dépendance mais le temps n'était pas encore venu de l'exprimer. Une certitude m'apparaissait : Stéphane ne reprendrait pas la route de Rouen sans que je lui aie montré le contenu de l'atelier invisible. Il voulait s'aérer, marcher sur la lande du côté du phare de la Hève. Il n'était pas du tout pressé de s'enfermer derrière les hautes grilles de la préfecture. Le soleil était lent à mourir, la procession des cargos, comme rouillés, s'égrenait à l'horizon. Quand il aurait bien couru sur le sentier côtier, entre l'abîme et les carcasses intactes des casemates, au pied d'un autre phare, je lui montrerais les crânes, les barques, les dieux immobiles, les grèves de Braque – le mausolée intime et secret.

La nouvelle était tombée comme la foudre : l'appartement du docteur Lambert me revenait, tel qu'il était, meublé, mais sans les tableaux et quelques belles pièces d'argenterie dont la vente dédommagerait les héritiers lésés. J'avais dû quitter Ker Huella pour assister, dans une étude sinistre du Havre, à un véritable psychodrame avec les héritiers précisément, lesquels contestaient les dispositions testamentaires de Louis Lambert. À leurs yeux, j'étais un affreux imposteur, aucun lien de parenté ne m'attachait au médecin, il y avait les tableaux, d'autres biens, des terres agricoles, des actions, mais cela ne leur suffisait pas. Ma première tentation avait été de renoncer, le notaire, au comportement très étrange, ne m'avait pas caché la déception de ceux qui attendaient l'héritage dans sa totalité, évoquant même de probables complications, des contestations judiciaires, un possible procès. On m'avait même très sournoisement suggéré de décliner, au motif que la procédure risquait d'être longue et usante. Anna et Stéphane, réunis à Ker Huella en ce début d'été, ne l'entendaient pas ainsi : pour eux, ne pas accepter consistait à trahir Louis Lambert dont j'avais été le dernier ami, le fils que la vie ne lui avait pas donné. Anna, comme toujours, était la plus radicale :

elle voulait même m'accompagner, elle ordonnait à Stéphane de se renseigner sur ce notaire qui lui semblait véreux, elle me connaissait bien, elle savait que sur cette terre j'étais un voyageur sans bagage, que les biens matériels me répugnaient, et qu'accepter l'héritage aurait pour effet de m'attacher à une ville où je m'étais toujours senti en sursis.

Elle avait usé de tous les arguments pour me faire plier : elle viendrait répéter là, l'Yonne pluvieuse lui pesait, le côté « maison de mémoire » de Ker Huella, elle souhaitait renouer avec la Normandie en évitant La Buissière qu'elle détestait, elle se voyait déjà travailler les sonates de Grieg et de Schumann qui lui avaient été commandées pour une future tournée avec une vue sur la mer et l'incessant cortège des bateaux. Et le jour de la comparution chez le notaire, elle avait délégué Stéphane pour qu'il m'assiste. On n'y serait pas de sitôt. Le clan d'en face, constitué de cousins éloignés et de leurs descendants, opposait une résistance coriace, on sentait les propriétaires aguerris, roués, des gens cupides qui ne laisseraient pas tomber une miette de ce qui leur revenait. Le notaire, au physique de moine rond et vicelard, m'était apparu plus juste qu'au téléphone, moins favorable que je ne le craignais aux héritiers supposés. Le testament de Louis Lambert, qu'il avait lu, faisait peu de cas de ces lointains parents que le médecin avait toujours ignorés. Ils auraient ce que les dispositions légales exigeaient, rien de plus, les tableaux de Boudin iraient au musée André-Malraux ; quant à l'appartement du front de mer, il me revenait, le médecin ayant indiqué qu'il aimerait que ce fût un lieu dédié au travail artistique et à la création.

— Vous créez, monsieur Tugdual ? avait demandé le notaire, d'un air gourmand. Vous peignez sans doute, auquel cas les Boudin seront vite remplacés… Vous pourrez vendre aussi, si les charges sont trop lourdes. Pour le paiement des droits qui seront importants, le défunt a tout prévu…

Il était parfait pour souffler sans cesse le chaud et le froid. Stéphane, qui m'attendait dans la rue, en avait conclu qu'il avait peut-être des vues sur l'endroit. Tout était étrange : Stéphane me poussait à signer, sans doute voulait-il l'appartement pour Anna et la probabilité qu'elle vienne y travailler me paraissait proche de zéro. Une terrible inertie m'accablait, j'entendais les mots de Louis Lambert, cette volonté nettement exprimée de me donner son appartement, de me laisser un lieu plus agréable que le garage – lequel dépendait du lot ! – pour y vivre et rêver.

Rien ne me plaisait vraiment dans cette affaire où il me semblait que j'étais surtout le jouet de volontés qui me dépassaient. Stéphane révélait une opiniâtreté, un sens des affaires, une connaissance du dossier qui me stupéfiaient. Il s'était renseigné à la préfecture de Rouen sur le notaire que rien ne signalait comme un personnage douteux. Selon lui, dans tous les cas, ce serait une excellente affaire. Il m'avait quitté et j'étais allé marcher sur la digue. Je devais avoir encore la clé de cet appartement qui était devenu pour moi un lieu interdit. Ce que j'y avais vécu n'était pas monnayable, convertible en une réalité nouvelle, un lieu que je transformerais et que j'habiterais. Plus que le désir, très étrange, d'Anna, relayé par Stéphane, ce qui me poussait à laisser l'affaire suivre son cours, c'était la volonté de Louis Lambert qui m'avait jugé digne d'habiter là, face au large, dans un endroit où j'avais été si heureux, à l'heure du whisky, lorsque les vagues et l'horizon s'embrasaient. Une image me hantait : Anna jouant dans le grand salon, face à la baie, comme elle l'avait fait pour le requiem à

Saint-Joseph. Elle s'était déplacée, cela je ne pouvais pas l'oublier. Au sens plein du terme, je n'accepterais pas vraiment, je laisserais s'exprimer jusqu'au bout la volonté de Louis Lambert, cette coquetterie dût-elle m'attirer l'étonnement et les railleries de mes proches.

La tournée Schumann, au début de 1985, avait été une épreuve, Anna me le dirait plus tard. Des papiers m'avaient mis la puce à l'oreille : tout en reconnaissant beaucoup de qualités au jeu d'Anna Horberer, quelques critiques soulignaient que ses derniers concerts avaient moins de grâce, que l'interprète témoignait certes d'une grande virtuosité mais qu'on était loin du sommet qu'avaient constitué les *Harmonies poétiques et religieuses.* Un soir, à Munich, au moment d'entrer sur scène, Anna s'était évanouie, il avait fallu annuler le concert et certaines mauvaises langues y avaient décelé les premiers signes d'une capitulation.

J'étais venu la voir dès son retour en France, elle se reposait dans la maudite maison de l'Yonne. La métamorphose de ma sœur m'avait saisi, elle m'était apparue alourdie, très lente, l'élocution surtout, comme si on lui avait administré trop de calmants. Elle m'avait demandé quelques minutes, le temps de passer une robe noire, avec des broderies mordorées, qui lui donnait une allure orientale, une majesté surtout qu'elle ne voulait pas perdre. Tout semblait plus étudié, plus composé que jamais, mais la fragilité, l'usure étaient évidentes. Anna avait souhaité que nous marchions un peu, jusqu'à la rivière, des crocus perçaient le gazon, à la lisière de la prairie plus sauvage qui descendait vers la rivière.

— J'ai trop tiré sur la corde, reconnaîtrait-elle, d'un air las, essoufflée au premier pas. La carcasse a donné ses premiers signes de fatigue, mais il y a plus grave. À Munich, j'ai vu soudain une fosse noire dans laquelle je m'engouffrais, l'angoisse a déferlé, impossible de marcher jusqu'au piano, ce n'était plus une scène, c'était un échafaud. Si j'avais joué, c'en était fini de moi. Bruno Dorléac a pris la communication en main, on a parlé de coup de fatigue mais c'est peut-être plus grave…

Au bord de la rivière, sur l'étroite passerelle qui enjambait les bras d'eau et les petits étangs, elle se traînerait, lasse, très lasse et inquiète. Il ne s'agissait pas d'évoquer la nécessité d'une cure plus sérieuse, elle s'insurgeait. Les médecins, elle les voyait comme des charlatans ; son corps, comme son destin, n'appartenait qu'à elle, elle savait pertinemment ce qui la sauverait, du repos, un vrai sommeil, un traitement à base de plantes qu'une journaliste lui avait recommandé, un peu moins, beaucoup moins de piano.

— Je suis perfectionniste, je sais que je joue trop, Bruno m'a collé trop de tournées, je deviens moins inspirée, plus mécanique. L'autre sot va encore dire que je suis comme une athlète de l'Est, bourrée aux hormones soviétiques, avec un jeu sans grâce. Ces critiques m'assomment, leur jugement oscille comme l'aiguille d'un baromètre breton, ils s'entichent et s'éloignent avec la même facilité, je crains qu'ils n'y connaissent rien. Très peu ont l'oreille… Ils ont soutenu Horberer, puis ils la trouvent grosse et fatiguée, une sorcière *has been*, et ils en propulsent une autre. Tout cela m'épuise…

Sa gentillesse était intacte, sa curiosité aussi. Elle voulait savoir ce que je devenais. L'histoire de l'appartement havrais, qu'elle avait suivie de loin, l'amusait, le fait que je fusse propriétaire d'un beau six-pièces, avec escalier de service, ce dernier détail surtout :

— Ne le vends pas avant que je sois venue y jouer… Ou m'y reposer. J'ai besoin d'un bon bol d'air marin, de homard, et je viens m'enterrer dans cette campagne humide. Stéphane hait cet endroit. Le petit peut courir, on est quand même mieux qu'à Paris…

Elle s'était arrêtée, manifestement trop faible pour poursuivre la promenade. Elle se cramponnait à la rambarde de la passerelle qui longeait la rivière, comme affolée par les remous bouillonnants, le courant vif. Tout l'agaçait soudain, la boue, les béances que des ragondins sans doute avaient creusées dans la berge, la brume froide qui montait des bras d'eaux mortes sous les saules.

— Tu n'imagines pas comme je m'en veux de ne pas jouer assez. Le ressort est brisé, il faut que je me fasse violence. Stéphane est insensible à ce que je traverse. Il ne trouve pas les mots. Je sens qu'il se durcit. Dorléac me cache des choses. Il a été approché par quelques jeunesses qui montent, quelques petites prêtes à tout, y compris à piétiner mon cadavre…

La volonté réapparaissait, le désir d'énergie, mais il faudrait sans doute une méthode plus radicale que ses recettes de bonne femme.

— Je sais, dit-elle à mon air réprobateur, je fume trop, je ne refuse jamais un verre, mon hygiène de vie est déplorable, mais que veux-tu, j'ai besoin de cela pour exister, pour réenclencher la vieille machine…

Elle fumait encore, un de ces longs cigares qu'elle aimait tant. Du salon où nous avions pris place, elle pouvait suivre Simon qui gambadait sur la pelouse, je l'observais, elle ne le regardait pas vraiment, heureuse que la jeune Philippine qui s'occupait de lui prît tout en charge.

— Il est bien mieux là, à l'air pur, qu'auprès de moi dans ma tabagie. Imagine-toi qu'il aime le piano, il veut toujours venir se blottir contre moi quand je joue. C'est peut-être dans les gènes mais je ne ferai rien pour favoriser sa vocation. Rien. Ce métier atroce, cette vie de fou et tous ces gens mauvais…

Elle m'enviait d'avoir connu Louis Lambert, de vivre en province, d'exercer ce qu'elle appelait un vrai métier. Elle se souvenait de l'enterrement dans l'église Saint-Joseph, de l'évocation que j'y avais faite, bien malgré moi, du médecin, de ce portrait en nuances, le tombeau d'une amitié brève, si intense.

— Quelle claque pour notre père, s'il avait entendu cela ! Il était trop absent. La vie t'aura donné un autre père. Oui, nous avons été élevés, avec de vrais principes. Mais nous n'avons pas été assez aimés…

Très vite, à la dureté de mon visage, à mon malaise surtout, elle comprit que je ne la suivrais guère sur ce terrain. On lui proposait un poste de professeur au Conservatoire, une charge de cours dans un premier temps, les choses semblaient encore confuses. Il n'était pas impossible qu'elle accepte bien qu'elle craigne, dans son état, un engorgement de son emploi du temps. Mais c'était toujours la même rengaine : si elle refusait, une de ses rivales occuperait cette place et Anna Horberer pourrait aller s'enterrer en province. Anna était un bloc d'orgueil et de volonté blessée. Elle cherchait à renaître, s'était servi un grand verre de whisky et pensait à voix haute. Jacques Chancel souhaitait s'entretenir avec elle. Elle n'était pas dupe du système, du rituel convenu des *Radioscopies* du passé, ici il s'agissait d'autre chose, d'une émission dans l'esprit du *Grand Échiquier*, un jeune producteur lui avait aussi proposé de la suivre dans ses tournées, de la filmer sur le vif, l'expression la faisait rire aux larmes.

— Chez la mère Horberer, la plus forte, la plus pugnace, vois-tu, c'est sans doute la vieille Tugdual. Ce nom m'allait peut-être mieux, j'ai voulu faire mon Allemande. Ça m'apprendra ! Puissamment je demeure une Tugdual. On me rapporte que plusieurs pensent que je me suis étalée durablement à Munich. Ils doivent m'imaginer rongée par le soleil noir de la mélancolie. Ils vont voir. Dorléac me presse d'accepter Chancel, le portrait. Je vais sans doute m'y lancer. Mais ce n'est pas ce dont j'ai le plus envie. Ce que je veux, c'est faire comme toi, c'est enseigner. Il faut peut-être attendre que la force revienne. Transmettre, donner, assurer la continuité. Et la survie. Il ne faut rien céder. La vieille loque n'a pas dit son dernier mot…

Très récemment, une de mes nuits d'insomnie, en naviguant sur la Toile, j'ai retrouvé dans les archives de l'INA le portrait d'Anna Horberer diffusé sur Antenne 2 en 1986. Il s'agissait d'une série consacrée à quelques espoirs de la musique, compositeurs, interprètes. Ma première réaction a été d'interrompre la diffusion tant je me sentais incapable, une heure durant, de revoir vivre et parler Anna Horberer. Je n'étais pas certain d'avoir suivi l'émission au moment de sa diffusion. Une projection, pour un cercle restreint, avait été organisée, je crois, dans un théâtre de l'avenue de Wagram mais je n'y avais pas assisté. Le portrait a été filmé quelques mois après l'épisode de Munich – dont il n'est à aucun moment question –, durant cette longue convalescence du début de 1985, juste avant qu'Anna ne commence à enseigner au Conservatoire. Le regard du journaliste est plus que bienveillant, le portrait vire parfois à l'hagiographie discrète, Anna Horberer est déjà lancée, consacrée, une légende se constitue, et rien, dans l'émission, ne viendra contrarier la fabrication d'un mythe.

Cette légende, je ne la connais que trop, j'en connais la source, le déploiement, les bases fragiles, les heures fastes et le reste. Au début, Anna marche dans Paris, galerie

Vivienne peut-être, elle fouille dans les éventaires des bouquinistes, on la voit feuilleter *La vie de Franz Liszt* de Pourtalès à la NRF, elle continue sa promenade, d'un pas assez lourd et mal assuré, elle s'arrête rue du Mail devant la maison où était hébergé Liszt, chez le facteur de pianos Érard, avant de remonter, par la rue Montmartre, jusqu'à son studio. Elle cite Max Jacob et dit qu'elle nous invite dans son « laboratoire central ». Passent les *Harmonies* enregistrées au début des années 80 à la Grange de Meslay. On la retrouve ensuite – la séquence de l'ascension de l'interminable escalier a heureusement sauté – à son piano, très belle, concentrée, tandis que la caméra détaille le petit reposoir, les souvenirs, les reliques bretonnes, les talismans russes, la pierre ocre de Saint-Pol-Roux, le bénitier en faïence de Rouen que je lui avais offert au moment de la naissance de Simon, les brins de bruyère, des galets, une de mes premières barques de Varengeville, le cliché négligemment posé parmi des livres. La présence d'une caméra, de techniciens massés dans le studio en soupente, n'intimide à aucun moment Anna, heureuse de se montrer, de se livrer. Le contraste est saisissant d'ailleurs entre l'image donnée et le souvenir que je conserve de cette période, ma sœur sur le fil, incertaine de son avenir, à deux doigts de renoncer. Elle porte l'une des belles robes orientales, parée, brodée, bijoutée, couverte de colliers et d'amulettes comme elle l'était dès qu'il s'agissait de se donner en spectacle, elle a le cheveu abondant, lisse, aucun signe de l'épreuve passée n'est perceptible.

À aucun moment elle ne fanfaronne, ce n'est pas l'esprit du portrait. Elle joue et se raconte, à travers les lieux, les paysages qui comptent pour elle. Son nom, dit-elle, est comme un palimpseste, certes elle est Horberer pour l'amour d'un homme et le goût des consonances germaniques de son patronyme, mais comment pourrait-elle cacher et oublier qu'elle est de naissance et de cœur une Tugdual ; défilent alors les vues de Morgat et de la presqu'île de Crozon, du jardin de Ker Huella, de Telgruc, on la voit même passer sous l'arche pierreuse de Sainte-Anne-la-Palud, allumer un cierge, s'arrêter le temps d'une brève prière avant de marcher au vent sur la lieue de plage au pied des dunes. Elle évoque Corbière, Gracq, Elléouët, Grall, se dit bretonne, indéfectiblement bretonne. Liszt, Schubert, et des vues de villes encore, Moscou, Munich, Rome, Santo Stefano Rotondo, les quais du Tibre. Quelques questions, on la presse de se raconter de manière plus intime, de confier ses blessures, ses emportements. Elle sourit, demeure silencieuse, balaie tout cela d'un très large et doux geste de la main. Le journaliste insiste. Elle rit de plus belle :

— Je n'ai rien à dire… Il n'y a que la musique, le son de mon piano qui comptent. Les paysages que je vois quand je joue, les confins, la lande, les cassures rocheuses, les bords… Moi, je crains de ne pas être très intéressante. Je suis le canal par qui passe l'émotion, c'est tout, c'est moi aujourd'hui et demain ce sera une autre, un autre. Je ne souscris pas au vedettariat des interprètes, tout cela est si passager, si précaire. Schwarzkopf hier, aujourd'hui d'autres, quelle importance ? C'est la musique qui reste, la discipline que nous impose le travail, imposons-la aussi à notre narcissisme, garrottons tout cela, pas d'ego exponentiel !

Elle continue de marcher encore sous l'œil de la caméra, elle est à Saint-Eustache, elle dit que c'est là qu'elle a découvert la musique, en venant écouter André Marchal et Jean Guillou, elle montre les cerfs des candélabres qui la faisaient rêver, se souvient de l'éventration des Halles et du chaos qui suivit. C'est étrange de la voir tant marcher, elle qui, dans l'intimité, confessait sa paresse qu'elle attribuait à un *cul de plomb,* c'est curieux de la voir bouger, elle pour qui la seule mobilité qui vaille était celle des mains.

— La voix des cantatrices se voile ou se perd, du moins c'est ce qu'on dit souvent, nous ce sont les rhumatismes, l'usure, d'autres épreuves… Vous me parlez de carrière, quelle folie ! Je ne suis sûre que des concerts donnés, des œuvres enregistrées. Le reste, on verra. Vous pensez peut-être que j'ai gardé de mon expérience soviétique un goût immodéré pour la programmation et les plans ! Non, j'avance à tâtons, le jour où je ne jouerai plus, je m'occuperai un peu plus des miens…

Une silhouette d'enfant aperçue dans le jardin de la propriété de l'Yonne, un enfant qui sautille et descend vers la rivière, ce sera la seule référence discrète au cercle familial. L'interprète déambule, parle, répète, joue, éternelle solitaire. Les eaux de la rivière glissent et emportent une barque noire. À la fin du portrait, Anna joue comme dans un immense aquarium, les vagues roulent devant elle, « les vagues de l'enfance, celles qui ne changent jamais, celles de l'Atlantide et de la ville d'Ys ».

LE CABANON FLUVIAL

Dans la seconde moitié des années 80, vers 1986 peut-être, Anna s'est installée dans un vaste appartement haussmannien de la rue de Maubeuge, pas très loin de la gare du Nord. Les cachets plus importants, les disques, des contrats nombreux lui donnaient plus d'aisance. Nous avions un rite : nous dînions rue de Maubeuge tous les dimanches, j'enseignais toujours et je partais pour la Normandie tôt le lundi matin. Simon poussait, vif, bouclé, insolent, il s'élançait comme un fou dans le long couloir encombré de boîtes à chaussures et de cartons, c'était le portrait craché de son père. Il poussait sans contrainte, Anna jouait sans cesse et Stéphane était entré rue de Rivoli au cabinet d'Édouard Balladur. Il avait franchi le cap, convaincu que cette allégeance accélérerait sa carrière. Il admirait l'intelligence de Balladur, même s'il s'amusait en privé des manières gourmées du ministre et de sa réinstallation à grands frais au beau milieu du chantier du Louvre. Il était parfois question de tout cela le dimanche soir, dès qu'Anna s'isolait à la cuisine et si Stéphane n'était pas subitement requis pour écrire une note urgente. L'enfant gambadait comme un chien fou, Stéphane évaluait les chances respectives de Chirac, de Barre et de Mitterrand – il avait très tôt pronostiqué la réélection de Mitterrand face à Chirac qu'il jugeait inconsistant et sous influence – et Anna l'écoutait à peine, aimable, souriante mais comme enveloppée dans un manteau d'ouate. Il lui était resté de sa fatigue dépressive une relative gravité, cette distance qu'elle affichait toujours, l'impression qu'elle donnait d'être sur le bord, loin du tumulte. Elle s'était mise à collectionner des tableaux et il y en avait partout, ceux d'un peintre d'origine bretonne qu'elle aimait plus que tout et qui ne peignait que des croix noires et des menhirs christianisés. Il y avait au mur de la salle à manger où nous dînions le dimanche deux ou trois de ces menhirs noirs et laqués, d'une esthétique austère qui l'enchantait. Anna s'était entichée de cet artiste comme elle s'attachait aux êtres, aux habitudes ; impensable d'échapper au rite du dimanche, sauf si elle était en tournée, impossible d'éviter les fruits de mer, les fromages qui suivaient, le sancerre coulant à flots, un jeune compositeur passait parfois, un violoncelliste avec qui elle enregistrait Schubert, êtres délicieux, festifs, et qui croquaient la vie par les deux bouts. Ils buvaient tous beaucoup et le lendemain il ne leur en restait aucune trace. Ils avaient un avion aux aurores, une répétition à Moscou ou à Dublin, leurs valises étaient tout le temps prêtes, ils habitaient de petits appartements modestes où ils ne résidaient jamais plus d'une semaine et leur point d'ancrage à Paris, c'était la maison d'Anna rue de Maubeuge, ils disaient tous d'ailleurs « la maison d'Anna ». Lorsqu'ils se retrouvaient tous, on devenait vite quantité négligeable, les liens, la complicité, les sujets communs étaient trop nombreux pour laisser de la place à un intrus. Stéphane savait s'éclipser avec élégance : il s'était aménagé un bureau indépendant dans une chambre de bonne, il avait toujours une note à rédiger, un coup de fil confidentiel à passer et il n'était pas sorti de la salle à manger aux menhirs sombres que la joyeuse troupe riait de la servilité du jeune conseiller en qui on voyait un esclave de « Sa courtoise suffisance », reprenant le surnom que *Le Canard enchaîné* avait donné à Balladur.

Il m'arrivait de rejoindre Stéphane, un peu sonné par le bruit, les vins, la densité des liens d'une communauté musicale qui m'excluait un peu. Dans la chambre perchée où il avait installé tous ses livres, un ordre impeccable régnait, rien ne traînait, les notes pour le ministre d'État devaient être soigneusement dissimulées, il y avait des journaux sur la table, un volume de la Pléiade, Mauriac que Stéphane relisait, les tomes du *Bloc-notes* aux pages cornées.

— Ils me saoulent, disait-il. Ils ne sont bien qu'entre eux. C'est cela un couple, une cohabitation, la juxtaposition de deux égoïsmes…

Une sorte d'usure s'était vite installée. Stéphane n'était pas mécontent d'être marié à une pianiste connue. Il était même question d'un récital qu'Anna donnerait au Louvre, dans les anciens appartements du duc de Morny, ce qui me choquait beaucoup. Des cartes jouxtaient les volumes de Mauriac : Stéphane méditait sa possible implantation politique, le Pas-de-Calais peut-être, le Loiret, le Maine-et-Loire, Anna rêvait d'une maison au bord du fleuve, l'Yonne lui pesait et elle voulait une résidence proche de Paris. Il analysait à voix haute la situation au sommet de l'État, Mitterrand pris dans une souricière, Chirac prêt au clash, Barre en embuscade, Balladur qu'il jugeait trop timoré pour tenter le moindre coup. À l'entendre, le prélat Balladur s'agaçait des manœuvres de chattemite du président, de sa rouerie constante, de la séduction qu'il exerçait sans cesse sur ses ennemis, du trouble qu'il causait. Même miné par la maladie – Stéphane l'assurait –, Mitterrand ne renoncerait jamais. La droite était innocente, naïve, secrètement divisée. Ce qui ravissait Anna dont le cœur battait plus que jamais pour le moribond de l'Élysée.

Rue de Rivoli, il m'était arrivé de rendre visite à Stéphane dans son minuscule bureau, au milieu des marteaux-piqueurs. La pyramide de Pei sortait de terre, le Louvre était comme secoué de trépidations, on perforait les fortifications de Philippe Auguste, le gigantesque musée voulu par Mitterrand croissait dans la poussière et le bruit.

— L'idée du ministre de se rétablir ici contre vents et marées était saugrenue, avait laissé tomber Stéphane, nous travaillons dans un vacarme effroyable et nous sommes la risée de tous…

J'avais pris quelques photos de la terrasse où m'avait emmené Stéphane, on dominait le chantier, l'immense béance souterraine derrière les palissades, la structure de la pyramide qui se dessinait. Le cabinet s'apparentait à un ramassis d'ambitieux et d'envieux, le parachutage de Stéphane ne se ferait pas sans difficulté, l'appareil du RPR opposait sa puissante inertie.

— J'ai peut-être fait le mauvais choix et ce n'est sans doute pas le seul. Sans vilain jeu de mots, je m'embourbe ici. Cette paix armée qu'est la cohabitation, cette guérilla qui ne demande qu'à redémarrer, ce chantier éreintant, je devrais demander ma liberté…

Nous déjeunions derrière le Palais-Royal. Stéphane soudain ne semblait plus pressé, il voulait m'accompagner galerie Vivienne, puis chez Delamain, il voulait caresser de vieilles reliures, ouvrir la petite armoire de la librairie Jousseaume pour voir quelles merveilles elle abritait. Quelque chose des enchantements passés revenait, lorsque nous avions du temps, lorsque nous étions libres. Anna s'était mise en tête d'acheter une propriété, elle devait visiter une maison entre la Touraine et l'Anjou avec vue sur la Loire, Stéphane n'aurait pas la force de l'accompagner.

— Vous, les Tugdual, vous avez une vocation de propriétaires. Vous aimez les maisons, les ancrages. Vous avez cela dans le sang. À cet égard, l'Yonne était un moindre mal. On nous prêtait la demeure mais les nuages sont vite apparus et Anna a de mauvais souvenirs là-bas. Ces bords de Loire n'auront d'intérêt pour moi que si je peux m'implanter dans cette région…

Le calculateur perçait vite sous les traits du bibliophile dilettante. Stéphane ne semblait pas heureux de sa vie et il distillait les signes de son aigreur. Je n'avais pas aimé l'allusion à notre vocation de propriétaires, je n'avais jamais rien éprouvé de tel et j'étais une sorte de propriétaire accidentel. Mon attachement aux maisons était fortuit, gratuit, toujours lié à une émotion. Stéphane était curieux, tout en aménité et bienveillance, et soudain rageur et sournois comme un chat qui griffe. Les quelques moments récents m'avaient laissé espérer une reverdie dans nos relations.

— Il est bouffé par ce boulot qu'il n'aime pas, me dirait Anna quelques jours plus tard.

Je l'avais finalement accompagnée, c'était en amont de Saumur, dans un paysage incroyable, dégagé, où l'on ne voyait que des falaises de craie avec des troglodytes et la Loire large, étale, parsemée de quelques îlots boisés qui surgissaient au milieu des bancs sablonneux et des grèves. Anna avait à peine mis les pieds dans le jardin que je l'avais sentie conquise, il y avait tout ce que nous aimions, une charmille, des camélias, des rhododendrons, un terreau noir, odorant, qui nous rappelait la terre bretonne, une terrasse avec une vieille rambarde ouvragée et des Médicis dominant une pelouse qui déclinait vers le fleuve. La maison puait le renfermé, les boiseries et les planchers craquaient, tout semblait rempli de fantômes, les trumeaux écaillés, les miroirs embués, une espèce de vert-de-gris ternissait les ferrures. Oui, tout était affreusement décati, rien n'avait plus été entretenu depuis les années 50, mais la maison avait le charme des lieux incommodes, délabrés, que notre famille affectionnait. Stéphane se trompait : nous avions plutôt une vocation de gardiens de ruines. La joie d'Anna croissait, elle se voyait au piano dans le grand salon qui ouvrait sur la Loire, il y avait des tourelles de tuffeau qui offraient de jolis refuges où rêver en contemplant le vaste courant et les îlots qui le ponctuaient, le fleuve sablonneux, fascinant, faussement assoupi.

Anna parcourait la propriété en tous sens, intrépide, prête à s'aventurer dans un grenier au parquet incertain, en dépit de l'avertissement de l'agent immobilier qui nous guidait. C'était décidé, elle achetait, tout juste consentirait-elle à demander un rabais face à l'ampleur des travaux à effectuer. On avait peut-être d'autres choses à lui montrer, peu importait. Un détail l'avait séduite : une gloriette effondrée en limite de propriété, surplombant le chemin de halage. C'était un peu comme le pavillon de La Buissière, tout aussi vétuste, frontalier, au-dessus de l'eau. Ici les vagues ne rongeaient pas la muraille, elles passaient, parallèles, lisses, en majesté. À Fontevraud où nous avions fait halte pour déjeuner ensuite, elle téléphonerait à Stéphane, injoignable, requis par le ministre. Elle riait aux éclats, elle tenait vraiment à déjeuner avant d'aller revoir le gisant d'Aliénor d'Aquitaine dans l'abbatiale toute blanche. Une chose l'occupait : le cabanon fluvial qu'elle se ferait construire à l'emplacement de la gloriette, une maison de bois moderne, où elle installerait un piano. Telle était ma sœur : elle achetait une propriété pour jouir d'un édifice qui n'existait pas encore. C'est là qu'elle travaillerait, le long des eaux, à un piano dont la position évoluerait au gré des heures. Le matin, elle regarderait dans la direction de Saumur, tournant le dos au levant ; le soir, l'instrument serait inversé. Elle s'y voyait déjà. L'agent immobilier avait eu beau rappeler la nécessité de solliciter un permis de construire, d'éventuelles entraves administratives, pour elle, c'était chose faite, son cabanon fluvial surplombait déjà la Loire sablonneuse et dolente.

Elle n'était pas pressée de rentrer, les jours rallongeaient, on devait être fin février, Anna acquiesçait au printemps, à l'énergie naturelle qui renaissait. Un fond de paganisme l'habitait. Jamais je ne l'ai vue aussi attentive aux arbres, aux grottes abandonnées qui grèvent la falaise, à cet espace herbu entre le fleuve et la route que les crues inondent régulièrement. À Fontevraud, dans la lumière mate de la nef, elle m'était apparue superbe, rayonnante, les cheveux dénoués, elle souhaitait que je la photographie, elle voulait poser près des gisants des Plantagenêt, tout près des cellules où, selon la légende, un autre Genet, tout aussi royal, avait été incarcéré. Dans un lieu religieux, ce qui l'intéressait avant tout, c'était la possibilité qu'on avait d'y donner un concert. Telle de ses rivales avait joué là, elle en était sûre. Anna avait chanté un bref *Alléluia* pour vérifier la qualité de l'acoustique, c'était magique, elle comptait demander à son agent de lui organiser quelque chose à Fontevraud. Elle croyait se souvenir que nos parents avaient une dévotion pour cet endroit, pour l'église paroissiale avec son maître-autel passé à la feuille d'or et la lanterne des morts qui la jouxtait.

— Je viendrai jouer là lorsque mon cabanon sera fini. C'est bien Pleyel, le théâtre des Champs-Élysées, mais j'aime les églises, les auditoires plus restreints, la sonorité y est meilleure. Je me sens en forme. Je crois avoir quelques belles années devant moi…

La Grange de Meslay n'était pas loin où elle devait enregistrer les *Tableaux d'une exposition* et les *Nocturnes* encore. L'adhésion si subite d'Anna à ce territoire, cette sorte de domaine intérieur, était curieuse, après le choix de ce qui demeurait pour moi une forme de pseudonyme, je la vivais presque comme un autre reniement. Le mythe d'Anna Horberer devait-il s'enrichir d'un peu de douceur française, d'eaux étales, de souveraineté fluviale, de tuffeau et de troglodytes et tourner le dos au granite et au chaos pierreux de Brocéliande et de Huelgoat ? Un des artistes des dîners de la rue de Maubeuge lui avait-il soufflé qu'un peu de douceur, de mollesse française atténuerait ce que son nom et sa personnalité pouvaient avoir de vif et de cassant ? À partir de cette maison qu'elle s'était trouvée, de ce bouge démembré dont les toitures laissaient passer la pluie, elle s'inventait un espace et elle faisait de moi le complice de cette invention. Elle m'amusait. Comme toujours elle se comportait en conquérante, elle avait repéré un monument mégalithique près de Saumur qu'elle voulait absolument voir, l'allée couverte était introuvable, aucun panneau ne l'indiquait. À force d'errer et de tourner, nous avions fini par trouver le mégalithe caché sur le terrain d'une propriété privée. Là encore elle marchait comme sous le regard du photographe ou sur scène, à pas lents et comptés, elle caressait le grain de la pierre, les lichens, avant de s'enfoncer sous l'étonnante allée couverte. Elle ne voulait plus rentrer à Paris. Nous coucherions dans un hôtel cossu de Saumur, sous l'à-pic du château, avec vue sur la Loire. Elle souhaitait observer les reflets du fleuve, les jeux de la brume et du soleil, le rythme lent des eaux. Les vagues, les cassures rocheuses de l'enfance, les tapis de bruyères et d'ajoncs lui rappelaient une violence, une aridité qui l'inquiétaient. Elle imaginait l'Horberer de la maturité en accord avec ce paysage de flots lisses, de campagne plate, domestiquée, presque sans mystère. Elle construisait sa légende tout en riant, choisissant déjà les lieux où elle entraînerait plus tard les photographes, répétant quelques formules qu'elle emploierait ensuite dans ses interviews et émissions. Elle composait son territoire autour de trois lieux : la Grange de Meslay et les abbatiales de Fontevraud et de Saint-Florent-le-Vieil.

C'était un soir de février 1987. La lumière était lente à mourir sur la Loire que nous longions. Soudain, presque en pleine nature, entre les saules des prairies inondables et l'aplomb de la falaise crayeuse et ravinée, nous avons vu surgir une coupole d'une perfection et d'une harmonie saisissantes, un couvent peut-être, une réduction du collège des Quatre-Nations posée sur les bords de Loire. Ce devait être une école, fermée à cette heure, comme endormie. La porte de ce qui avait été la chapelle du collège des Oratoriens – nous le saurions le soir à l'hôtel – était verrouillée. Il nous suffisait de jouir de ce mirage, entre la muraille calcaire, les saules et les aulnes des bras adventices.

— À quarante-cinq ans, a dit soudain Anna en me serrant dans ses bras, tu m'entends, j'arrêterai ma carrière d'interprète. Il sera bien temps, je ne veux pas déchoir. Je n'offrirai jamais à mes ennemis le spectacle de mon déclin. Et mon dernier concert, retiens ce que je te dis, je le donnerai pour quelques élus dans cette chapelle, entre les troglodytes et la Loire. Liszt, Schubert, Chopin, uniquement mes préférés…

Tout allait vite, Anna ne connaissait qu'un mode : l'urgence. Les paysages où elle avait choisi de passer une partie de l'année auraient dû lui enseigner la paresse, la lenteur, elle n'aimait que la précipitation, l'acte autoritaire. L'aménagement de la maison des Hours, la construction du cabanon avaient causé son lot d'innombrables soucis, tout était compliqué, l'obtention d'un permis d'extension, le choix de matériaux, le lieu même que les facteurs de pianos déconseillaient vivement à cause de l'humidité. Anna n'en avait cure. Elle se reposait sur moi : le domaine des Hours, dans son esprit, c'était un peu notre territoire, nous l'avions visité ensemble, je restais lié au Havre, à l'appartement de Louis Lambert que j'occupais de loin en loin ; la Loire plate et sablonneuse m'attirait, mais moins que le large, les vagues remuantes, le vent marin.

Il m'avait semblé deviner que Stéphane passait de plus en plus de temps dans sa mansarde de la rue de Maubeuge où il avait établi sa chambre. Il avait fini par obtenir une circonscription, pas dans le Maine-et-Loire comme il l'avait espéré, en Loire-Atlantique, sans espoir de succès. La cohabitation institutionnelle entre Mitterrand et Chirac touchait à son terme et la campagne rassurante et pacifiée offrait à Mitterrand toutes les garanties du succès. Stéphane allait perdre son perchoir de la rue de Rivoli, il était prêt à prendre n'importe quoi, une sous-préfecture bouseuse, un emploi dans le privé : il voulait renaître, seul, loin de Paris, loin d'Anna surtout.

C'est vers ce printemps de 1988 aussi qu'Anna a quitté la cité Bergère, préférant un espace plus vaste, mieux insonorisé, plus cosy, tout près de Notre-Dame de Lorette et de la place Saint-Georges. Elle s'était demandé ce qu'elle ferait de son autel portatif avec toutes ses reliques bretonnes, elle avait un temps songé le déplacer aux Hours, c'était une erreur, elle l'aimait près d'elle, elle avait besoin de ces talismans et de ces fétiches lorsqu'elle travaillait. Souvent, j'allais l'attendre au Général La Fayette dont j'aimais le décor de boiseries patinées et de vieux cuirs, le lieu présentait l'avantage d'être tout proche de la gare Saint-Lazare, Anna me fixait rendez-vous pour que nous allions choisir les objets, les tableaux qui décoreraient la maison. Il y avait les antiquaires des environs de l'hôtel Drouot, d'autres petites échoppes dans les passages voisins, la galerie Mas, au cadre suranné et balzacien, où Anna achetait des gravures – de beaux portraits de Liszt, de Chopin, de Schubert, d'autres plus étonnants de prélats du XIXe – qui habilleraient les murs du grand salon des Hours. Elle chinait avec joie, tout était toujours trop cher, elle aimait jouer la négociatrice, elle feignait l'agacement, quittait les boutiques, attendant qu'on la rappelle. Ces moments constituaient ce qu'elle nommait sa « récréation ». Bruno Dorléac lui avait composé un programme d'enfer. Elle préparait le *Requiem allemand* de Brahms, pour deux pianos et chœur, qui serait donné au théâtre des Champs-Élysées, puis à Londres et à Rome, et elle attendait beaucoup de cette tournée. Elle jouait matin et soir. Le studio de Lorette comportait aussi une chambre où elle restait souvent se reposer, sans avoir à rentrer rue de Maubeuge. Plusieurs fois, tandis que nous chinions entre la galerie de Colette Mas et les Grands Boulevards, je l'interrogeais sur l'avenir de son couple, sur le sort de Simon : elle était d'un mutisme total, coriace comme une Bretonne granitique qui ne livrera rien, même sous la torture. Elle excellait dans l'art de la diversion. Elle avait aperçu, en passant, un sujet en faïence de Quimper, un joli buste, un oiseau empaillé, une pendule Restauration en forme de lyre, elle voulait en connaître le prix, savoir ce que cela donnerait dans sa maison des bords de Loire.

C'était son agent, transformé en régisseur, qui suivait l'avancement des travaux là-bas. Elle se donnait tout entière à Brahms. Elle demeurait la même : elle suspectait Dorléac d'être trop affable, trop conciliant, de se laisser berner par les artisans locaux, de ne pas avoir l'autorité et le maniement de la menace qu'elle avait, elle.

— Il est peut-être pareil avec les producteurs et les directeurs de salles. Pour être charmant, il l'est, mais il déteste les conflits, les aspérités, c'est le grand lénifiant, un grand méchant mou…

Nous étions attablés au Général La Fayette, au soir d'une intense journée de travail et d'une brève « récréation ». Stéphane passait toutes ses fins de semaine en Loire-Atlantique et cela l'irritait au plus haut point.

— C'est sans espoir. Il le sait d'ailleurs. Mitterrand sera réélu haut la main et la gauche va revenir aux affaires. Il est marqué maintenant. Comment un garçon aussi intelligent est-il allé se fourrer dans cette galère ? Tout le monde me le dit. Les milieux culturels sont hostiles à Chirac, à Balladur. Léotard est sans doute agréable mais ce n'est pas Jack Lang. D'ailleurs, le ministre de la Culture en place n'est pas arrivé dans une salle – je l'ai vu l'autre jour aux Champs-Élysées – que Lang débarque, flamboyant. Léotard passe son temps à faire grise mine, marqué à la culotte par son prédécesseur qui sera certainement son successeur. Dieu que c'est drôle ! Et on m'associe ce mari de droite, balladurien, un valet de Sa courtoise suffisance ! Tout cela ne va pas !

La rage, le dépit étaient manifestes. Sombre, oraculaire comme elle savait l'être – et plus encore lorsqu'elle soupçonnait la présence dans la salle de quelqu'un qui l'avait reconnue, un critique peut-être –, Anna parlait fort, elle avait soif, un peu trop à mon goût. Loire oblige, elle s'était prise de passion pour le vin de Savennières.

— Il faut que je sois un peu ivre pour réattaquer. Tous les musiciens sont comme cela. Entre l'enfer de Maubeuge et le bagne de Saint-Georges, heureusement il y a nos récréations, heureusement tu es là…

Je revenais à Paris, attiré comme par un aimant. Au Havre, l'appartement de Louis Lambert ressemblait à un capharnaüm. Le désordre du garage-atelier de Saint-Joseph avait gagné l'appartement lumineux jadis si méticuleusement rangé. J'avais trouvé passage Verdeau un ouvrage des années 50 consacré au suaire de Turin. L'émotion qui m'avait saisi en regardant les planches, en détaillant le visage du crucifié dont le négatif était resté dans le linceul, avait été telle que j'étais resté plusieurs heures dans l'église Notre-Dame de Lorette, sous les fresques des peintres nazaréens, incapable de me détacher des images en noir et blanc, contemplant le sommeil tragique du dormeur supplicié, de cet homme vieilli par la douleur, qui était peut-être le Christ. Rentré au Havre, dans l'appartement lumineux qui me donnait parfois l'impression de glisser sur la mer, j'avais étalé sur le parquet du salon les planches du suaire, désireux d'entreprendre une série – de photos, de peintures, de moulages, je ne savais trop – afin de prolonger et de dépasser l'émotion. Un jeune barbu, efflanqué et très beau, qui traînait souvent au café des Arcades, pourrait me servir de modèle, il suffisait de le dénuder, de l'allonger devant l'horizon des vagues, ensuite je travaillerais la posture d'abandon, l'énigme de ce sommeil des limbes.

Il y avait dans le même passage Verdeau un galeriste très parisien, ombrageux, distingué, à qui j'avais montré les premiers travaux. C'étaient des photos tout juste repeintes où, dans les traits du modèle havrais, affleurait l'expression tragique du dormeur de Turin. L'enthousiasme du galeriste, souvent capricieux et bougon, m'avait surpris, il prenait tout, commandait d'autres tirages, évoquait déjà la possibilité d'un catalogue, d'un texte qu'il demanderait à un écrivain qui hantait ces passages avec dilection. C'était bien mieux que Thévenin, le Rouennais, qui ne m'avait jamais vraiment soutenu. Il projetait l'exposition à l'automne 1989. Je m'étais un peu renseigné : c'était quelqu'un de fiable, et de redouté. Sa galerie ne valait peut-être pas celles de Saint-Germain-des-Prés ou du Marais, ce serait toujours mieux que Rouen ou Deauville et j'aimais l'atmosphère du quartier, la proximité du musée Gustave-Moreau, celle de l'ancien quartier général de Breton, un peu plus haut, 42 rue Fontaine – et celle surtout du studio d'Anna Horberer, rue d'Aumale.

C'était là que je m'étais précipité d'ailleurs pour annoncer l'heureuse nouvelle. J'avais trouvé porte close. Du coup, avant de rentrer au Havre, j'étais passé au Général La Fayette, espérant voir ma sœur qui y déjeunait parfois entre deux séquences de travail. Ce qui était devenu son box, avec vue sur la rue du Faubourg-Poissonnière, était vide. Un des serveurs, qui me connaissait, m'avait laissé m'y installer. « On la voit moins ces temps-ci, Mme Horberer, elle a peut-être changé de crèmerie… » La familiarité du garçon m'avait choqué. Savait-il de qui il parlait ? Une image surtout s'était insinuée, celle d'une femme qui allait de bar en bar, sans doute harcelée par l'angoisse, sa quête de la perfection, les nuages familiaux. Ne sachant pas plus qui j'étais, le serveur m'avait confié une revue, c'était *L'Express* je crois, qui consacrait un portrait à Anna. Voyait-il en moi un critique, un agent, un disciple, un simple admirateur ? Le portrait était accompagné d'une belle photo d'Anna prise dans le jardin des Hours, avec une échappée sur la Loire et la structure boisée du cabanon fluvial. L'auteur de l'article insistait sur l'intensité d'Anna, sa haine des masques et des faux-semblants, son amour immodéré de la musique, l'infaillibilité de ses doigts qui savaient si bien rendre l'instabilité des sentiments. Dans le box où l'on m'avait automatiquement servi un verre de savennières, je m'étais arrêté sur ces deux dernières formules qui laissaient filtrer quelque chose de plus juste que la simple habileté d'un critique voulant se faire mousser. Les sentiments passaient comme les nuages sur la Loire, comme les bancs de brume que déchirait le soleil matinal. Et l'infaillibilité musicale, cette assurance de l'artiste en gloire, était indissociable de l'humeur errante, des caprices d'une femme enchaînée, de la conscience du bagne. Mon train n'attendrait pas.

— Vous ne la voyez plus ? avais-je fini par demander au serveur.

— Si, pas plus tard qu'hier soir. Je blaguais tout à l'heure, elle a dîné à cette table avec un de ses élèves du Conservatoire, je crois. Ça riait beaucoup…

À La Buissière où je m'étais risqué, plus rien ne serait comme avant. On me l'avait dit : déjà les effets de l'ouragan d'octobre 1987, plus terribles encore en Bretagne et dans le Cotentin, s'étaient fait sentir jusque-là et avaient couché plusieurs des peupliers longeant l'allée qui menait à la maison. Ce n'était pas tout et c'était infiniment prévisible : le pavillon du fond du jardin avait basculé dans l'effondrement d'un pan de la falaise. Une palissade, des barbelés sécurisaient l'endroit, de manière à empêcher les curieux de s'aventurer trop près du bord. C'était une sensation étrange : les liens avec ce lieu s'étaient distendus et pourtant je ressentais presque une mutilation, comme si, à l'aube de mes trente ans, une part de moi-même avait glissé dans le vide. L'idée de cette ruine fracassée dans l'éboulement de la paroi calcaire avait pourtant tout pour me séduire, la roche ravinée, creusée, les eaux d'infiltration, la falaise rongée, la mer qui gagnait. C'était ce que j'imaginais et craignais dans mes rêves les plus fous, l'action conjuguée des lames, du vent, de l'érosion saline avait eu raison de ce bout de terre précaire sur lequel était imprudemment bâti l'édicule.

C'était certainement absurde mais je ne pouvais m'empêcher d'y voir un signe, à la suture de la trentaine, ma jeunesse qui basculait dans la mer, parmi les galets et les épaves, tant de souvenirs, de fantasmes, puisque c'était là, dans cet atelier improbable, que j'avais fait se déshabiller T., mon premier modèle. Je le voyais encore, magnifique, le torse velu, le sexe légèrement dressé, dans ce contre-jour marin que je ne cessais de chercher depuis, dans la lumière grise ou verte des vagues du Havre. Il n'y avait rien à voir : la roche s'était fissurée, entraînant dans sa chute cette part de terre arable qui la recouvrait, la haie, les murailles, tout avait glissé sur la grève, et il n'était pas impossible que d'autres pans de la paroi se détachent encore.

Je m'étais surpris à pleurer, ce n'était pas possible, ce devait être l'effet du vent, et cependant ne me quittait pas l'idée d'une brisure plus terrible que celle de la muraille de craie, d'un paradis fracturé, d'un désastre plus grand que si les lames avaient fracassé les vitres de l'appartement du Havre. C'était inexprimable mais je me sentais soudain exposé, à nu, aussi nu que mon premier modèle si heureux de s'afficher dans l'insouciance de sa beauté. Comme si des protections étaient tombées, comme si l'empire des eaux ne cessait de gagner, du vide, du vent, ruinant tout, le calcaire friable, nos défenses, les pavillons pourris de l'enfance, les propriétés abandonnées à la lisière de l'abîme, les demeures passagères, précaires, qui partaient avec nos fantômes et le spectre de nos désirs, les maisons de famille aussi poreuses, aussi fragiles que la craie normande, la craie blanche et rouillée qui enchantait Braque – les dommages de l'ouragan de 1987 à Morgat, et dans le jardin de Ker Huella, étaient aussi tout sauf négligeables –, comme si un reflux terrible s'amorçait, qui disait le délabrement, la fragilité, l'effacement progressif des repères et des lieux. Une menace existait désormais, la mer minait la cartographie de mes territoires favoris, le vent, sa râpe obstinée, l'haleine du large, tout était pour moi fondations ravinées et tremblantes. Viendrait le moment où la mer reprendrait tout, comme elle avait happé Ys, elle emporterait d'autres villas, d'autres jardins, d'autres sanctuaires secrets. D'autres cités peut-être... Dans ce monde qui se désagrégeait, il ne resterait que la musique, ce requiem allemand dont j'avais entendu quelques notes dans le studio de la rue d'Aumale, ce requiem que je n'étais pas sûr d'aimer, un peu trop germanique à mon goût, affranchi de la forme traditionnelle de la messe.

Je n'avais pas voulu quitter La Buissière sans descendre sur le rivage par le chemin escarpé que j'avais tant de fois emprunté. Il y avait bien, entre les monceaux de pierrailles, quelques vestiges du pavillon détruit. Sur la grève, ce n'était qu'un entremêlement de racines, de glaise, de débris de la falaise effondrée. Soudain il me sembla deviner quelque chose qui brillait, comme des éclats de verre, les éléments d'un vitrail pulvérisé. C'était tout ce qui restait des fenêtres du petit pavillon, des vitres chamarrées de la gloriette. J'en ramassai tous les fragments que je pus trouver. Ce devait être la preuve que j'avais atteint l'âge où l'on se construit des reposoirs et des autels intimes.

L'autel d'Anna s'était enrichi d'autres reliques, il occupait une sorte d'alcôve qui avait dû jadis accueillir un poêle, la bruyère de la presqu'île avait passé, d'autres brins que j'avais rapportés de la Hève aussi mais ils avaient l'heur de ne pas plaire à Anna qui n'aimait que les *fleurs d'indigence* de l'Armorique. J'avais déposé dans la niche quelques éclats de vitraux de La Buissière, n'ayant pas eu la force de me composer un reposoir personnel. L'histoire du pavillon emporté dans le vide et les vagues avait saisi ma sœur qui ne pensait plus qu'à son cabanon des Hours, les travaux étaient presque finis, elle allait pouvoir s'y retirer pour travailler avec Adrien, un jeune violoncelliste croisé au Conservatoire.

Elle et lui étaient devenus inséparables, impossible de passer rue d'Aumale sans le trouver là, impossible de déjeuner avec Anna au Général La Fayette sans le voir débarquer, toujours souriant, le cheveu mouillé, encombré de son violoncelle dont il ne se séparait jamais. C'était un garçon bien né, bien élevé, extrêmement cultivé et drôle, il avait à peine vingt ans et il s'était déjà imposé, au point qu'Anna lui avait immédiatement proposé une collaboration, des concerts, des enregistrements. C'était ce jeune homme dont m'avait parlé le serveur, c'était lui qui captait désormais toute l'attention d'Anna, sans qu'il n'y eût rien d'autre entre eux que la musique. De quel bois d'ailleurs ce garçon se chauffait-il ? C'était difficile à dire, il était souvent entouré d'apprentis comédiens qui le rejoignaient au Général La Fayette, de jeunes gens dans son genre, fluides, assurés, un mélange de bohème et de grande distinction, plus rêveurs sans doute, moins engagés que lui dans la vie, moins capables de s'astreindre à une discipline, aux exigences de leur art. La chose m'avait frappé dès que j'avais vu Adrien Dozier, il était de la farine des artistes qu'admirait Anna, légers, bons vivants, grands virtuoses et d'une volonté de fer.

Dans son box du Général La Fayette, Anna régnait comme une matrone sur cette troupe de jeunes gens qu'elle appelait ses « petits chats ». Aurait-elle un jour la même patience avec Simon dont les bêtises l'agaçaient, elle qui n'avait jamais su placer le curseur, coulante ou exagérément autoritaire, secrètement coupable sans doute de son statut de mère intermittente ?

— C'est le portrait craché de Stéphane, il te plaira beaucoup dans quelques années…, m'avait-elle confié un soir qu'elle avait un peu bu, ce qui m'avait prodigieusement irrité.

Pour l'heure ne comptaient plus que Schubert, Chopin et Adrien. Elle aimait cette cour qu'elle arrosait et régalait volontiers, elle était séduite par le talent d'Adrien, elle l'encourageait à exister, à céder totalement aux sortilèges de son violoncelle, pour lui elle se disait prête à se faire discrète, à mettre le piano à l'arrière-plan, à « avancer comme un petit chat qui glisse dans l'herbe ». La comparaison avait le don d'amuser les autres « chats » qui allaient à leur tour, silencieux et déchaussés, glisser sur les tapis de jonc du studio de la rue d'Aumale en écoutant, fascinés, le duo du virtuose lunaire et de la diva autoritaire et romantique.

Anna et Adrien travaillaient aux Hours, dans le vaste cabanon enfin aménagé. Anna avait exigé le même décor qu'à Paris : grands rideaux grèges pour la protéger de la lumière, tapis de jonc blond qu'on foulait à la japonaise, de beaux meubles venus d'un cabinet de cartographie pour ranger les partitions, des sièges simples et monastiques. Aux Hours, où je les rejoignais, la maison était un gigantesque capharnaüm, rien n'était vraiment achevé, des ampoules tombaient des plafonds au bout de longs fils, les huisseries laissaient passer le vent et l'humidité. La priorité avait été l'aménagement du cabanon. Les « chats », lorsqu'ils venaient pour un week-end, se massaient dans les greniers en cours de restauration : la promiscuité, l'inconfort, rien ne les rebutait, magnétisés qu'ils étaient par la présence d'Anna. D'autres élèves de la classe de piano du Conservatoire fréquentaient aussi la maison, ils adoraient les leçons intensives du cabanon fluvial, la fausse décontraction de la maîtresse des lieux vêtue d'une robe grise, laineuse et informe ; ils se tassaient dans le cabanon pour écouter les classiques, sans moufter, éberlués par la maîtrise de leur professeur. C'était nouveau, cette passion pour la jeunesse et la transmission, en ce sens Anna me rejoignait, mais moi je n'enseignais que la littérature qui ne serait jamais mon art. Il y avait des moments où le cabanon devenait inaccessible, lorsque Anna et Adrien s'enfermaient pour les dernières répétitions, d'ultimes ajustements. Il n'y avait jamais l'ombre d'une tension entre eux, Adrien amusait et câlinait Anna, séduite par les dons et la joie de vivre d'Adrien. Elle était plus coriace avec les pianistes, encore qu'un certain Louis trouvât grâce à ses yeux. Elle n'aimait guère les élèves féminines qui n'auraient jamais droit à l'intimité des Hours. Les « chats », quels que fussent leurs goûts, avaient toujours la bonne idée de venir sans filles.

Il y avait d'autres moments où le domaine devenait une terre interdite : lorsque Stéphane et Simon s'annonçaient. Le couple subsistait, grâce à l'éloignement, avec des moments de réelle complicité parfois. Dès l'automne de 1988, Stéphane avait été nommé sous-préfet de Béthune en attendant des jours meilleurs. Les « chats » évoquaient le « préfet » avec défiance et ironie. Seul Adrien restait là, même en présence de Stéphane : il avait une branche de sa famille dans le Pas-de-Calais et ils parlaient corons, coups de grisou, mort de l'industrie minière – et de la place de Béthune dans *La semaine sainte* d'Aragon. C'était cela, la maison des Hours, cette vie brouillonne, ces allées et venues, cette joie de vivre, ces soirées d'ivresse plus libres et plus drôles dès que le préfet s'éclipsait, ces discussions à n'en plus finir sur Liszt, Chopin, Schumann, le fait de savoir si jouer l'*Élégie* de Fauré ou *Le cygne* de Saint-Saëns n'était pas une manière de déchoir quand on s'appelait Anna Horberer – ce que réfutait Adrien Dozier. C'était à la fin des années 80, je me sentais heureux comme je l'ai rarement été, grâce à l'hospitalité de ma sœur, grâce à la musique et à la compagnie des « chats », grâce aussi aux passages de Stéphane dont j'aimais la gravité contrainte, grâce à la Loire, verte, troublante, nonchalamment inquiète, de sables ou d'accélérations subites, et dont j'aurais aimé fixer le vertige et l'expression s'ils n'avaient déjà trouvé leur maître sous le pinceau d'Olivier Debré.

Chez une brocanteuse d'Argol, dans un fouillis de fripes, de dentelles et de faïences Henriot, j'avais trouvé une huile assez charmante, bien peinte, représentant une procession avec bannières s'égaillant sur une dune au sable très blond : il ne pouvait s'agir que du pardon de Sainte-Anne-la-Palud. La marchande me l'avait assuré, les coiffes et les costumes de la région de Châteaulin et du Porzay l'attestaient, c'était ce pardon de bord de mer et rien d'autre, la grande procession des vêpres qui montait sur la dune parmi les ajoncs et les chardons. Je l'avais apportée à Paris, ce soir où Anna jouait Schubert à la Madeleine avec Adrien Dozier. J'avais une fois de plus beaucoup aimé la *Litanie pour la fête des défunts* et le fameux *Pour chanter sur les eaux* qui me rappelait Rome et Santo Stefano Rotondo. Dans la sacristie où elle recevait en compagnie d'Adrien, après le concert, j'ai sorti le tableau, j'aurais pu attendre, mais je voulais le lui donner à ce moment-là, moi qui offrais si peu de choses à Anna. Un pressentiment me disait qu'elle regarderait la toile assez vite, pressée de la déposer dans son alcôve bretonne de la rue d'Aumale. Je voulais profiter de la foule des admirateurs, du tumulte mondain qui l'oppressait.

— Regardez le cadeau que me fait mon frère, a-t-elle dit en attirant l'attention de son entourage. Comme je suis touchée, c'est ce sanctuaire de ma sainte patronne que j'aime tant, cette Bretagne à laquelle je suis si peu fidèle…

Au dîner qui suivit, j'avais senti Anna différente, lointaine, remuée. Adrien était d'une volubilité, d'une drôlerie à toute épreuve, il multipliait les blagues, les facéties. Autant il était grave et concentré dans son art, autant il explosait ensuite, se montrant même capable d'une gentille irrévérence à l'égard de son aînée. Les « chats » étaient évidemment là, et je reconnaissais Thomas, Renaud qui appartenaient à la classe de piano d'Anna et étaient des résidents réguliers des Hours. Tout le temps du repas, Anna serait lointaine, facilement irritable et agressive, dissimulant mal sa fatigue. Adrien brocardait tel critique présent dans l'église qui n'avait jamais rien compris à rien, et louait le talent d'Anna Horberer et le sien après les avoir longtemps dénigrés. Ils auraient un bon papier dans un grand quotidien, cela laissait Anna insensible, comme si la chose ne l'eût pas concernée. À Bruno Dorléac qui l'interrogeait sur les détails matériels de la prochaine tournée à Londres et à Dublin, elle avait répondu avec sécheresse, agacée qu'on lui demande des choses qu'elle avait déjà dites et confirmées. Elle était lasse et voulait rentrer rue d'Aumale. Dans la précipitation du départ, alors qu'elle saluait l'assistance de loin, d'un geste de la main, en lançant des baisers comme elle aimait le faire, elle oublia l'huile que je lui avais donnée. Elle était décidément infidèle… Heureusement le délicat Adrien Dozier était là pour le lui rappeler.

— Monte me voir à Béthune ou donnons-nous rendez-vous à Paris. Je voudrais te parler. C'est urgent.

La demande de Stéphane était suffisamment exceptionnelle pour que je me rende libre dans l'immédiat. J'avais une vague idée de ce qu'il pouvait m'annoncer. Le couple ne tenait plus qu'en façade, depuis longtemps ; l'éloignement de Stéphane donnait l'illusion d'une possible survie des liens, affranchie de la promiscuité, de la quotidienneté, un nouveau contrat avait été trouvé qui préservait les apparences et garantissait à Simon la pérennité du duo parental. Je ne connaissais pas Béthune, construite comme toutes ces villes du Nord contre la platitude et la laideur du paysage alentour, les installations minières rouillées, les terrils spectraux, repris par la végétation qui les recouvrait. Avec ses maisons hanséatiques, son beffroi, son immense église de briques, la ville ne manquait pas de charme et je me souvenais des conversations d'Adrien Dozier citant *La semaine sainte* d'Aragon. Mais c'était la cité d'avant 1918, avec ses portes, ses demeures anciennes, ses canaux, que les bombardements de la Première Guerre mondiale avaient pulvérisée.

Stéphane me montrerait son logis de la sous-préfecture – de briques aussi – plus tard. Il m'avait fixé rendez-vous pour déjeuner sur la place, devant l'hôtel de ville. C'est ce jour-là, ce jour funeste, que j'ai goûté pour la première fois ce plat de viandes en gelée qui porte un nom imprononçable, le potjevleesch. Nous étions attablés dans un restaurant de la grand-place, au fond, très à l'écart, Stéphane ne souhaitant être ni reconnu ni importuné. Il se disait sous le regard permanent du maire qui informait la place Beauvau et l'Élysée du moindre de ses agissements. Un long moment je me suis demandé pourquoi il m'avait fait venir, il multipliait les préliminaires, se perdait dans des considérations anecdotiques, évoquait une possible promotion, le purgatoire passé. Puis la sentence est tombée, qui m'empêcherait d'avaler la moindre bouchée du délicieux potjevleesch.

— Je suis très inquiet. Pas pour la survie de notre couple qui va à vau-l'eau, mais pour la santé de ta sœur, son hygiène de vie est déplorable, elle travaille comme une folle et sa vie même est une fuite en avant. Je voudrais que tu la pousses à consulter. Elle se sait malade, c'est évident, mais elle imagine les médecins comme les charlatans des pièces de Molière. Elle ne m'écoute pas. Surtout ne lui parle pas de moi, toi tu seras entendu, j'en suis sûr…

J'étais terrassé. La foudre venait de me tomber sur la tête, l'annonce du mal, du crabe atroce sans doute et je revoyais Anna après le concert Schubert de la Madeleine, lointaine, songeuse, agressive, agacée d'un rien. J'avais attribué cet état à la vie de folle qu'elle menait, aux déplacements incessants entre Paris et les bords de Loire, aux tournées, aux voyages, à la lente détérioration de son univers familial. Que savait encore Stéphane qu'il ne voulait pas me dire ? Avait-il surpris des conversations, avait-il vu des bilans médicaux qu'elle lui cachait ?

— Tu la connais, elle ne veut pas s'arrêter. Rien ne doit contrarier la carrière d'Anna Horberer, pas le moindre grain de sable même s'il a la forme d'une cellule maligne. C'est suicidaire et il y a le petit…

Je suis sorti, dans la ville de briques qui m'apparaissait soudain très sombre, un carcan sépulcral. Stéphane avait une réunion et je devais le rejoindre à la sous-préfecture à la fin de l'après-midi. Je me suis engagé dans un quartier avec de vieux hôtels particuliers, de jolies façades, des pavés disjoints et mal équarris, de hauts murs couverts de lierre. On aurait dit un quartier du vieux Bruges, un petit

Bruges préservé des attaques et des destructions. Le chagrin me submergeait, j'étais affolé, incapable d'appeler Anna, de rentrer à Paris, d'aller l'attendre au Général La Fayette. Je pleurais. Je voulais allumer des brassées de cierges. À l'église Saint-Vaast, les charitables, avec leur bicorne et leur terrible tenue de charognards, transportaient un cercueil. Ils me faisaient signe d'entrer. C'était au-dessus de mes forces. Ils devaient penser que je faisais partie de la famille du défunt qu'ils allaient enterrer.

LES VEILLEURS DE LA TAMISE

Le temps ruisselle, il ne passe pas, il nous dévaste, à l'image des eaux grises et tumultueuses de la Tamise que j'aime tant et que je contemple depuis la terrasse de l'atelier que m'a prêté Mikaël P. et où je m'enferme des heures, avant d'aller me rafraîchir sur le ponton voisin du pub The Grapes qui, en des temps anciens, eut un client plus prestigieux que moi, et sans doute moins régulier, en la personne de Charles Dickens. Un petit autel-bibliothèque, comme je les affectionne, rempli de livres et d'un buste, rappelle d'ailleurs, dans l'arrière-salle, le souvenir de l'écrivain. Cet atelier des Docklands – en fait un immense loft aux baies vitrées ouvrant sur le fleuve qui pourrait devenir, le moment venu, une des multiples résidences du mécène –, je m'y suis établi, je m'y suis réfugié, heureux de trouver enfin un point d'ancrage après tant d'années de nomadisme. Mikaël P., qui ne me refuse rien, m'a même aménagé un confortable studio au-dessus de la pièce où je travaille. Peu d'êtres sont entrés dans ma vie avec une telle autorité. Le curé de Saint-Joseph au Havre, au début des années 2000, lorsqu'il m'a commandé quelques éléments de mobilier liturgique, a un peu aussi joué ce rôle. Il voulait, pour la chapelle de l'abside, un crucifix et une porte de tabernacle. Sans inspiration, miné par les rechutes successives d'Anna, j'avais alors copié, de manière éhontée, la férule inventée par Lello Scorzelli pour Paul VI, un bâton de bronze noueux que termine un Christ supplicié.

Cette porte de tabernacle et ce crucifix, Mikaël P. les a vus dès leur installation à l'occasion d'une de ses visites au Havre où il suit fidèlement les programmations du musée Malraux. Il avait vu aussi mes premiers veilleurs, essentiellement des esquisses et deux bronzes, à la galerie El Catascopio de Barcelone en juin 2003. La convocation est vite arrivée ensuite. Le grand industriel est un homme autoritaire, pressé, qui donne toujours l'impression que le temps lui est compté. Dans ses bureaux du front de Seine à Issy-les-Moulineaux où il m'avait fixé rendez-vous, il ne s'était pas perdu en circonlocutions : mes travaux pour Saint-Joseph du Havre l'avaient conquis, les deux bronzes exposés à El Catascopio aussi, il voulait les mêmes, plusieurs hommes de taille réelle qu'il placerait sur la terrasse de son loft des Docklands ou peut-être même dans l'eau, montés sur des piliers de bois, si l'autorisation lui était accordée.

Quelques semaines plus tard, un nouveau rendez-vous avait suivi, cette fois à Londres, dans la banlieue résidentielle de Chiswick où il venait d'acheter une belle demeure successivement occupée par un peintre de paysages, sa fille puis un décorateur de la BBC qui l'avait considérablement transformée et embellie. La commande se précisait : les bronzes seraient moulés à Londres, j'avais carte blanche pour travailler à mon rythme, le loft des Docklands m'était prêté tant que j'en aurais besoin. Mikaël P. est un homme froid, au regard gris-bleu, intense, perçant. Il ne supporte ni les imprécisions ni les états d'âme. Il s'est brouillé avec plus d'un artiste, plus d'un galeriste aussi à cause de lenteurs, de délais non respectés, il est dans le domaine artistique comme dans les affaires, et c'est ce qu'on lui reproche. S'il n'y avait que cela ! On critique une certaine souplesse qui l'a fait s'établir et prospérer aussi bien dans la Nièvre qu'en Corrèze ensuite, son installation progressive puis définitive à Canary Wharf dès qu'il a compris que Londres devenait la tête de proue des affaires mondiales.

Ce genre d'homme m'intimide plutôt, cette force, cette exigence qui ne souffrent pas les atermoiements, les intermittences, les pannes créatrices, ces dirigeants, de formation scientifique, qui, fortune faite, accumulent jusqu'à la folie toiles et trésors bibliophiliques tout en demeurant, profondément, de purs ingénieurs. J'ai toujours aimé chez Mikaël P. cette froideur à la semblance de ses yeux grisbleu, cette timidité, cette pudeur et cette générosité aussi qui le changent, dès qu'il aime quelqu'un, en protecteur qu'aucune dépense n'arrête. Une des premières fois où je lui rendais visite à Chiswick pour lui montrer un état provisoire de la colonie masculine qui portait encore le nom de « veilleurs de la Tamise », traînant dans le quartier avant d'aller sonner à sa porte, j'avais repéré chez un antiquaire une petite hermine empaillée dans un écrin de verre, une de ces natures mortes dont les Anglais et les Irlandais raffolent et qu'on voit souvent dans les pubs. La présence de l'hermine bretonne, dans ce quartier cossu, au moment où, une fois de plus, je m'apprêtais à prendre *la route de la mer*, m'était apparue comme un signe et j'avais confié à l'industriel mon émotion. Une sorte de rictus glacial avait alors contracté son visage et je m'étais mordu les lèvres d'avoir osé cet aveu. Le centralien qu'il demeure devait être fondamentalement étranger à ces connivences du sort, mais c'était méconnaître la fidélité de Mikaël P. à ses origines celtiques. Il a grandi près de Cancale, dans une modeste bicoque plus que dans une malouinière, et jamais il n'a renié, ni dissimulé, cette enfance pauvre et essentielle. Certains biographes racontent même qu'il aurait acheté le château en lisière duquel il a vécu…

— Cette hermine, avait-il dit soudain, vous irez l'acheter, je vous l'offre, vous la placerez près de vous dans votre atelier des Docklands… C'est un ordre !

Et, tout en sortant de sa poche une liasse de billets, il avait esquissé un sourire. Il était si retenu, si contrôlé qu'on aurait pu croire qu'il ne savait pas rire. Citant Saul Bellow je crois, Anna Horberer, qui le connaissait bien, disait qu'il avait un préservatif sur le cœur. Mais soudain il souriait, il se détendait, il était même enclin à la confidence :

— Vous savez, on raconte partout que je suis à Londres pour l'argent et la puissance. Sans doute… Mais je le suis aussi pour la Tamise, pour sa lumière, les jours de pluie, qui me rappelle la Rance et les rivières côtières bretonnes…

Mikaël P. me fascinait. Il était toujours sur la crête, sur le qui-vive, fomentant un coup, un rachat, une bonne affaire. Il dépeçait des empires et il étoffait le sien. Rien ne l'arrêtait, les mafias, les lobbies, les puissances étrangères. Ce qui me le rendait sympathique, c'était sa passion pour l'art, sa fabuleuse collection, son désir d'aider les artistes. Les futurs veilleurs de la Tamise, dont les esquisses et deux modèles avaient été montrés dans cette petite galerie de Barcelone, j'en avais eu l'idée au Havre en regardant la mer lorsque j'y étais revenu au tout début des années 2000. Il y avait eu cette commande d'un curé féru d'art moderne, le père Denis, un homme ardent et sec qui aimait à la folie son église Saint-Joseph et voulait en faire un sanctuaire de l'art contemporain. Sa demande m'avait surpris, et pour tout dire peu réjoui : la perspective de me retrouver au Havre quelque vingt ans après ne m'excitait guère. Il y avait longtemps que j'avais vendu l'appartement du docteur Lambert. Au Havre, j'avais été heureux, profondément, la ville restait pour moi liée à la griserie des commencements et c'est pour cette raison qu'à peine reçue la lettre du curé, je m'étais précipité à Saint-Lazare pour prendre le premier train. Je vivotais, j'avais quitté l'enseignement proprement dit, une conférence à Sciences-Po, à laquelle viendrait s'ajouter un cours de culture générale aux Beaux-Arts du Havre, suffisait à ma survie.

Oui, ces veilleurs, c'est à la lisière des flots havrais, en contemplant les vagues qui s'écrasent sur les galets, que je les ai imaginés comme une procession fantomatique de gardiens athlétiques et nus. Le souvenir de mon premier modèle – celui par qui le scandale était arrivé – ne me quittait pas. Je voulais absolument le retrouver. Un soir que je prenais seul un verre près de la Porte Océane, les croquis du crucifix et de la réserve eucharistique éparpillés devant moi, j'avais repéré un jeune homme studieux, concentré, qui, tout en buvant un café, corrigeait des copies. Mon cœur s'était mis à battre dès que je l'avais vu : c'était le sosie du garçon de La Buissière. Je l'avais abordé, il enseignait au lycée François-Ier, d'une certaine manière nous étions collègues. Je ne rêvais que d'une chose : l'amener à poser. Ce serait un travail lent, obstiné, tortueux sans doute mais rien ne me découragerait. Cette colonie que je voyais dressée sur des pieux entre les vagues et les mouettes, comme son lointain devancier perdu mais jamais oublié, il en serait l'initiateur.

Pour cela, il fallait le faire venir dans cet appartement qu'on m'avait prêté, non loin de l'église, et qui dépendait de la maison diocésaine. Je laisserais passer l'hiver, j'attendrais le printemps. Théo, j'en étais sûr, finirait par accepter et ce serait en mars. Rendez-vous avait été pris par un lumineux mardi et le jeune homme, après le déjeuner, s'était livré à l'exercice sans réticence et même avec un mélange de liberté, d'aisance et de naturel, tant et si bien que j'avais cru un instant qu'il s'était déjà prêté au jeu avec un autre artiste. C'est une chose toujours émouvante de découvrir le corps d'un être que l'on connaît. Se joue en effet quelque chose qui a partie liée avec la révélation de l'intimité et une certaine forme de vérité. Ici un corps vigoureux et harmonieux venait prolonger la grâce d'un visage qui avait encore l'éclat de l'adolescence, un corps vrai, ni sculpté ni déformé par une présence musculaire artificielle, travaillée, des lignes souples, fluides… Il allait et venait, complice, de plain-pied, inventif, il prenait un livre, jouait avec le crâne des vanités qui ne me quitte jamais, semblait jaillir nu et neuf de la verte lumière montée des flots. Quelques détails rendaient ce corps singulier et inspirant : la toison du torse, les veines visibles des bras, des jambes d'une belle finesse. Tout le temps des poses m'avait habité la certitude d'avoir devant moi, *près de moi*, un ange jeune et rieur, drôle et infiniment libre, un corps dont le soleil de mars exaltait la jeunesse et la force, un corps agréable à regarder et à dessiner avec quelques détails singuliers et émouvants, un corps qui était, à n'en pas douter, le reflet d'une belle âme, d'un esprit rieur et pur tout entier dans l'acquiescement à la louange et à la beauté du monde.

Mon émotion était intense parce que je revivais l'aventure de la gloriette aux vitraux fracassés mais cette fois j'étais libre et je ne serais pas jugé. Théo serait le premier de la galaxie océane, le premier aussi que je pétrirais dans l'argile ocre et dont la *fabrique* serait exposée en détail à Barcelone, des photos et croquis préparatoires au bronze final, un peu trop lourd à mon gré peut-être, en passant par l'épreuve de la glaise. Le Havre était la ville du « retour amont » et Théo s'inscrivait glorieusement dans ce cheminement à rebours.

J'avais pris très au sérieux cette commande religieuse, comme je prendrais au sérieux celle de Mikaël P. J'ai toujours été docile et soumis. À la charnière du siècle et du millénaire, Anna avait, de nouveau, sombré. On venait de détecter de nouvelles métastases qui proliféraient sur la souche du premier cancer. Il y avait dix ans qu'elle était malade, qu'elle jouait avec le mal, le dissimulant ou l'exhibant, selon son état, selon son humeur. L'image qui me restera toujours est celle de sa remise des insignes de la Légion d'honneur en novembre 1994, à l'Élysée, des mains de Mitterrand, lui-même très mal en point. Usant de ses relations dans l'État culturel de gauche, entre deux séances de chimiothérapie, Anna avait obtenu du président qu'il la décore – pas dans la salle des fêtes, en petit comité – dans la bibliothèque semi-circulaire de Napoléon III, celle des portraits officiels. C'était une fin de matinée d'un jour très gris, j'ai le souvenir des arbres du parc, noirs et nus, de la pièce d'eau immobile qui semblait gelée. Il n'y avait pas qu'elle qui le fût. Le président était arrivé, après nous avoir fait patienter plus d'une trentaine de minutes, au bras de sa secrétaire générale adjointe qui, non contente d'être son sherpa pour les sommets internationaux, veillait sur lui comme une fille sur un père. C'était l'automne affreux de toutes les révélations, l'affaire Bousquet, la fille cachée, les rats quittaient le navire, François Mitterrand était blême, rongé, il avait le cheveu rare et je me souviens de ce détail qui attestait la gravité de son état : la naissance des oreilles décharnée et creusée, comme si la vie, à l'image des rats dans le radeau de l'État, l'avait aussi quitté. Il n'était pas certain que le président aimât la musique mais il aimait manifestement Anna Horberer qui fut célébrée comme jamais. Il y avait un contraste étonnant entre la faiblesse apparente du vieillard prêt à défaillir et le discours époustouflant qu'il prononça sans notes, avec la jouissance et la jubilation de l'orateur aguerri qui fouille sa mémoire pour sortir une date, une référence précise – le début des études chez Isralavic, la sortie du premier album –, avec une volonté non dissimulée d'éblouir l'auditoire. Tout le monde était sous le charme, sans exception, et Anna, transie par l'émotion et la fatigue, se cramponnait au dossier d'une chaise en velours vert pomme qu'un huissier avait approchée. Jamais personne n'avait parlé de ma sœur en ces termes. L'émotion se lisait sur tous les visages, y compris sur celui de son mari, présent avec Simon, bien que dans les faits ils ne fussent plus ensemble. Mitterrand n'avait pas manqué de souligner, en politicien acharné qu'il restait, que Stéphane Horberer travaillait pour le « gouvernement de cohabitation ». Il semblait trop heureux de pouvoir égratigner un membre de l'équipe Balladur qu'il détestait. Cependant il s'était vite rattrapé en disant que la musique nous emportait loin de la politique et qu'il ne connaissait rien de plus beau que la *Vallée d'Obermann* jouée par Anna.

Une petite réception avait suivi dans la pièce voisine, l'étonnante salle à manger de Pierre Paulin, unique vestige des appartements des Pompidou. On passait insensiblement de l'acajou et du velours vert de Napoléon III au plastique moulé de la capsule Apollo. Un déjeuner était prévu auquel Mitterrand, épuisé après son show, ne resta que peu de temps, assez encore pour parler de la Bretagne, de la pointe de Beg an Fry où il avait abordé clandestinement au retour d'Angleterre, de la centrale nucléaire, voulue par son prédécesseur, qu'il avait épargnée à la Bretagne, d'une région qui, à sa grande satisfaction, depuis 1977, ne cessait, électoralement, de rosir. Était-ce la présence de Stéphane inféodé à Balladur qui le poussait à être si politique, ou n'était-ce pas plutôt un affleurement coriace de sa nature profonde ? Il regardait Anna avec admiration, même creusé, ciselé par le mal, on sentait encore chez lui le libertin sensuel, le jouisseur auquel on prêtait un incroyable tableau de chasse. Un instant, juste avant que la secrétaire générale ne lui fasse signe de partir – comme s'il y avait eu une urgence d'État –, Anna, sachant qu'il y avait récemment déjeuné, lui parla de l'hôtel de la Plage de Sainte-Anne-la-Palud et du homard de Mannik Le Coz. Le visage du président s'illumina, le souvenir des crustacés sans doute, de la sauce sublime dans laquelle ils baignaient, de la lumière si belle de la plage peut-être, de la jouissance qui était celle du monarque crépusculaire de faire poser son hélicoptère sur la dune, au milieu des chardons, pour ce seul plaisir balnéaire et gustatif parce que tout président élu qu'il fût, il était d'essence et de tradition royale…

Souvent j'ai commenté avec Anna, qui n'en était jamais vraiment revenue, ce moment extraordinaire. Même Stéphane était subjugué et je l'entends encore dire, dans la coque de plastique de Paulin sous le plafond-lustre en cannes de cristal, près du bar aux autruches de Lalanne, que les choses étaient pliées, que Mitterrand roulait à l'évidence pour Chirac et que sa détestation de Balladur était telle qu'il le tuerait à petit feu.

« La plus grande interprète vivante de Liszt » : c'est ainsi qu'Anna avait été qualifiée par Mitterrand. Le portrait était si juste, il susciterait pourtant beaucoup de jalousies, de railleries, même si le talent d'Anna semblait difficilement contestable. Elle avait atteint une aisance, une maturité rares, elle jouait comme jamais, de mémoire, sans partition, elle triomphait d'*Obermann* comme cela, et c'est toujours cette version enregistrée l'hiver de 1994-1995, entre les cures, que j'écoute. L'appartenance de Stéphane au cabinet de Balladur avait facilité les choses et je crois même que c'est aussi pour cette raison qu'Anna pourrait plus tard disposer d'un piano à l'hôpital, à Villejuif puis à Curie. Mitterrand avait été excellent parce qu'il était au bord de la mort, délivré de tout, affranchi des contraintes, libéré, étincelant. Anna était elle aussi dans cette situation et cela transparaît dans cette version d'*Obermann* qu'il avait fallu enregistrer plusieurs fois, tout cela pour garder sans l'ombre d'une hésitation la première, celle où, impatiente et si heureuse, elle s'était jetée sur le piano, retrouvant son instrument, la joie et la liberté de jouer. Sans doute, pour les enregistrements suivants, déjà la fatigue s'entendait-elle…

Cette musique, celle de Liszt tout particulièrement, *Les jeux d'eau à la Villa d'Este*, l'enfouissement dans la vallée romantique n'ont cessé de me porter tandis que je travaillais au Havre, seul, sans attaches, sans amours, *délesté* entre les quadrilatères de béton et les vagues, dans une ville que, jeune homme, j'avais trouvée métaphysique et qui me semblait relever à présent plutôt d'une abstraction pure. Fondée par la volonté d'un souverain, détruite, tracée, relevée par celle de l'État, elle semblait régie par une puissance invisible et je ne pouvais toujours pas traverser la place de l'Hôtel-de-Ville sans imaginer l'apparition au balcon d'un dictateur galvanisant les foules… Mais il n'y avait pas vraiment de foule au Havre, il y avait la ligne des flots, les galets, les rouleaux d'écume et je marchais au bord de la plage en espérant, un jour, le déferlement des vagues par l'entrée de la Porte Océane…

J'avais liquidé mon héritage, j'avais rompu le lien qui m'attachait à l'Éducation nationale : *dés-agrégé*, voilà ce que j'étais et j'admirais la vocation professorale du jeune Théo, ardente, vivace, à l'image du plaisir de transmettre qui animait aussi ma sœur lorsqu'elle enseignait au Conservatoire ou dans son QG de la rue La-Fayette. Je n'étais pas sans argent et les revenus de l'héritage, convenablement placés, du docteur Lambert suffisaient à ma subsistance. Un ou deux bourgerons bleu marine, quelques pantalons de toile composaient ma garde-robe. Le logis très simple que m'avait donné le père Denis me convenait, je ne voulais rien de plus.

L'avouerai-je, ma demeure au Havre, c'était l'église Saint-Joseph – j'y entendais encore Anna jouer et je ne désespérais pas de la faire revenir pour l'inauguration de mes travaux – et je regrettais qu'au moment de la création du diocèse en 1974 elle n'eût pas été érigée en cathédrale. La cathédrale, c'était pour moi Saint-Joseph et j'imaginais le crucifix à la façon d'une croix épiscopale. C'est pour cette raison que je m'inspirais de la férule de Paul VI. J'étais très Paul VI, très séduit par le dépouillement conciliaire ; la génération Jean-Paul II me gonflait avec son conformisme et ses penchants identitaires. Évidemment la dimension rebelle du pape polonais me touchait, sa haine viscérale du communisme, mais je n'aimais pas son conservatisme et sa rigidité doctrinale. Paul VI, véritable Hamlet affronté à l'athéisme, à la désertification des églises et à la violence des Brigades rouges, m'attirait bien plus et ses goûts en matière d'art contemporain rejoignaient les miens. D'où cette croix, convulsive et hachée, que je dessinais, cette porte de bronze, sans fioritures, avec la seule figuration abstraite d'un poisson, d'une austérité mais aussi d'une taille qui eussent convenu à une cathédrale. La commission d'art sacré avait tiqué, peu m'importait. Avec cette audace qui le caractérisait, le père Denis m'avait signifié que j'avais carte blanche. Il disait avoir l'oreille de l'évêque qui voyait tout cela de très loin. Le curé de Saint-Joseph vivait au milieu des œuvres d'art et son presbytère me rappelait, en plus modeste, l'appartement du docteur Lambert. Il chinait beaucoup : lampadaires de Paulin, table de Saarinen et fauteuils bas de Mies van der Rohe. Mais il ne perdait en rien le sens des réalités pastorales, il allait au-devant de ses fidèles, il exerçait même un vrai pouvoir d'attraction sur les jeunes. Il aimait suivre mes travaux et nous nous retrouvions le soir autour d'un whisky. Je le titillais en lui disant qu'il serait bientôt évêque et que je lui dessinerais sa cathèdre et sa crosse.

— Quelle horreur, soupirait-il, un évêché crotté et avec un presbyterium âgé et proche de la maison de retraite ! Je suis mieux dans ma merveille bétonnée et si près du large que j'aime tant…

C'était à la veille du second tour de l'élection présidentielle, la France retenait son souffle, des manifestants hostiles à Jean-Marie Le Pen campaient sur la place de l'Hôtel-de-Ville, la réélection de Jacques Chirac, sans doute pour un mandat de trop, semblait assurée et, pour moi, au Havre, l'histoire se répétait : un petit colis m'attendait sur les marches de l'escalier qui menait à mon appartement et, sur l'étiquette, j'avais immédiatement reconnu la calligraphie de ma sœur. Comment aurais-je oublié que c'était dans cette même ville que j'avais reçu il y avait déjà vingt ans son premier disque ? J'avais déchiré l'enveloppe rageusement, pressé de redécouvrir ces pièces sombres que je l'avais souvent entendue répéter à Paris ou dans sa propriété des Hours. Deux morceaux avaient aussitôt retenu mon attention, les plus beaux, les plus intenses de tout l'album : *Funérailles* et *La lugubre gondola n° 2*. C'étaient, de loin, les plus émouvants, les plus accomplis. Il me semblait qu'Anna avait atteint là une maîtrise rare, celle de la maladie traversée et terrassée ; d'ailleurs, dans l'envoi qu'elle avait griffonné en pattes de mouche sur le livret qui accompagnait le CD, elle avait écrit : « Joie. Immense joie. Enfin l'album du mal vaincu. »

Je n'étais pas médecin mais je voulais croire à cette vérité. Oubliés les séjours à Villejuif et à Curie, l'enfermement en chambre stérile, les séances de chimio, les nausées, les phases d'abattement, la dépression qui s'installait, la déploration constante d'Anna : sa carrière était finie, des jeunes loups perçaient, sa manière de jouer était dépassée, trop expressive, trop théâtrale, pas assez intellectuelle et pensée. Anna ne croyait qu'au travail et à la révélation de l'affect, elle haïssait ses concurrents qui exécutaient froidement les œuvres, sans passion et sans cœur. Les pièces de cet album avaient été données quelques mois plus tôt, au tout début de 2002, à Londres, au Royal Festival Hall. J'apprendrais plus tard qu'un certain Mikaël P. était dans l'assistance, avec son épouse Madeleine, plus férue que lui de musique. L'album était si beau que je l'avais immédiatement offert à Théo et au père Denis. Ils partageaient ma passion pour *Funérailles* et *La lugubre gondola* mais leur préférence allait sans conteste à la *Vallée d'Obermann* qu'Anna Horberer n'avait jamais jouée avec une telle lenteur, une telle gravité aussi, son art était à son sommet, c'était celui des forces reconquises, d'une source captée, saisie au cœur même de la mort, de sa menace. Il ne pouvait y avoir d'apaisement que pour qui avait triomphé du mal. Au Havre, une expression m'avait toujours amusé, elle concernait les habitants de l'autre côté de la Seine dont on disait qu'ils vivaient « de l'autre côté de l'eau ». La formule me trottait dans la tête tandis que nous écoutions, avec Théo ou le curé de Saint-Joseph, le dernier album de ma sœur. La rivière de la vallée d'Obermann traçait aussi cette frontière et Anna l'avait franchie, elle qui jouait de l'autre côté de la mort, celui de la douleur vaincue, de la vie réapprise, la vallée n'était pas si remplie que cela de ténèbres ou de brumes mélancoliques, la gondole funéraire ne ployait plus telle une barge de cendres, il y avait dans cette lenteur exquise, savamment distillée, une leçon essentielle, où l'on entendait la joie du travail, de la discipline, le prix aussi d'une vie qui ne trouvait son sens qu'au service de l'art.

Jamais je n'avais été aussi proche de ma sœur qu'en l'entendant jouer, jamais je n'avais eu à ce point l'impression de l'étreindre, de lui dire mon amour avec des frissons et des pleurs. Nos parents nous avaient inculqué des principes qui bannissaient toute explosion émotionnelle. Sentimentalement j'étais d'une triste espèce, celle du bois sec, Anna sans doute moins que moi, elle que la scène et la carrière publique obligeaient à livrer un peu de sa vie affective. Il fallait d'ailleurs observer son visage quand elle jouait, cette façon qu'elle avait d'épouser la musique, surtout celle de Liszt, de la vivre de l'intérieur – elle me ferait cet aveu un jour : comme si elle l'avait elle-même écrite. Le grand crucifix de la chapelle de l'abside de Saint-Joseph et la porte du tabernacle ont été dessinés, façonnés en écoutant Liszt magistralement joué par ma sœur, *Funérailles* surtout qui me rappelait les obsèques du docteur Lambert. Le vieux médecin était d'ailleurs le dédicataire secret de mon travail, le poisson qui figurerait sur la porte de la réserve eucharistique n'aurait rien de l'ictus des catacombes, c'était la sole au panache d'arêtes dénudées et offertes que je voyais encore sur le bord de l'assiette du docteur, dans ce belvédère vitré de Sainte-Adresse où il aimait tant m'emmener.

Le travail touchait à sa fin. Une forme de vertige se dessinait. Le père Denis, je le sentais bien, voulait me garder auprès de lui. Le soir, en écoutant Liszt, nos conversations étaient hallucinantes, elles partaient de l'Écriture, de l'Évangile de Jean surtout qu'il commentait avec une finesse et une intelligence qui me laissaient sur la rive – de l'autre côté de l'eau ! –, moi qui n'avais qu'une science théologique lacunaire. Il parlait des ténèbres, du surgissement du Verbe, du fait qu'au moment capital de la Cène l'évangéliste eût préféré le lavement des pieds à la fraction du pain. À l'écouter, c'était extrêmement symbolique et ce rite qu'il ne pratiquait qu'une fois par an, le soir du jeudi saint, constituait, pour lui, le sommet de son année liturgique. Je me souvenais d'ailleurs qu'il avait demandé cette année-là à Théo d'être au nombre de ceux qui endosseraient le rôle des apôtres. Le whisky fort et tourbé me brûlait le palais. Depuis sa guérison, Anna ne buvait que du champagne, du Drappier, elle en faisait venir de pleines caisses rue La-Fayette ou aux Hours. Le père Denis ne jurait, lui, que par le Talisker. J'épousais les habitudes de mes compagnons et de mes hôtes. Le père Denis pensait obtenir une rallonge financière, il rêvait à présent d'ornements, dans l'esprit de mes œuvres de bronze, qu'il me commanderait. Il comptait les années et n'avait qu'une peur : que l'évêque lui signifiât son congé en le nommant ailleurs, en faisant de lui, par exemple, le curé de la cathédrale ou en le promouvant vicaire général. Il aimait trop Saint-Joseph pour la quitter et il était émouvant quand il racontait qu'enfant il détestait cette église bétonnée, glaciale, qui hésitait entre le silo et le phare. Il avait appris à la connaître et à l'aimer, les fûts de béton, le chœur central, les sièges qui ressemblaient à ceux d'une salle de spectacle, le puits de vitraux, un puits, disait-il, d'une profondeur inversée, un puits vertical et ascensionnel… Les matins d'été, il descendait dans l'église pour voir les verrières de Marguerite Huré s'éclairer des lueurs de l'aube. Le whisky me donnait comme des hallucinations. Le père Denis évoquait la destruction du Havre, le feu des bombes, l'Apocalypse, la reconstruction, les baraquements et les rats, il rappelait que la ville stalinienne et bétonnée reposait en fait sur un lit de tourbe et de sable et que « son » église, bâtie au cœur d'un territoire ceinturé par le fleuve et la haute mer, s'enfoncerait peut-être un jour dans cette matrice marécageuse…

Pour les ornements, le père Denis m'avait incité à m'inspirer de Braque. Voilà encore qui me ramenait aux grèves et aux falaises effondrées de Varengeville. Il répétait à loisir cette formule qu'il avait empruntée à un de ses amis géographes : « Le Havre moderne est une œuvre abstraite. » Cette abstraction, qui était aussi cloisonnement, dislocation de la ville en quadrilatères, me semblait aux antipodes de ce que portait le christianisme, de l'incarnation, de la chair vivante et livrée, des pieds qui se dénudaient le jeudi saint. Le maire, Antoine Rufenacht, dont on disait qu'il serait un jour Premier ministre, avait beaucoup aimé mon travail et il me l'avait dit, avec chaleur et une sincérité dont les hommes politiques sont rarement capables. Je m'attachais à cette ville et je regrettais, de plus en plus, d'avoir liquidé mon héritage. « Vous aviez, m'a-t-on dit, un bel appartement à la Porte Océane… », m'avait murmuré le maire le soir de l'inauguration de la chapelle et j'avais cru percevoir dans sa remarque une once de reproche. J'étais un mauvais héritier. J'étais un fils ingrat. J'étais à l'image de cette ville, dans le détachement tragique, l'errance, la rupture de tout lien. Le soir venu, pour peu qu'il fît beau, je me réfugiais sur la plage, au Ponant. Rien ne m'excitait plus que la lumière d'émeraude sur les vagues et les cargos, les porte-conteneurs fantomatiques qui glissaient en procession au large. Ce soir de juin 2002, un titre d'un journal local avait attiré mon regard : « Les abeilles sont heureuses près du Havre. » Il n'y avait pas qu'elles et pas seulement en lisière de la ville : on était heureux, j'étais heureux au Havre. J'aurais dû le dire à Rufenacht. Je regardais la mer, la ligne des flots, les galets concassés et je voyais se dessiner une colonie d'hommes nus, de bronzes qui fixaient l'horizon. Évidemment, s'il insistait, je dessinerais les ornements pour le père Denis mais j'avais désormais une autre obsession, je voyais ces hommes dont Théo serait le premier – d'autres idées, d'autres noms me venaient, un exégète d'Aragon que j'avais croisé, un jeune avocat qui résidait souvent chez ma sœur aux Hours –, je les voyais de plus en plus nettement, sur des piliers de bois que maculeraient les mouettes… Je m'étais même amusé à imaginer un possible emplacement des veilleurs sur la grève, ils formeraient un cercle, un carré, une colonie processionnaire, je ne savais trop. Au fond du bar, un vieil homme sirotait un whisky. Il en avait commandé un deuxième, expliquant au serveur que son médecin lui avait dit que le whisky lui était possible à condition de boire beaucoup d'eau avant et après… Je m'étais retourné pour voir à quoi il pouvait ressembler. J'avais cru deviner un blazer marine, des boutons dorés, une belle chemise bleue, un foulard de cachemire dans l'encolure. Je m'étais retourné et je m'étais vite détourné : c'était le sosie du docteur Lambert…

Moi aussi je m'étais attaché à cette église qui n'avait rien du sépulcre de béton que dénonçaient ses détracteurs, la lumière, l'élévation du puits central y étaient pour beaucoup ; rien ne m'obligeait d'ailleurs à travailler au Havre, j'aurais aussi bien pu concevoir le crucifix et la porte de bronze ailleurs, à Paris ou au domaine des Hours qu'Anna voulait mettre à ma disposition. Quelque chose se passait au Havre qui m'enchantait, mon passé y était vivace, comme en filigrane. Le soir, il m'arrivait souvent d'aller marcher sur la plage dans l'espoir d'y revoir le sosie du docteur Lambert. L'homme était assez régulier, assez obsessionnel aussi et il ne manquait pas de rappeler au serveur, chaque fois qu'il commandait un nouveau whisky, la prescription de son médecin. La tentation m'avait pris un soir de l'aborder, puis elle s'était dissipée. Nous nous saluions d'un signe distant et les mojitos bien dosés que j'avalais me mettaient vite en communication avec mes ombres, celles de mes veilleurs maritimes – je pensais y adjoindre aussi un jeune homme brun et racé qui appartenait à la galaxie du père Denis et qui avait une élégance toute proustienne –, celle aussi de celui qui m'avait accueilli dans cette ville, au début des années 80, et à qui je devais tant.

Je ne travaille bien que lorsque je sens près de moi un tel terreau symbolique et affectif. J'ai besoin de rites, je suis aussi régulier et obsessionnel que le vieux trognasson du Ponant. Avec le père Denis, nous montions souvent à Sainte-Adresse dans ce restaurant qu'aimait tant le docteur Lambert et chaque fois je commandais une sole pour le plaisir de revoir la nature morte que composait le panache d'arêtes dénudées repoussées sur le bord de l'assiette. Le curé de Saint-Joseph, grisé par le vin blanc et la vue du couchant sur la mer, me parlait encore de l'Évangile de Jean, de Nicodème, celui qu'il appelait l'*adorateur nocturne*, de ce que Drieu la Rochelle avait écrit sur saint Jean dans des notes testamentaires, avant son suicide. Il revenait toujours à l'absence de communion, à cette scène capitale du lavement des pieds qui symbolisait, selon Drieu, la transmission de l'esprit. Autant que je puisse en juger, il y avait presque quelque chose de protestant chez le père Denis qui regardait avec défiance la transsubstantiation. Il raillait même le comportement de ces jeunes prêtres rigides et obtus qui, au moment de la purification du calice, traquaient comme des maniaques les bribes d'hostie tombées sur l'autel, convaincus qu'il s'agissait des éléments corporels de Jésus.

— C'est le Serviteur souffrant qu'il faut contempler, c'est cette douleur qu'il faut adorer, en profondeur et en vérité, pas cette petite rondelle de pain qui devrait nous pousser à porter notre regard plus haut et plus loin…, disait-il dans un mélange de rage et de gravité dont il n'était guère familier. J'ai toujours eu en horreur les ritualistes myopes et les bigots superstitieux…

Les choses étaient dites. Un silence planait au-dessus de nos assiettes vides et nous laissions nos regards dériver du côté de la ligne d'horizon et du cortège des porte-conteneurs. C'est au cours d'un de ces dîners que le père Denis me demanda ce que j'avais ressenti en dessinant le poisson du tabernacle et le visage du crucifié. J'étais bien démuni. Que voulait-il savoir au juste ? Je le devinais : sans doute s'interrogeait-il sur mon lien avec la foi et l'Église. J'étais bien en peine de lui répondre, moi qui n'avais de lien qu'avec une église, la sienne, le cube et le phare de Perret. Souhaitant sans doute mettre fin à ce débat qui m'intimidait, je lui avais demandé si, comme l'abbé Marcel Marie, curé au moment de la reconstruction, il serait un jour enterré dans l'église Saint-Joseph.

— Pourquoi donc ? Je n'aurai jamais l'éclat de ce glorieux prédécesseur. Je suis un curé parmi tant d'autres, de mon passage il ne restera que les embellissements que j'ai voulus, c'est votre nom qui restera. Vous m'éclipserez et c'est fort bien ainsi !

Il riait comme un gosse. Il pouvait être très drôle, très badin, son humour déstabilisait les bourgeoises et les bigotes qu'il adorait secouer.

— Elles détestent tout ce que j'aime : l'abstraction de cette ville, le béton de Perret, la dureté de l'art contemporain… Et on me dit qu'elles sont attachées à ma personne ! Une forme de masochisme sans doute…

C'est au cours de ces mois havrais, à la suite de ces conversations avec le père Denis, tant au presbytère pour notre whisky crépusculaire qu'au belvédère de Sainte-Adresse, que m'est venue l'idée de travailler de nouveau sur le suaire de Turin. L'expression qu'il employait en parlant de Nicodème me trottait dans la tête : l'*adorateur nocturne*. Homme d'une foi tâtonnante, incertaine, je l'étais à ma manière. C'étaient les lieux qui me portaient et me parlaient, bien plus que l'Écriture, les rites, l'évidence de la messe. L'envie m'avait pris de partir pour Turin. C'était l'automne de 2003. Octobre était doux, lumineux. Anna, qui enregistrait à la Grange de Meslay une nouvelle version des *Harmonies poétiques et religieuses*, m'avait invité à la rejoindre. Elle travaillait comme une folle. Son éditeur lui avait parlé d'un jeune pianiste très talentueux qui préparait, pour un concurrent, dans une ferme du Limousin, un enregistrement des mêmes pièces. Anna était littéralement obsédée par ce jeune homme qui ne rêvait que de la « dégommer ». Le cancer l'avait rendue irascible et même violente. Il n'avait pas arrangé non plus ses penchants paranoïaques. Elle n'était pas loin de penser qu'un complot visait à la faire chuter du piédestal où elle trônait. Était-ce un reste de ses années soviétiques ? Bruno Dorléac passait désormais le plus clair de son temps à apaiser les angoisses de ma sœur qui n'avait jamais été vraiment capable de vivre seule. Comme Sagan, elle ne pouvait plus dormir sans compagnie : il lui fallait une présence permanente et pas seulement érotique. Dans cette maison d'hôte de Notre-Dame-d'Oé où elle résidait près de la Grange de Meslay, elle m'avait demandé de partager sa chambre. La nuit, disait-elle, elle était dévorée de cauchemars. Elle était surtout remplie de Liszt dont elle fredonnait sans cesse les mélodies. Sa musique m'avait à ce point accompagné lorsque je travaillais à Saint-Joseph que j'estimais lui être éternellement redevable. Je me souviens que les tenanciers de la maison d'hôte nous regardaient avec amusement, ne sachant trop quelle place Dorléac et moi tenions dans la vie de l'artiste.

Je revis ces moments avec émotion, il y avait une petite pièce d'eau dans le jardin et c'est là, après avoir répété toute l'après-midi, qu'Anna se faisait servir ses coupes de

Drappier. Dozier était l'esclave et moi le confident. Je lui avais parlé de mon projet de voyage à Turin et elle voulait m'accompagner. Avait-elle encore un fils ? Stéphane avait quitté la préfectorale pour le secteur privé qui lui convenait mal. Son retour dans un cabinet ministériel de droite était prévisible. Elle était en relation permanente avec lui ; bien que séparés, ils avaient encore une adresse commune rue Saint-Lazare, mais Anna résidait en fait non loin de là dans son studio de la rue d'Aumale qu'elle appelait « l'atelier ». J'aimais l'endroit qui était encore plus beau et plus confortable que son studio des Hours, à cette seule différence qu'on n'y voyait pas de fleuve.

— Je veux admirer tes réalisations du Havre, m'avait-elle dit un soir, tes bigoteries m'intéressent !

Le mot même de « bigoteries » m'avait choqué et je ne m'étais pas privé de le lui faire sentir. Elle avait vivement réagi :

— Ce que tu peux être susceptible ! Tu ne changes pas ! Ce mot n'avait rien de péjoratif dans ma bouche !

Et elle m'avait étreint, puissante, affectueuse, touchante comme elle savait l'être.

— Et d'ailleurs, si tu veux tout savoir, la bigote, c'est moi. Je prie tous les soirs depuis ma maladie. Lorsque je travaille à l'atelier rue d'Aumale, il m'arrive souvent de descendre à Notre-Dame de Lorette, j'aime cette église, les stucs, les peintures des Nazaréens du XIXe… Ce n'est pas sainte Anne que je prie, c'est elle… Tu vois, j'ai trahi la Bretagne pour la Normandie…

Elle avait sorti de sa poche une statuette qu'elle enveloppait toujours dans un mouchoir comme une amulette précieuse.

— C'est sainte Thérèse, la petite carmélite de Lisieux… J'avais beaucoup aimé le film de Cavalier et au cours d'un séjour à Curie, j'ai lu *Histoire d'une âme.* Je suis même allée, de manière très discrète, à Lisieux et c'est de la boutique du Carmel que j'ai rapporté cette statuette. Elle ne me quitte jamais, elle est toujours contre moi, pour me protéger, pour m'apporter la grâce des roses du ciel, surtout lorsque je joue…

Mikaël P. s'était intéressé à mes travaux – la première ébauche des veilleurs de la Tamise – qu'il avait vus à Barcelone et, dès qu'elle avait su de qui j'étais le frère, sa femme Madeleine, qui entretenait une vraie passion pour la musique, avait tenu à nous inviter, Anna et moi, dans leur maison près de Vernon, sur les bords de Seine. Mikaël et Madeleine formaient un couple étrange, l'un ne jurait que par la peinture et les arts plastiques, l'autre était une authentique mélomane, folle de Liszt et d'Anna Horberer, et cette merveilleuse villa normande à colombages où tout couple à ce point pris par les affaires et les voyages aurait aspiré à connaître des moments de solitude et d'intimité silencieuse, ils la peuplaient le week-end venu de toutes sortes de mondains, de pique-assiettes, de vedettes médiatisées, de stars d'un jour. Il fallait y être, il fallait en être, on ne comptait vraiment à Paris que si l'on recevait son carton pour Vernon.

On y voyait d'abord très peu le maître des lieux qui s'isolait dans sa thébaïde, tout au fond du jardin, non loin du chemin de halage. Il semblait préférer la compagnie des pêcheurs à celle des mondains en week-end. Madeleine était une hôtesse affable, drôle, toujours enjouée et son caractère primesautier contrastait avec la gravité qu'aimait afficher Mikaël P. Le soir, autour d'alcools forts, Madeleine aimait s'étourdir de charades et de jeux d'esprit, de cadavres exquis et d'écritures automatiques, alors que son mari, le service minimal accompli, faussait vite compagnie pour se retirer dans son pavillon solitaire. Il avait toujours une affaire urgente, un dossier sur le feu, un coup de fil à passer à New York ou à Shanghai.

Il m'avait fait appeler une fin d'après-midi dans sa thébaïde. J'avais accompagné Anna qui venait présenter ses *Harmonies poétiques et religieuses.* Elle ne quittait plus Adrien Dozier, de vingt ans son cadet, ce qui faisait jaser cette petite société encline aux ragots et aux vilénies. Mikaël P. m'était apparu sombre, rugueux, fermé. L'austérité du pavillon contrastait là encore avec le luxe de la villa, il n'y avait qu'une chose qui fût belle et étonnante, le lit de bivouac du maréchal Berthier, avec son armature de cuivre et ses beaux rideaux de velours vert Empire, qu'il avait acheté chez un antiquaire réputé. Je ne sais s'il l'utilisait vraiment, mais c'était en tout cas sur ce lit apparemment inconfortable qu'il s'allongeait pour méditer.

— Je suis allé à Barcelone et au Havre, avait-il grommelé. J'ai même vu le curé de Saint-Joseph. Il voudrait vous commander un baptistère. Je lui ai laissé une somme pour qu'il puisse vous passer officiellement cette commande. Et je lui ai demandé de prier pour moi. Je suis cardiaque, vous savez, je n'en ai peut-être pas pour longtemps…

Humour noir ou confidence sincère, avec lui on ne savait jamais, on ne savait pas non plus sur quel pied danser.

— Oui, j'ai vu vos bonshommes. Ceux de Folon, les hommes volants du générique d'Antenne 2 que j'aimais tant, étaient en manteau, les vôtres sont nus. Je vous paie la série. Mais, de grâce, ne les exposez pas aux fientes des mouettes du Havre, installez-les à Londres, je viens d'acheter une grande maison aux Docklands, entre la City et Canary Wharf, là où tout se passe désormais…

J'étais coi.

— Évidemment je m'occupe de tout. Débarrassez-vous de ces cours au Havre et à Paris sauf si, comme votre sœur, je crois, vous avez une vocation de professeur. Votre sœur aussi, si elle a le moindre souci, peut compter sur nous. Ma femme l'admire et l'aime beaucoup. Elle me dit que c'est la meilleure interprète de Liszt qu'elle connaisse…

J'avais dû murmurer quelques mots de remerciement, j'hésitais entre la joie et l'incrédulité mais le second sentiment l'emportait, j'étais d'un naturel sauvage, indépendant et j'avais peur de m'en remettre à un tiers, fût-il de la trempe de Mikaël P. Je voyais bien qu'il n'avait rien de commun avec les mondains pénibles et satisfaits des weekends de Vernon. Mais cet homme d'affaires hermétique, opaque, ombrageux, qui orchestrait des coups, des rachats, des OPA, couché sur le lit de camp du maréchal Berthier, m'intimidait énormément. Il n'y avait pas que cela : mes hommes nus, je les avais imaginés au Havre, pour Le Havre, peut-être même en avais-je déjà parlé à Rufenacht. C'était l'unique réserve que j'avais d'ailleurs dû avancer.

— Rufenacht, j'en fais mon affaire, avait aussitôt répliqué Mikaël P. Qu'il ne se plaigne pas, vous saurez lui dessiner un beau baptistère…

Il serait surtout beaucoup question de Chirac ce weekend de septembre où Anna était venue jouer les *Harmonies*. Un journaliste connu et le directeur, très médiatique aussi, d'une grande école parisienne assuraient que le président était sorti très diminué de son accident vasculaire et qu'il tournait désormais au ralenti, avec beaucoup d'absences et d'amnésies ; il citait même, à les entendre, des noms de collaborateurs ou d'hommes politiques en ayant oublié qu'ils étaient morts. Très racé – on aurait dit une sorte de dandy efflanqué et crépusculaire qu'enveloppait une légende sulfureuse –, le directeur était désopilant lorsqu'il imitait Chirac citant les noms de vieux ministres du Général aujourd'hui disparus. Dès que Mikaël P. était entré dans le salon de musique où trônait un magnifique Steinway, les bonnes langues s'étaient tues, tout le monde connaissait les liens qui unissaient notre hôte au président de la République et personne, de toute évidence, ne souhaitait être banni des week-ends normands…

Tels étaient ces moments de Vernon, mondains, caustiques, tendus parfois, pleins de jalousies et d'ambitions, drôles et lumineux grâce à la générosité de Madeleine, à la musique aussi parce qu'en ces années où elle se savait sur un fil, Anna Horberer était libre et magistrale. Son talent éclipsait tous les autres, sa gentillesse aussi, son naturel et sa jovialité. Elle ne tenait aucun rôle. Elle n'écrasait personne. Elle était simplement, magistralement elle-même. Bien qu'il eût peu d'affinités avec la musique et même si le récital survenait un peu tard – Mikaël P. était résolument de la race des couche-tôt –, il veillait pour écouter Anna qu'il admirait vraiment. La critique, les habitués de Vernon avaient salué cet album et ils avaient raison : l'art et la maîtrise d'Anna atteignaient un sommet. Sa grâce aussi, lumineuse, ses rondeurs flottaient dans ces robes de diva orientale qu'elle affectionnait, couverte de breloques, de bagues, de colliers, comme une égérie fardée du souk…

J'aspirais à rentrer au Havre. Je voulais retrouver le béton, ma ville abstraite et métaphysique, le vent, le cri des mouettes, l'émeraude des vagues. Le père Denis faisait restaurer mon logement et je trouvais refuge à l'hôtel Vent d'ouest, tout près de l'église : je louais chaque fois la chambre 102 pour la vue qu'elle offrait sur le sépulcre de béton et son phare céleste.

Je n'ai jamais osé le mot mais je le risque enfin : une sorte de *gémellité mystérieuse* nous unissait Anna et moi, jusque dans nos parcours d'artistes. L'aveu de la foi retrouvée, de la pratique – elle m'en dirait plus ce beau jour d'octobre où elle m'avait rejoint à Turin – à Notre-Dame de Lorette qu'elle fréquentait désormais, disait-elle, rieuse et irrespectueuse comme elle savait l'être, pour les beaux yeux d'un prêtre, me troublait. Le temps était ensoleillé à Turin, la chapelle du Saint-Suaire, qui avait brûlé quelques années plus tôt, était inaccessible, le visage du supplicié, quel qu'il fût, me hantait, ce Christ vieux, homme de douleurs presque brunâtre, tourbeux, à l'expression thanatique conservée dans la mémoire du tissu. Les méditations du père havrais avaient fini par faire leur chemin en moi et j'étais, je l'avoue, plus impressionné par ce visage, qui disait le vrai mystère de la présence, que par le pain consacré. Que le linge eût été sauvé des flammes, à plusieurs reprises dans l'Histoire d'ailleurs et tout spécialement par un valeureux pompier en avril 1997, semblait miraculeux et ajoutait à sa sacralité.

Jamais je n'aurais pensé que Turin fût une aussi belle ville, d'une géométrie parfaite, une sorte d'utopie ocre sur les bords du Pô, un ensemble de façades et de rues qui évoquait les toiles vides et saisissantes de De Chirico. L'appartement-atelier que m'avait loué Mikaël P. était suffisamment grand pour y accueillir le piano d'Anna. Ce n'était pas pour Lorette qu'elle travaillait, mais pour Saint-Eustache, elle préparait *Via Crucis* de Liszt. De mon côté, simplement séparé d'elle par une cloison très sonore, je crayonnais le visage et le corps du supplicié du suaire. Mikaël P. rêvait d'un gisant de bronze qu'il placerait dans la chapelle de sa malouinière des bords de Rance. Le père Denis, quant à lui, avait dans l'idée de me commander un chemin de croix mais les fonds lui manquaient.

Liszt nous réunissait, il était le catalyseur de notre gémellité mystérieuse. C'était plus fort encore que la Bretagne, les sortilèges de l'Armor et de l'Argoat réunis, c'était plus fort que notre adolescence parisienne entre l'Oratoire du Louvre et Saint-Eustache, c'était une passion commune, une communion aussi à une figure qui nous fascinait, le compositeur mystique, l'*ensoutané intermittent* qu'il était à la fin de sa vie comme se plaisait à le dire Anna qui avait tout lu sur lui. Elle était même capable de réciter des passages entiers de son testament écrit le 14 septembre 1860, en la fête de l'Exaltation de la sainte Croix. On parlait aujourd'hui de fête de la Croix glorieuse. La *Via Crucis* n'avait rien d'une Passion traditionnelle : cette musique était une sorte de contemplation de la descente vers la mort, une entrée progressive, graduelle, dans l'énigme du Serviteur souffrant. Les « stations » de l'œuvre de Liszt, les longues plages immobiles initialement confiées à l'orgue et que, dans cette version, Anna donnerait au piano, m'accompagnaient tandis que je dessinais, tâtonnant, intimidé par ce visage du Christ vieilli. Le Christ avait toujours eu pour moi les traits d'un adolescent, d'un jeune homme superbe, c'était Stéphane adolescent, c'était le Théo havrais ou Victor, le double de Proust, si ténébreux, si racé, mais jamais je n'aurais pu imaginer cette tourbe convulsive et défaite, ravagée, cette explosion de souffrance dont le tissu miraculeux avait gardé l'empreinte.

Traces serait le titre parfait pour cette série d'esquisses ou pour ces bronzes. Je n'avais pas l'audace et la radicalité d'Anna, je pratiquais un christianisme sournois, presque honteux. Anna jubilait à dire sa foi retrouvée, elle avait même montré son amulette thérésienne à une journaliste de *Diapason* et c'était merveilleusement passé. L'univers des galeristes et des critiques d'art avait encore des habitudes et des options soixante-huitardes, toutes les préventions qui vont avec aussi. Il était inenvisageable d'avouer le moindre soupçon de religiosité, sauf à vouloir être marqué.

Je m'en étais ouvert à Anna, un soir que nous dégustions un savoureux pot-au-feu piémontais aux Tre Galline. Elle avait tenu une fois encore à l'accompagner de Drappier. Elle ne buvait plus que cela.

— Marqué ? s'était-elle insurgée en éclatant de rire, mais tu l'es déjà, et jusqu'à l'os, avec tes travaux du Havre. Et tes variations sur la Santa Sindone ne vont pas arranger les choses… Très honnêtement je crois que Mikaël s'en fout. Il est très libre. Il te donne carte blanche. Fais comme moi, fonce, cesse avec tes réserves et tes peurs ! Ce sont les reliques de ton éducation, je sais de quoi je parle, j'ai reçu la même…

Elle disait : « la Santa Sindone ». Elle avait une manière de prononcer, fluide et lumineuse, qui était bien plus belle que la profération du mot « suaire », plus sombre, plus rugueux. Tout en mangeant, de bon appétit, le fameux pot-au-feu, elle ne cessait de se masser le dos. Je revois précisément ce geste, cette manière qu'elle avait aussi de se redresser, de tendre son corps voûté, comme elle le faisait parfois sur le tabouret avant d'attaquer l'exécution d'une pièce.

— Tu as mal ?

— J'aurai toujours mal. Effets conjugués de la vieillerie de la carcasse et de la bête qui loge en elle. Mon petit, crois-moi, on n'en a jamais fini avec ce crabe, bien plus méchant que ceux des rochers de Camaret et de Morgat…

Je me souviens qu'au retour, ce même automne, entre deux répétitions nocturnes à Saint-Eustache ou dans son atelier de la rue d'Aumale, elle m'avait entraîné à Notre-Dame de Lorette au pied de la statue de sainte Thérèse de l'Enfant Jésus qu'elle avait fait sortir du débarras où on l'avait remisée. Le curé, ou un de ses prédécesseurs, avait dû juger la carmélite normande trop naïve ou trop illuminée. Anna avait exigé qu'on lui donne une place de choix dans une chapelle du bas-côté droit. Il avait vite obtempéré : on ne résistait pas à Anna Horberer. Était-ce l'effet de l'intuition mauvaise de Turin le soir où nous dégustions le pot-au-feu piémontais, je lui trouvais la démarche lente et raide, elle avait encore pris du poids et elle se plaignait de maux de dos constants. Il est vrai qu'elle travaillait sans cesse, le jeune chef qui allait diriger *Via Crucis* à Saint-Eustache était un homme exigeant et pressé, et ce qui aurait dû être pour Anna un plaisir ou un jeu d'enfant virait parfois au cauchemar, ou du moins c'est le sentiment que j'en avais. Il reprochait à Anna de ne pas suffisamment servir Liszt et sa carrière à elle, et de trop faire du Anna Horberer. Les relations étaient houleuses, à plusieurs reprises je sentis Anna sur le point de tout abandonner et de plaquer le jeune chef qui, à l'entendre, avait encore beaucoup à apprendre en matière de contacts humains.

Tout se tendait. Anna était nerveuse, comme une corde près de rompre, elle avait besoin d'air, elle sortait place Saint-Georges habillée en cartomancienne, elle portait un immense manteau brodé, on aurait dit la parure du Grand Mamamouchi… Elle aimait voir les acheteurs de l'hôtel Drouot portant les croûtes empaquetées qu'ils venaient d'acheter, elle aimait toujours autant Au Général La Fayette. Je m'y risquais sur la pointe des pieds : c'était le royaume exclusif d'Anna, il y avait toujours Adrien Dozier et d'autres élèves du Conservatoire qui étaient entrés dans l'intimité de leur professeur. Ce jour d'octobre 2005, elle voulait trouver chez Colette Mas un portrait de Liszt. Elle aimait cette boutique sombre et vieillotte, véritable antre balzacien avec des boiseries qui mangeaient la lumière et de timides luminaires. Tout était respecté pour protéger les gravures rangées dans d'immenses cartons que l'on plaçait devant vous dans un porte-gravures. Anna avait vite repéré un portrait du compositeur en vieillard, l'air hautain et grave, qu'elle comptait confier à un encadreur proche avant de l'installer sur son piano.

— J'ai toujours besoin de mes gris-gris près de moi lorsque je répète, regarde ce portrait comme il est juste, on est loin des Tartufe et des prêtres sans foi qui se servent de la Croix plus qu'ils ne la servent…

Elle n'était pas mécontente de sa formule, laquelle n'était pas tombée dans l'oreille d'un sourd. Le père Denis aurait pu en être l'auteur.

— Allez, fais-toi plaisir, choisis quelque chose, que je vais t'offrir…

Elle avait fait sortir un carton de gravures épiscopales au motif qu'elle se souvenait de ma lointaine passion pour les papes et les cardinaux. Nous tournions ensemble les immenses feuillets enfouis dans leurs reliquaires lorsque soudain nous sommes arrivés à la lettre R et à Richelieu. Il y avait un joli portrait du cardinal d'après le portrait de Champaigne, conservé au Louvre. Anna avait deviné mon émotion dès que j'avais extrait la gravure pour mieux la regarder à la lumière.

— Prends-la, c'est pour toi, je te l'offre. Ce sera ma manière, bien modeste, de te remercier de ta présence. J'en ai tant besoin…

Elle exultait : je l'entends encore me dire combien elle était heureuse dans ce qui demeurait pour elle, plus encore que la cathédrale des Halles, le sanctuaire d'André Marchal et de Jean Guillou. Elle avait pour ce dernier une admiration sans partage, l'homme la séduisait, son assurance à l'orgue, son élégance, son dandysme presque, sa délicatesse aussi, cette manière qu'il avait de ponctuer son propos d'adjectifs comme « charmant » et « merveilleux ». Jean Guillou était un elfe, une créature insaisissable, perchée à sa tribune, qui prônait la verticalité sylvestre et le retour de l'orgue à la sauvagerie des bois. Comme Anna, il prisait Liszt qu'il plaçait très haut, il suffisait d'entendre ses interprétations de *Prélude et fugue sur B.A.C.H.* et de *Ad nos, ad salutarem undam.* D'une certaine manière, Anna avait détrôné Jean Guillou puisque c'était la version pour piano de *Via Crucis* qui serait donnée.

Je ne repasse jamais près de Saint-Eustache sans penser à ces moments de détente qu'elle prenait à L'Esplanade, en terrasse pour peu que le temps le permît, une affreuse pelisse achetée aux Puces jetée sur ses épaules ; tout dans ce quartier me semblait hideux, la cicatrice de la destruction des Halles de Baltard ne s'était jamais cautérisée, tout jurait, les bâtiments des promoteurs pompidoliens, le Forum qui était un trou à courants d'air et un repaire de racailles, ce qu'on annonçait ne paraissait guère plus réjouissant, une toiture ondulante, d'un jaune pisseux, ayant été préférée à l'audacieuse terrasse boisée de Jean Nouvel. Peu importait l'extérieur : au cœur du grand vaisseau la magie jouait à plein. C'était même mieux : rien ne transparaissait des tensions et des orages avec le chef qui n'était pas aussi impossible qu'Anna voulait bien le dire. Mais je connaissais Anna, ses foucades, ses emballements, et aussi ses détestations. Elle n'avait pas son pareil pour élire une tête de Turc, sa haine et son fiel se déversaient sur une personne – il en avait toujours été ainsi –, un élève, un interprète, un agent, un producteur… D'une certaine manière aussi, elle avait toujours procédé ainsi avec Stéphane qui semblait revenir en grâce. Plusieurs fois je l'avais croisé avec Simon, bel adolescent lunaire et sportif, manifestement plus attiré par le théâtre que par les études où il se contentait, non sans succès, du minimum.

Nous voyant un jour en terrasse à L'Esplanade, le chef, une langue de vipère, avait lancé : « Anna ne peut pas vivre sans ses trois hommes… » Anna avait éclaté de rire en se blottissant contre son fils. « C'est lui mon adoré ! avait-elle clamé, mais je dis cela pour ne pas faire de jaloux… » Le lien qu'elle continuait à entretenir avec Stéphane était curieux, elle ne mettait jamais les pieds dans le grand appartement bourgeois et un brin tape-à-l'œil de la rue de Maubeuge où Simon grandissait comme une herbe folle, livré à lui-même. Le divorce n'avait jamais été prononcé, il y avait belle lurette que régnait entre eux ce que Mallarmé appelle une *absence de lit*, mais Anna était incapable de rompre et son retour à une pratique religieuse ne facilitait pas les choses.

À Saint-Eustache, elle était en splendeur. En prélude elle jouait *Ave Maria, Pensées des morts* et *Pater noster* qui appartenaient de longue date à son répertoire. J'ai relu récemment un compte rendu d'un critique paru ce printemps de 2006 : pour lui, Anna Horberer s'est vraiment approprié Liszt, elle en a fait sa propriété, sa chose, il écrit qu'Anna « campe en majesté sur les terres de Liszt ». L'enregistrement de ce concert n'a pas été fait à Saint-Eustache, il date du début de l'été suivant où Anna avait donné le même programme au Volcan du Havre. J'aurais préféré l'église Saint-Joseph mais le chef ne jurait que par le pot de yaourt de Niemeyer, il avait là ses habitudes, des partenariats... Quelque chose me dit qu'Anna fut meilleure à Saint-Eustache, plus fervente, plus intérieure, moins théâtrale, moins mécanique. Tout, il est vrai, concourait à faire de ces instants une parenthèse fabuleuse, hors du temps : le lieu, l'élévation et la beauté du grand vaisseau, cette forêt de colonnes aériennes, la présence frontalière et fantomatique des Halles disparues, la vie grouillante de l'ancien Ventre de Paris, les galeries creusées sous l'église, le RER qui faisait légèrement vibrer les pupitres du chœur... Pour reprendre le mot favori de Jean Guillou qui s'était déplacé – chose rare – pour entendre Anna, c'était absolument merveilleux, un moment de grâce, les accélérations dramatiques et intenses, l'appel de la foule à la mort, les échos et les réminiscences de Bach, le vertige du Verbe flagellé et percé, cloué sur le bois d'ignominie, la froidure du sépulcre...

Sans doute cette œuvre me parlait-elle plus qu'aucune autre, à cause de mes travaux récents. J'étais en pensée à Turin, l'évocation du voile de Véronique dans l'œuvre de Liszt y aidait, je voyais le visage du suaire défiguré par la souffrance, l'empreinte fascinante imprimée dans la texture du linceul ne me quittait pas, c'est vers elle que je revenais sans cesse, plus que vers mes sculptures, la Sainte Face surgissant des pliures du linge, le Christ couché, gisant vieilli qui avait été coulé en bronze et que Mikaël P., venu à Saint-Eustache avec Madeleine, voulait installer dans sa chapelle de la Rance.

Une chose m'était apparue, au cours d'un des concerts, elle s'était confirmée quelques semaines plus tard au Havre et j'en avais pris conscience non sans effroi : je redessinais toujours le même visage, le même corps, et c'était celui de Stéphane Horberer. Était-ce le fait de l'avoir revu à plusieurs reprises près de Saint-Eustache, sa beauté m'avait saisi, ce côté d'éternel adolescent svelte et fluide, chaussé des Stan Smith blanches qu'il abandonnait le soir au pied de l'escalier de Ker Huella. Sa conversation ne me charmait guère, trop lisse, trop convenue : Stéphane, comme tous ceux qui avaient subi sa formation, était passé maître dans l'art de gommer les aspérités. À l'entendre, tout problème avait sa solution, tout était mis en équations fades et émollientes, dans son regard, dans ses mots, le réel perdait toute saveur. À cet égard, il incarnait tout l'inverse d'Anna qui n'aimait que la transe, l'excès, l'excès d'engagement. Lui ne s'engageait jamais. La banque et les cabinets ministériels, les eaux sans tempête de la haute administration avaient fait de lui un être agréable certes, mondain à souhait, adaptable à toute circonstance et à tout contexte, mais comme amputé de sa part de violence et de rêve. À Saint-Érembert, à Ker Huella, à Douarnenez lorsque nous écumions les bistrots du port sur les traces de Perros, il était intense, curieux, plein de passion. Une certitude m'était venue : ce n'était pas la seule fréquentation de ces milieux insipides et sans âme qui l'avait rendu ainsi, c'était, plus tristement, une forme de sacrifice concerté, assumé. Il avait en lui une originalité, une force qu'il ne voulait pas vivre jusqu'au bout. À cet égard, d'une certaine manière, toute notre histoire en portait la marque et j'étais bien partagé entre une fascination qui ne faiblissait pas – celle du beau jeune homme délié, sûr de lui, qu'il restait – et une déception amère, celle d'avoir face à moi un homme qui demeurait en lisière, sans créer de lien, sans révéler une once de substance et de singularité.

Je m'en étais ouvert à Anna qui avait beaucoup ri. Nous n'étions jamais allés aussi loin dans la confidence. Le patron de L'Esplanade, originaire du Cantal, faisait venir de savoureuses charcuteries qu'Anna arrosait de Drappier. Connaissant l'appétit et la soif de ma sœur, il avait rempli ses réserves et sa cave. Anna, qui s'était toujours reconnue de la catégorie des *gouttières*, buvait comme un trou, surtout dès que le concert était donné. On avait mis à sa disposition un curieux petit oratoire, intégré à la bâtisse du presbytère, dont les fenêtres garnies de vitraux donnaient sur le chœur du grand vaisseau. C'est de ce charmant endroit que j'avais suivi la deuxième représentation, c'est dans cette minuscule chapelle transformée en loge de pianiste que j'attendais ma sœur, les mondanités finies. Elle tardait à remonter, assaillie, entourée, adulée. Son public, aussi démonstratif qu'elle, ne la laissait pas partir, ses « chats » du Conservatoire surtout qui lui vouaient une admiration sans limite. « Ils me singent..., m'avait-elle avoué un soir, ils ne jouent pas Liszt, ils imitent Horberer jouant Liszt... Tout mon travail est de leur apprendre à être eux-mêmes, à se révéler, ce que savait si bien transmettre Isralavic... »

C'est à un autre que je songeais, un autre qui n'avait pas eu la force d'être lui-même. Tout cela n'existait sans doute que dans ma rêverie et mon fantasme. J'imaginais des travaux où je reprendrais ce modèle que je n'avais jamais vraiment vu et qui m'habitait tant, cette *Via Crucis* avait été celle d'une révélation, le chemin d'une écharde profane, d'une passion inaccomplie mais toujours vivace. Anna ne revenait pas. Elle m'avouerait que le concert fini, voulant éviter le chef dont le narcissisme et les extravagances lui devenaient chaque soir encore plus intolérables, elle restait prier dans le déambulatoire au pied de la statue de *sa* sainte de Lisieux.

— Partout, m'avait-elle dit, les statues de Thérèse sont en plâtre, et de mauvaise qualité. À Saint-Eustache, et Dieu sait si pourtant je ne sens pas les Oratoriens séduits par la petite mystique normande, certainement trop allumée pour eux, Thérèse a eu droit au marbre. À moins que la statue n'ait été là avant eux ! Elle est magnifique avec sa croix blanche et ses roses de marbre. Tu n'imagines pas comme elle m'aide, comme elle est présente dans ma vie. Autant que Liszt. Chaque soir, avant de m'endormir, je relis le *Liszt* de Pourtalès. C'est vraiment un beau livre. Au détour d'une courte phrase, c'est à la page 65, j'ai trouvé qu'après avoir composé *Pensées des morts,* Liszt s'est réfugié en Bretagne, à La Chênaie, chez Lamennais. Du coup, j'ai très envie de découvrir ce lieu, avec toi. Je ne sais pas grand-chose de ce Lamennais mais Mikaël, l'autre soir à Vernon, m'a confié qu'il connaissait presque par cœur la *Stèle pour Lamennais* de Xavier Grall. Stéphane, à qui j'en ai parlé, m'a dit bien aimer ce texte qu'il doit me passer. J'attends toujours. Tu le connais…

Il était temps d'aller, à L'Esplanade, noyer cette nouvelle révélation sous quelques flots de Drappier.

Il me reste de ce printemps de 2006 le souvenir de moments lumineux, éclairés par la grâce de l'art et de l'affection vraie. Pour un oui ou un non, j'étais à Paris. Au Havre les travaux du baptistère avançaient, Mikaël P., poussé par son épouse, s'était montré généreux et la chapelle latérale droite de l'église Saint-Joseph, qui ressemblait tant à une piscine, aurait enfin une vasque de bronze digne d'elle. Oui, Anna était éblouissante, portée par le succès de *Via Crucis*, plus hantée que jamais par Liszt, tant et si bien qu'à côté de la rituelle visite à sainte Thérèse à Notre-Dame de Lorette elle avait inventé un nouveau pèlerinage rue du Mail, devant la maison de la famille Érard qui avait hébergé le compositeur lorsqu'il résidait à Paris. Le curé de Saint-Eustache nous avait autorisés à monter sur les toits de l'église pour fêter le beau succès de *Via Crucis* : le champagne coulait à flots sur ce belvédère d'où l'on avait une vue incroyable sur Paris ; de l'axe mythique de Vincennes à la Défense, le panorama était si vertigineux que la tête nous tournait. De gros nuages s'étaient amoncelés du côté de Suresnes et du mont Valérien, des masses compactes et charbonneuses qui nous menaçaient. Heureusement un auvent protégeait le lanternon où nous nous tenions : notre salon improvisé ne craignait rien. Anna était détendue, volubile, d'autres représentations l'attendaient pour le début de l'été – Londres, Aix, Rome –, la vie semblait s'offrir enfin, sans réserve, sans écharde.

Nous buvions au-dessus du grand vaisseau, nous surplombions le cœur blessé de Paris, celui où échouaient tous les nomadismes et toutes les misères, les emblèmes de la modernité pompidolienne jaillissaient au milieu de la monotonie des antennes, des cheminées et des toits, d'un côté les forteresses verticales de la Défense, de l'autre le paquebot aux tubulures exhibées du plateau Beaubourg. Je m'étais écarté, pris d'un soudain vertige, ému aussi par la beauté panoramique de Paris, l'impression de me trouver au centre de la capitale, perché sur une sorte d'ombilic aérien. Le tellurisme, le magnétisme me laissaient insensible mais s'imposait pourtant la certitude d'être à un point essentiel de la cartographie parisienne, un foyer que le grand vaisseau de Saint-Eustache incarnait à mes yeux bien plus que la carcasse lugubre de Notre-Dame. Tout était si beau, si intense, Stéphane, présent, riait de bon cœur aux plaisanteries d'Anna, une forme d'accord, de plénitude presque, semblait restaurée et je devinais l'incrédulité de Simon qui n'en croyait pas ses yeux.

Bravant l'interdiction du curé, je m'étais approché de la galerie latérale, donc du vide. En bas les passants s'activaient telles des fourmis. Une peur panique m'avait alors saisi, pas celle de tomber – je n'étais pas suffisamment intrépide pour franchir le garde-fou –, celle, plus terrible, de voir cette unité, ce bonheur basculer. Un vieux fond de superstition agissait en moi. Dans la grâce de cette musique que nous avions entendue tous ces jours, il y avait la noirceur d'un vendredi, la froidure aussi d'un sépulcre. Autour de nous, accumulés comme une horde noire, je voyais ces nuages qui arrivaient des lointains, ces bataillons qui annonçaient l'orage et la pluie cinglante.

— Ils vont nous balayer ! s'écria quelqu'un, surpris par le brusque assombrissement du ciel.

Il n'y avait donc pas que moi à être travaillé par le remuement des terreurs anciennes. L'averse serait ce qu'elle devait être, peu importait, ce qui m'inquiétait, c'était cette noirceur d'encre, ces périphéries de la ville qui disparaissaient sous les hachures violentes de la pluie. Les nuages arrivaient en masse sur notre îlot céleste, sur notre bonheur, sur ce que nous incarnions, une certaine innocence, un goût irrépressible pour la liberté, un refus des contraintes, des limites. Cet assombrissement du ciel dépassait la seule météorologie et Anna l'avait immédiatement compris. Je la connaissais trop. Elle s'était rembrunie, secrètement affolée par la pluie qui arrivait, prête à redescendre s'abriter dans le grand vaisseau, mais trop polie aussi pour déplaire au curé qui affichait une franche indifférence aux contingences de la météo.

Déjà l'orage nous enveloppait, celui de la *Via Crucis* et des sursauts du mal.

ANNÉES DE PÈLERINAGE

Le samedi 12 août 2006, Mikaël P. avait réuni quelques amis pour l'inauguration de la chapelle de sa malouinière des bords de Rance qu'il voulait dédier à l'art contemporain. Je connaissais bien la villa normande de Vernon mais je n'avais encore jamais vu la lourde demeure de granite logée au milieu des rhododendrons et des hortensias, le parc planté de chênes et de bouleaux centenaires dont les pelouses descendaient en pente douce vers les grèves de la Rance. Les quelques travaux que j'avais imaginés lors de mon séjour à Turin – le visage du crucifié, le cadavre du Christ sur la pierre d'onction – devaient être officiellement installés dans la chapelle de la propriété conçue comme un musée privé. Les réguliers de Vernon avaient fait le déplacement mais, sur ses terres, Mikaël P. se montrait plus exigeant, l'écume mondaine qu'il admettait dans l'Eure était ici proscrite : avaient accès aux bords de Rance ceux que Madeleine appelait les vrais, ce qui laissait entendre que le couple n'était pas dupe de la part d'imposture de certains habitués du cercle plus large de la maison des bords de Seine.

Madeleine avait expressément choisi une date qui pût convenir à Anna, elle lui avait demandé de venir avec

Simon, l'idée étant de donner un petit concert le soir dans la chapelle, quelques moments de *Via Crucis* sans la partie chorale. Il était assez émouvant de voir comment Madeleine, qui n'avait pas de petits-enfants, s'était attachée à Simon qu'elle couvrait de cadeaux, ce qui n'était pas sans agacer Anna. La mère était-elle jalouse de l'irruption d'un tiers dans l'univers affectif de son fils ? Je ne le crois pas. Anna, qui connaissait sa paresse, son goût pour la facilité et les jeux vidéo, n'était pas hostile aux récompenses et aux gratifications, mais elle voulait avant tout des résultats. Or, les résultats tardaient, Simon était un paresseux et un dilettante, il ne faisait que ce qu'il aimait, il lisait beaucoup, dessinait aussi, et délaissait les disciplines scientifiques. Anna rêvait pour son fils d'une grande école, donc d'une classe préparatoire prestigieuse, si possible sur la Montagne Sainte-Geneviève. Dans l'espoir de le voir un jour inscrit à Louis-le-Grand ou à Henri-IV, elle l'avait même domicilié chez un de ses amis qui habitait en face de Saint-Étienne-du-Mont.

Tout devait concourir à faire de ce week-end d'août un moment merveilleux, le soleil donnait à plein, les pelouses de la malouinière étaient même déjà roussies par la sécheresse, l'atmosphère semblait sereine, détendue, parce que nous étions entre nous. Anna paraissait plus calme, l'épreuve de *Via Crucis* s'était finalement bien passée, la tournée en France et en Europe avait été une vraie réussite : il était manifeste que, malgré l'éclosion de nouveaux talents, Anna Horberer demeurait une artiste de premier plan et moi qui l'avais vue s'irriter les derniers temps du succès de jeunes rivaux qu'elle jugeait arrivistes, brouillons et peu travailleurs, je la trouvais plus tranquille, détachée presque, tout à la joie de passer un moment plaisant entre amis. Elle le disait volontiers : on se sentait accueilli à La

Prévaudaye comme on aimait l'être à Vernon, malgré la coloration plus mondaine des rencontres. Le couple que formaient Madeleine et Mikaël était toujours aussi étrange : autant elle était ouverte et chaleureuse, autant, lui, passait son temps, l'air renfrogné, à bougonner et plus encore pour peu que les nouvelles financières en provenance de Londres fussent mauvaises. Madeleine avait une authentique générosité – on le voyait à la manière, excessive, qu'elle avait de gâter Simon –, sa fréquentation des palais du pouvoir et des châteaux de Sologne ou de Normandie ne l'avait pas changée, elle restait simple, disponible et si peu dissimulée. Elle s'amusait de l'image que les médias donnaient d'elle, celle d'une mondaine, d'une femme de l'ombre, confidente des épouses de président et de ministre, ce qu'elle avait été et qu'elle était encore, mais au seul nom d'affinités vraies. Simon l'appelait Mady, c'était le surnom que lui donnaient ses intimes, et il trouvait en elle une complicité, une écoute que ne lui offraient ni Anna ni Stéphane. Anna ne croyait qu'aux vertus du travail et d'une discipline de fer. Stéphane restait hanté par l'idée de faire carrière. Anna aimait profondément son fils mais elle détestait la charge de mère, elle ne savait pas, du reste, où placer le curseur, passant d'un excès de sévérité à une complicité juvénile et presque sororale. À leur manière Anna et Stéphane restaient des adolescents égoïstes et Simon grandissait comme un jeune adulte solitaire.

Ce samedi 12 août 2006, il y avait à La Prévaudaye un peintre, Kerros, qui avait bien connu Pompidou et Mitterrand, il avait même peint les deux, dans son atelier du quai des Célestins et à l'Élysée, Mitterrand aimant beaucoup poser dans le jardin d'hiver ou dans son bureau, assis sur un fautcuil géométrique canné qu'avait dessiné pour lui Paulin. Dès qu'elle avait entendu cela, au cours du déjeuner servi dans la serre remplie d'orchidées et de cactus – les deux passions florales des maîtres des lieux –, Anna s'était précipitée auprès de Kerros, un bel homme un peu rond, d'une stature assez impressionnante, la voix grave, l'œil d'un bleu transparent, l'archétype du peintre des années 70 portant bourgeron et chapeau de paille. Ce n'était pas, je pense, l'homme en soi qui l'attirait, c'était sa connaissance des arcanes et des lieux de pouvoir, le fait aussi qu'il eût accompagné deux présidents, le prince des modernes et le monarque solutréen, dans leur douloureuse descente vers la mort.

– Pompidou, je ne le voyais plus, il se terrait dans ses appartements ultramodernes, alors que Mitterrand m'a fait venir jusqu'au bout. Il ne tenait plus dans le fauteuil curule de Paulin, il devait s'asseoir sur un siège bas, rembourré de coussins. Mais il voulait que je continue à le peindre, il aimait tellement les gisants de Saint-Denis qu'il devait déjà se voir en transi, il me répétait : « Ne masquez rien, soyez sans complaisance… »

Je connaissais bien ma sœur et je voyais qu'elle exultait. Kerros racontait une anecdote extraordinaire, peu connue. En décembre 1994, apprenant que les reliques de sainte Thérèse de Lisieux voyageaient à Paris, sur la route de Normandie, le président Mitterrand avait demandé que le convoi fût détourné afin de passer avenue Frédéric-Le-Play ; il voulait, au moment de gagner l'autre rive, se recueillir en touchant le reliquaire. Il avait été fait selon son désir : le camion qui transportait les reliques de la carmélite s'était arrêté au pied de l'immeuble où l'État avait mis à la disposition de l'ancien président des bureaux et un appartement. Mitterrand, très malade, était descendu avant de s'engouffrer dans la camionnette où il avait passé plusieurs minutes, en silence, comme prostré, vénérant à sa manière les reliques d'une sainte qui le rattachait à ses origines catholiques et à la figure de sa mère. Kerros n'était pas mécontent de son effet. Il avait même su capter l'attention de Mikaël P. qui tendait l'oreille dès qu'il était question d'un homme d'État et de sa place dans l'Histoire.

— Vous le voyiez encore à cette période ? avait demandé Anna.

— Non. Je l'ai vu jusqu'au printemps de 1995. J'allais bavarder dans son bureau. Il ne souhaitait plus poser. Il évoquait avec une rare précision, une précision cruelle, les progrès et les ravages du mal en lui. Il avait faim brusquement, des fringales folles. Je venais toujours le voir en fin de matinée. Il sonnait et demandait du saucisson ou des huîtres. C'était la pièce où j'avais vu Pompidou malade, ce bureau trop doré, aux murs couverts de miroirs que les présidents cancéreux détestent parce qu'ils leur renvoient l'image de leur déclin... Sous Pompidou, on plaçait près des fenêtres et des portes des boudins de feutre pour empêcher les courants d'air...

— Allez-vous peindre Mikaël ? avait soudain demandé Anna qui ne s'embarrassait pas de précautions oratoires. Il est aussi mystérieux qu'un président de la République...

Un silence gêné était tombé. En vieux briscard, Kerros avait glissé vers autre chose, les liens très forts, malgré les divergences politiques, les similitudes aussi qui rapprochaient Mitterrand de Pompidou. Mikaël P. arborait son sourire des jours fastes. Si elle n'avait pas déjà été officialisée, la commande était imminente.

Liszt toujours : ce mois d'août 2006, dans cette lumière dorée, brumeuse qui monte des grèves de la Rance, tu joues dans un salon de la malouinière, près du petit cabinet de curiosités de Mikaël P. Les fenêtres au bois bien blanc donnent sur la perspective de la pelouse et des hortensias bleus. Tu me dis que Mikaël P. a fait venir, des monts d'Arrée, du schiste pour nourrir la terre parce qu'il voulait des hortensias bleus comme ceux qui fleurissaient jadis la propriété estivale des Pompidou à Kernaëret. C'est vrai que Mikaël est plus attiré par Pompidou et Chirac que par Mitterrand dont il ne cite jamais le nom, par rejet personnel ou peur de te blesser peut-être.

Liszt toujours : tu prépares un enregistrement, prévu pour septembre, des transcriptions de Wagner. Je me souviens d'un détail : tu te plains de mal dormir. Tu accuses l'excès de fête, d'alcool, les mondanités du soir, la conversation de Kerros qui t'électrise, tu dis même que tu es tenue éveillée par le bruit lointain des turbines du barrage de la Rance lorsque les eaux refluent. Ce détail m'alerte : certes tu as une oreille infaillible, mais comment peux-tu entendre, à quelques kilomètres, le bruit de l'usine marémotrice, un fleuron du gaullisme industriel que Mikaël P.

ne manque pas de montrer à tous ses visiteurs ? Tu es rieuse, malgré une fatigue évidente. Tu m'invites à m'asseoir derrière toi, tu joues *Lohengrin*, la mort d'Isolde. Tu as des bouffées de joie contagieuse, tu dis que tu n'as pas encore trouvé ton Tristan, que tu n'avais pas à le chercher, qu'il t'a été donné dès l'origine, que c'est ton frère, qu'enfants nous avons bu le philtre des bruyères et des landes de la presqu'île de Crozon. Un chauvinisme rageur t'anime : tu soutiens que l'Aulne est incomparablement plus belle que la Rance, que tu ne connais pas de rivière plus belle, plus enchanteresse. Tu me confies des peurs étranges : tu vois le cabinet de curiosités de Mikaël – avec ses fétiches, ses objets sauvages, ses dents de narval, ses coupes baoulées, ses jarres phalliques, ses masques – comme un antre de sorcellerie, tu vas même jusqu'à prétendre que ces objets agissent encore, qu'ils sont tout sauf des pièces de collection et que, contrairement au vœu de notre hôte, tu n'iras jamais donner de concert au tout nouveau musée du quai Branly qui sera un jour le musée Chirac…

Je t'observe jouant, tu te tords sur ton tabouret, tu passes plus que jamais ta main sur tes reins, tu insistes sur cette impression de fatigue qui ne t'a pas quittée depuis le printemps, depuis *Via Crucis*, depuis notre ascension tout en haut de Saint-Eustache et les flots de Drappier engloutis, et tu susurres, avec un sourire forcé et finalement plein de tristesse, que tu as envie d'aller écrire sur le mur de l'église, à la façon de cette femme naguère assassinée dans le sud de la France : SAINT-EUSTACHE M'A TUER.

La chose m'était apparue comme l'évidence et je n'avais eu d'autre issue que d'aller pleurer dans la chapelle de La Prévaudaye, près du Christ du suaire qui me rappelait nos beaux moments de Turin : Anna était de nouveau malade. Tout paraissait irréel : il y avait là, en cette fin d'été, ce cancérologue connu, il suffisait de lui parler, mais je n'avais pas à disposer de la santé de ma sœur. Ce n'était pas la turbine de l'usine marémotrice, ce n'était pas le seul reflux des eaux de la Rance qui la tenaient en éveil : il y avait quelque chose de plus grave et de plus sournois, une angoisse vive qui ne la quitterait plus.

Je ne voyais que trop ce qui nous attendait. Il y eut quelques beaux moments encore, irréels, suspendus. Anna avait voulu aller sur les traces de Liszt à La Chênaie, c'était une propriété charmante dans un cadre vert et boisé, un couple âgé nous y avait accueillis ; plus que le souvenir de Lamennais, ce qui obsédait Anna, c'était Liszt, elle voulait voir la chambre où il avait couché… Après la visite de la belle gentilhommière, nous avions marché jusqu'à un à-pic rocheux qui surplombait une pièce d'eau : une croix de granite, fichée dans la pierre telle Excalibur dans son perron, signalait l'endroit où Lamennais aimait méditer.

Madeleine, qui nous accompagnait, nous a photographiés au-dessus de l'étang, près des éperons de schiste. Sur le cliché, pris sans doute un peu trop tôt dans l'après-midi, à une heure où la lumière écrase encore les subtilités du paysage, les feuillages sont d'un vert superbe, l'eau, en revanche, semble bien tourbeuse et nous sommes un peu à l'écart, dans cet environnement digne des romans arthuriens, près de basculer, sur le bord, à la frontière végétale et liquide qui marque souvent les limites de l'Autre Monde. Anna se force à sourire : c'est l'impression qu'elle donne, exagérément fardée, affublée de ces tuniques orientales qu'elle affectionnait.

Je ne peux m'empêcher de pleurer en regardant cette photo que j'ai contemplée tant de fois, en 2007 et après, lorsque, ivre de douleur, je me réfugiais dans l'atelier insulaire de la rue d'Aumale. C'est la photo qu'Anna avait tenu à placer sur son piano, c'est celle qu'elle avait sous les yeux en jouant ses dernières œuvres de Liszt. Le cadre m'apparaît merveilleux, enchanteur presque avec les lames de pierre qui semblent jaillir de la terre, la croix, le souvenir de Lamennais rebelle et proscrit, le sourire d'Anna, le visage du dernier été, dans la brume de chaleur et les premiers signes de l'automne. Pour autant je sais que jamais je ne retournerai à La Chênaie, jamais, tout comme je crois avoir décliné toutes les invitations de Mikaël P. à venir travailler ou me reposer sur les bords de Rance.

Oui, les choses étaient claires et une forme de fatalité pesait sur ces journées où nous traînions, incapables de programmer notre départ et secrètement affolés de ce qui nous attendait. Mikaël pressentait-il lui aussi quelque chose, toujours est-il qu'il donnait l'impression de forcer sa nature : lui, d'ordinaire si retenu, se montrait plus volubile, il lâchait même quelques confidences. Sans doute était-ce la présence, aux dîners, de Kerros si charmeur, si drôle aussi, qui l'incitait à se livrer plus que de coutume. Kerros racontait le monarque solutréen, sans doute parce qu'il sentait l'avidité et la passion d'Anna. Certes il l'avait côtoyé, comme il avait connu jadis Pompidou sur l'île Saint-Louis et à Fouesnant, il avait passé des heures avec lui dans le jardin d'hiver de l'Élysée, sous la verrière, dans le bureau au mobilier bleu, et même dans la chambre monacale que lui avait dessinée Wilmotte et où le président entassait une curieuse collection de globes terrestres et tous les livres numérotés qu'il achetait dans les meilleures librairies de Paris. Il n'empêche que l'on était enclin à croire que Kerros brodait un peu, il n'était pas certain qu'il eût vraiment entendu tout ce qu'il rapportait, c'était peut-être un compilateur efficace, un redoutable conteur à coup sûr, un grand peintre indéniablement qui n'avait pas craint de montrer le déclin du monarque, la pâleur et la rigidité de la mort qui arrivait…

Mikaël P. m'étonnait, par l'attention et la curiosité qu'il manifestait soudain. Il avait grandi en marge des grands, il avait bâti son empire grâce au soutien des puissants. Il ne faisait jamais mystère de ses origines modestes, il avait même créé une confrérie secrète – l'ordre du Grenier – qui rassemblait ses vieux compagnons, ses amis d'enfance qui l'avaient épaulé dès ses débuts, ne doutant jamais de ses aptitudes et de sa volonté à réussir. Parfois il nous abandonnait, il avait un coup de fil à passer, une urgence : du salon, on le voyait marcher près des hortensias que les journées chaudes d'août avaient fanés, il s'isolait aussi dans la chapelle, près de mes bronzes ou dans son cabinet de curiosités. Il en avait rapporté un soir une étrange sculpture d'origine malienne, on aurait dit un rhinocéros ou un hippopotame, tout en rondeurs et en protubérances, qu'il s'amusait, tout en parlant, à caresser, avec la délicatesse du collectionneur. Il effleurait d'ailleurs plus qu'il ne caressait :

— C'est du bois, du rotin, de l'argile, de la cire et du sang sacrificiel. C'est un cadeau que je destine à un vieil ami…

C'était un des derniers soirs. Les vacances finissaient. Une pointe de mélancolie avait marqué la journée, Mikaël P. avait déjà regagné Paris ou Londres, le majordome de Madeleine s'activait à ranger les affaires. Nous ne voulions pas voir ce déménagement et nous étions allés, Anna et moi, dîner à Dinard au Printania. C'était une adresse de Mikaël et de sa femme, un vieil hôtel rempli de meubles bretons et de faïences de Quimper dont la terrasse surplombait l'anse de Dinard. Il y avait là de vieux Anglais, une clientèle d'habitués, des vacanciers de septembre qui échappaient aux obligations cruelles de la rentrée.

Anna avait commandé des huîtres et des langoustines, pas de Drappier ce soir-là, elle rêvait d'un muscadet frais et léger. Malgré la fatigue qui se faisait de plus en plus visible, malgré les heures de travail – l'enregistrement était prévu tout début septembre –, elle faisait comme si. Elle avait encore la force de jouer la diva, l'artiste absolue. Elle était affamée et voulait d'autres huîtres. Elle avait soudain murmuré qu'elle se précipiterait chez son médecin sitôt rentrée à Paris. Une chose l'obsédait : un film qui allait sortir cet automne et qu'elle voulait absolument voir avec moi : *The Queen*. C'était l'histoire de l'affolement de la cour britannique juste après l'accident mortel de la princesse Diana. Un journaliste de ses amis lui avait parlé d'une scène extraordinaire où, sur la lande écossaise, la reine

Elizabeth se trouvait en présence d'un cerf. Je lui découvrais une passion pour les cerfs. Elle semblait hantée par ce film qui, disait-elle, sortirait à Paris en octobre. La froidure venait de la mer, une morsure humide qui annonçait l'automne. Anna s'était couverte d'un châle et les serveuses en coiffe nous avaient même proposé des plaids. Pour rien au monde Anna n'aurait renoncé à la terrasse, à la nuit qui arrivait sur la mer.

— À La Prévaudaye, c'est un peu « on liquide et on s'en va… ». À Ker Huella déjà, je détestais les fins de vacances… Ça sent la mort… Tu sais, j'ai très envie de revoir Stéphane et même de faire l'amour avec lui. Il refusera. Il n'a jamais vraiment aimé ça… Il n'aime pas les femmes même s'il cherche à les collectionner. Pour tout te dire, je me suis toujours demandé ce qui nous avait unis…

Elle m'a appelé, je venais tout juste de rentrer au Havre. J'allais déjeuner avec le père Denis.

— Je suis à l'hôpital. J'ai des métastases osseuses. Trois vertèbres sont touchées…

Le monde s'écroulait. C'était comme si tout le béton de l'église Saint-Joseph était, d'un coup, tombé sur moi. Je n'avais plus envie de rien, j'étais incapable de manger, la décision s'est imposée comme l'évidence, je suis revenu chez moi, j'ai rassemblé quelques affaires avant de courir à la gare. Il y avait un train en tout début d'après-midi. Les herbages du pays de Caux, la beauté de la Seine qui coudoie la voie ferrée, tout m'était indifférent. Anna était sans doute invisible. Il me restait un refuge, un ancrage dans la tourmente : Stéphane que j'ai appelé avant même de quitter Le Havre. Il travaillait désormais à l'hôtel de Rochechouart, rue de Grenelle. Il était en déplacement cette après-midi-là, avec le ministre.

— Je suis sur les terres de l'académie de Créteil. Je serai à mon bureau vers dix-neuf heures. Anna m'a prévenu. C'est affreux…

Je crois avoir passé la fin d'après-midi, dans l'attente de ce rendez-vous, à errer. J'étais dévasté, la rage, la douleur me brûlaient. J'ai marché de Saint-Lazare à la rue de Grenelle où je me suis posé dans un café à l'angle de la rue de Bellechasse, je devais avoir l'air d'un criminel ou d'un fou. J'ai bu plusieurs panachés pour me calmer – pour éteindre l'incendie en moi. Vers dix-neuf heures, je me suis présenté au ministère qui semblait très désert. On m'a laissé traverser seul la cour puis une hôtesse m'a installé dans un salon d'attente : je me souviens de fresques d'Alechinsky et de canapés gris curvilignes qui devaient dater de l'époque Lang. Stéphane est apparu, élégant, en bras de chemise, accordé à la majesté du lieu. Il occupait un petit bureau aux boiseries blanches dont la fenêtre ouverte donnait sur un jardin de bambous. Tout était d'une sobriété parfaite, la moquette blanche, un petit secrétaire bleu.

— C'était le bureau de Maupassant…, a-t-il murmuré en m'invitant à m'asseoir. Anna m'a appelé, j'étais avec le ministre. J'ai immédiatement compris. Je l'avais trouvée très fatiguée au printemps à Saint-Eustache. Nous devions dîner il y a quinze jours à son retour de Bretagne. Elle a annulé. Elle souffrait…

Nous étions sans voix dans ce cabinet japonisant où il y avait très peu de dossiers. Une assistante a passé la tête par une porte dissimulée dans la boiserie et déposé, en s'excusant, une chemise cartonnée sur le secrétaire.

— Je compte rester à Paris. Je veux être auprès d'Anna tous ces temps-ci. Une opération est probable…

— Une opération est certaine. Merci de rester. Installe-toi rue de Maubeuge, j'y suis très peu actuellement. Moi aussi je compte être bien présent auprès d'elle. J'ai du temps, les contours de ma charge ici sont flous…

Il s'était levé, l'air très sombre. Il a décroché le téléphone :

— C'est Horberer. Pourriez-vous m'apporter deux whiskies avec de la glace ? Merci.

C'était étrange de le voir là, d'être là avec lui en ce jour funeste, dans ces lieux calmes et beaux qui, avec les boiseries, les bambous, la moquette épaisse qui étouffait tout, semblaient si loin des duretés de la vie, de la réalité, de la violence et de la déréliction des banlieues – de la laideur et du mal. Sur la table basse, près du plateau apporté par l'hôtesse qui m'avait accueilli, il y avait un petit livre à la couverture insolée et salie, *Échancrures* de Perros. Stéphane avait vu mon regard se poser sur l'ouvrage :

— Tu te souviens ? Nous étions allés à Douarnenez sur ses traces. J'ai relu récemment *L'ardoise magique*. C'est poignant. Lire, je ne fais plus que ça. Ici, tout est en veille. Ils passent tous avec armes et bagages chez Sarkozy. Ils font leurs offres de service à Guéant, qui est son sergent recruteur. Les derniers mois vont être terribles. Chirac a des absences, il entend de plus en plus mal. Tout est crépusculaire…

Les derniers mois : la formule m'avait saisi. Ce n'était pas aux derniers mois de Chirac que je songeais. C'était à une autre fin qui me glaçait.

— Trois vertèbres, c'est horrible… Comment a-t-elle pu laisser le mal redémarrer…

Je lui racontai l'épisode de l'apéritif au printemps sur les toits de Saint-Eustache après *Via Crucis*, en citant la formule qu'elle avait utilisée ensuite : SAINT-EUSTACHE M'A TUER…

Il ignorait tout cela.

— Tu le sais bien, nous avons toujours été un couple plus intergalactique que fusionnel. Nous n'avons jamais été capables de divorcer sans doute à cause de Simon. J'ai ma vie, elle a la sienne. Elle a été très amoureuse d'Adrien Dozier, je ne sais pas ce qu'il en est aujourd'hui. Nous avons toujours l'appartement de la rue de Maubeuge où vit surtout Simon. Tu le sais bien, quand elle ne voyage pas, elle est rue d'Aumale. J'ai l'impression qu'elle s'est lassée des Hours, un peu comme elle s'est lassée de moi, comme elle se lasse de tout. Elle aime la musique et son frère. On me dit que vous êtes souvent ensemble à Vernon ou sur les bords de la Rance. Elle en rentrait quand elle s'est fait hospitaliser…

Il s'était levé, et il arpentait le bureau tel un lion en cage.

— Elle m'a dit un jour qu'elle aimerait voir Barcelone, les constructions de Gaudí. Je vais concocter cela au plus vite, un week-end d'octobre, et puis-je te demander une faveur ? Je voudrais que tu nous organises un réveillon dans la presqu'île de Crozon, à Ker Huella. Je sais bien, la maison est délabrée, ici aussi, tu sais, les plafonds de l'hôtel de Rochechouart manquent de s'effondrer… C'est à l'image du quinquennat finissant… Oui, je t'en prie, prépare-nous cela, un beau réveillon avec des huîtres et des crustacés. Je le veux vraiment… Je prendrai tout en charge…

Il me parlait un peu comme à un collaborateur. Le ministre l'avait sonné, souhaitant le voir. Il avait répondu, d'une voix mielleuse de bon élève, que la note serait prête dans la soirée. On sentait que tout cela l'ennuyait.

— Ce boulot me pèse mais la place est convoitée, le bureau de Maupassant, comme tu le vois, est charmant et je ne veux ni de la banque ni de la préfectorale… Je resterai jusqu'en mai, jusqu'à la fin du quinquennat…

Il n'y avait aucun bruit dans la bâtisse vide.

— Ils sont déjà tous rentrés. Il n'y a plus rien à faire…, a-t-il dit en me raccompagnant, à l'aise, comme chez lui. Je vais rester écrire cette fameuse note. Tenons bon et pense à la fin d'année…

Au seuil du grand hall, dans l'antichambre moderne, il m'a étreint comme il ne l'avait plus fait depuis au moins vingt-cinq ans…

Je ne voulais pas voir l'évidence, la gravité du mal. Anna se promenait désormais avec ses sucettes de morphine, elle s'en amusait, disant que c'était sa nouvelle passion. Elle les testait comme différentes friandises. Une première intervention avait été décidée : il s'agissait de poser une plaque qui stabiliserait l'érosion des vertèbres. C'était un mal atroce qui ne s'en prenait pas seulement aux organes, aux viscères, il attaquait la structure même du corps, le squelette. Jouer allait devenir de plus en plus difficile, de plus en plus douloureux. Tout était douloureux, je me souviens de ce jour d'octobre où nous avions prévu d'aller voir *The Queen* au Grand Rex : en partant, Anna avait trouvé le CD d'un interprète, un de ses anciens élèves je crois, qui venait d'enregistrer les *Années de pèlerinage.* Il avait fallu que j'insiste pour que nous ne fussions pas en retard. Elle voulait à tout prix écouter l'album, convaincue que le talent du jeune homme la menaçait. Obermann, Este et Naples étaient sa chose, Liszt son homme. « Il aurait pu attendre ma mort pour sortir ça... », laissa-t-elle tomber comme nous passions devant le Général La Fayette. Il avait été des habitués du Général. Il avait écouté et imité Anna comme Anna avait écouté et imité Isralavic. Anna avait aussi admiré et aimé son maître et ici je n'étais pas sûr de trouver le même amour et la même admiration. L'époque était à l'urgence, à la voracité, à l'expression crue des désirs et des ambitions. À sa manière, parce qu'elle avait grandi dans l'univers vieillot et protégé de la rue du Louvre, Anna était demeurée une petite fille – une petite fille des temps anciens, de la comtesse de Ségur et des salons proustiens.

C'était horrible de la voir souffrir ainsi. Elle avait repris une sucette mais à cet instant elle souffrait bien plus de la jalousie, de la peur d'être éclipsée par un génie naissant. Ce Pierre Souchan que j'avais croisé était un garçon doué, travailleur, qui avait poussé, comme tant d'autres, dans la dévotion d'Anna. Je crois même me souvenir qu'il avait un don d'imitateur et qu'Au Général La Fayette il nous régalait des imitations de ses professeurs, et tout particulièrement d'Anna Horberer. Il connaissait intimement la palette de ses emballements et de ses foucades.

Arrivée au Grand Rex, Anna semblait épuisée. La descente de la rue du Faubourg-Montmartre, quelques pas sur les Grands Boulevards, c'était trop pour elle. Elle avait glissé lourdement dans son fauteuil, cherchant la position qui la ferait le moins souffrir. Elle était en nage, j'entendais le bruit de sa respiration précipitée et inquiète : sans doute, à ce moment-là, des métastases avaient-elles déjà gagné les poumons. Le film agirait très vite sur elle comme un baume. Tout était somptueux, intelligent, l'interprétation d'Helen Mirren stupéfiante de sensibilité et de finesse, l'exploration de la folle semaine qui, après l'accident du pont de l'Alma, avait fait vaciller la couronne britannique, s'apparentait à une tragédie moderne avec de l'intensité, des tensions, des sentiments exacerbés, une extraordinaire opposition entre le devoir d'État et les passions intimes.

Près de moi, je sentais Anna concentrée et conquise. Elle ne bougeait plus, prise par le film au point d'oublier la douleur. Le générique passé, il lui faudrait plusieurs secondes avant qu'elle ne parle tant elle était émue. Tout, me dirait-elle, lui avait plu, la peinture du couple Blair, l'évocation de l'univers suranné de Balmoral, le portrait de la reine et de sa mère, la présence des paysages d'Écosse. L'Écosse, d'ailleurs, c'était peut-être ce qui lui avait plu le plus, notamment le moment où la jeep d'Elizabeth tombe en panne dans un ruisseau au lit caillouteux, où la reine, portant fichu et Barbour, se montre dans l'extrême simplicité d'une châtelaine terrienne et où, enfin, apparaît, sur la lande, le cerf traqué et perdu au milieu des bruyères. Ce cerf royal, ce cerf des tourbières d'Écosse, hanterait longtemps Anna, au point que, remontant ragaillardie la rue du Faubourg-Montmartre, elle tiendrait à s'arrêter dans son bar favori pour y savourer un Talisker. Elle était heureuse soudain, envoûtée encore par la puissance de cette tragédie moderne, la figure de la reine, la beauté des paysages. Elle se proposait même de retourner au Grand Rex dès le lendemain. Je lui découvrais cette fibre celtique et cette passion pour les cerfs. Enfant, m'avouerait-elle, elle allait admirer les représentations de cet animal qui figurent à Saint-Eustache, sur le transept sud et, à l'intérieur de l'église, sur les luminaires de la nef et du chœur. Elle voulait se rendre à Rambouillet ou à Fontainebleau pour en voir et décrivait ceux qu'elle avait vus il y avait quelques années en Angleterre, à Richmond Park, près de Londres. Elle avait beau être prise par le tempo et les exigences d'une tournée, elle avait exigé de Bruno Dorléac qu'il la ramène un soir à Richmond, elle voulait voir les ramures des cerfs évoluer dans le crépuscule, l'animal sacré la porterait et l'inspirerait au moment de jouer la *Vallée d'Obermann.*

Il n'y avait pas de cerfs dans le parc de l'Élysée où nous nous trouvions quelques jours plus tard, reçus clandestinement par un conseiller qui était à l'ENA avec Stéphane. Le couple Chirac étant en voyage officiel en Chine, nous avions pu, grâce évidemment à l'entremise de Stéphane, nous glisser dans l'Élysée désert et envahi par la belle lumière dorée de cette fin octobre. C'était assez drôle, nous n'aurions jamais dû être là, le palais ne se visitait pas, Bernadette Chirac détestait que l'on s'approche des appartements privés, or c'est dans l'aile Napoléon III que se trouvait la bibliothèque où Anna avait été décorée par Mitterrand à l'automne de 1994 et qu'elle voulait absolument revoir.

La visite s'apparenterait à un jeu de cache-cache : la fille du président, avions-nous cru comprendre, n'était pas du voyage chinois, elle devait donc être quelque part dans le palais et elle était aussi sourcilleuse que sa mère sur la protection de l'intimité familiale. Notre guide s'avançait à pas feutrés, entrouvrant précautionneusement les portes, affolé à l'idée de voir surgir une furie… Il avait tout mis en œuvre pour dissuader Anna d'aller jusqu'à la bibliothèque. La salle à manger Paulin, que Mme Chirac avait fait restaurer, par fidélité à l'héritage et à l'esprit des Pompidou, était manifestement plus accessible, il suffisait de passer par le salon d'Argent où le conseiller personnel du président, Jérôme Monod, avait établi ses quartiers. Anna voulait revoir à tout prix la bibliothèque, le beau meuble semi-circulaire, en acajou, les fauteuils dont elle avait aimé les soieries vertes. Ce n'était pas l'Élysée de Chirac qui l'intéressait – elle avait regardé d'un air dédaigneux la serre aux orchidées du parc et les bonzaïs du petit jardin le long des appartements privés –, ce qu'elle voulait revoir, c'étaient les lieux de Mitterrand, la bibliothèque devant laquelle il avait posé en 1981 pour Gisèle Freund, le grand portrait qui figurait dans le vestibule d'honneur, à l'étage, et qui était l'œuvre de Kerros.

Tout cela commençait à agacer notre guide qui ne manquait pas de rappeler la faveur qu'il nous faisait déjà. Mais c'était sans compter sur la pugnacité d'Anna qui n'en démordrait pas. Elle n'était pas sortie de son lit pour voir le salon Murat – je me souviens qu'on y installait la table du Conseil des ministres, signe d'un retour imminent du président, et qu'un huissier installait sur le tapis de feutre beige la lourde pendule à double cadran –, tout juste condescendrait-elle à dire que la pièce d'eau était une heureuse idée puisqu'on la devait à Mitterrand, non ce qu'elle souhaitait voir c'était cette bibliothèque où elle avait été si heureuse, si fêtée, et rien d'autre. Le conseiller semblait au bord de l'implosion. Anna avait sorti sa sucette de morphine, pour l'amadouer sans doute. N'y tenant plus, et en ayant soin de préciser que nous n'y resterions que quelques secondes, il ouvrit la porte du salon des Cartes, nous fit traverser comme des voleurs un salon très beau aux murs tapissés de fougères et nous nous retrouvâmes dans la bibliothèque où Anna eut la joie de découvrir ce qu'elle avait tant aimé en 1994, le meuble arrondi, l'épaisse moquette fleurie, la soie vert cru du canapé et des fauteuils. Notre guide n'avait qu'une crainte : qu'Anna, prétextant l'épuisement, ne s'affaisse dans l'une des chauffeuses qui encadraient la cheminée. On avait l'impression d'être des intrus dans l'intimité de cette pièce où le couple présidentiel prenait ses repas et passait ses soirées.

— Il n'y avait pas cette horreur du temps de Mitterrand, dit Anna en désignant le téléviseur devant lequel le président fatigué devait vivre ses soirées solitaires.

Chirac n'était pas Mitterrand, le crépuscule de 2006 n'aurait pas la mélancolie et la gravité tragique de celui de 1994, nous en avions bien conscience, mais l'Élysée n'avait rien perdu de sa beauté, de son faste et de son mystère.

Anna joue encore cet automne de 2006, elle envisage un nouvel enregistrement des *Années de pèlerinage,* mais elle souffre le martyre à son clavier. Le traitement et la douleur aiguisent ses jalousies et ses caprices. Il faut être là, en permanence, et à son service. Je fais des allers-retours rapides au Havre pour assurer mon cours aux Beaux-Arts. Je campe rue de Maubeuge, non loin de l'atelier de la rue d'Aumale, dans ce qui fut la chambre de Stéphane après la séparation. C'est un appartement luxueux, vieillot, avec des parties presque délabrées – les sanitaires tout spécialement – mais qui a un charme fou. Je me crois revenu aux beaux temps de la rue du Louvre, c'est la même configuration, luxe relatif des salons de réception, modestie de la cuisine et de la salle d'eau…

J'ai profité d'un séjour d'Anna à Barcelone pour me précipiter à Morgat où je n'ai plus mis les pieds depuis des lustres. L'idée de ce réveillon, que m'a soufflée Stéphane, me tient à cœur. Ker Huella m'apparaît pire encore que la rue de Maubeuge, tout tombe en ruine, la toiture prend l'eau, les fenêtres ne s'ouvrent plus, et tout cela est bien plus grave que l'odeur de renfermé que le vent de mer chassera très vite. Il me faut me transformer en contremaître, faire venir divers corps de métier pour toiletter la vieille maison. Rien de sérieux ne sera engagé, il s'agit simplement de rendre les lieux habitables le temps de la fête et les jours qui suivront. Il me prend un instant la tentation d'appeler Madeleine P. pour qu'elle mette à ma disposition son homme de main mais l'orgueil triomphe, je me chargerai de tout, comme un grand, ici on a toujours détesté dépendre des autres. Pendant que s'activent les employés d'une société de nettoyage, je déplace les meubles, je dégage un espace où l'on pourrait mettre un piano au cas où Anna voudrait donner un petit récital, je bouscule l'ordonnancement des tableaux – rien n'a été bougé depuis les années 50 –, je fais venir quelqu'un pour changer les rideaux. Ma mère, me semble-t-il, et sa mère avant elle, ne jurait que par une maison landernéenne, À la ville de Paris. Au téléphone je rappelle cette vieille fidélité familiale, le patron se déplace le jour même, il semble surpris de l'urgence, de la radicalité de mes choix : je veux des rideaux rouges, j'ai même retrouvé au grenier des restes de tissu des précédents, rien ne sera trop cher, il faut que toutes les fenêtres du salon et de la salle à manger soient habillées, de ce rouge somptueux, théâtral, qui me rappelle tant l'enfance…

Le soir, je suis éreinté. Je m'écroule. J'ose enfin ce que je n'ai jamais fait, j'ouvre des tiroirs, je monte au grenier, je descends les collections de *Paris Match* et de *Jours de France*, je feuillette des albums, il y a d'innombrables photos de famille, une tout spécialement me déchire le cœur, on y voit ma mère, enfant, dans le jardin de Ker Huella : au dos du cliché aux bords dentelés, ma grand-mère a griffonné d'une écriture tremblée « Toujours belle. Je confonds à présent ma fille, sa fille Anna et le petit Simon… ».

L'idée de cette confusion me dévaste. C'est le grand tremblement du temps, le séisme de l'oubli qui ravage les archives familiales. Soudain les identités se perdent, se confondent… Je prends des ciseaux, découpe dans les magazines et dans les exemplaires jaunis du *Télégramme* et du *Figaro* des photos, des visages, Elizabeth II, Churchill, de Gaulle, Auriol et Coty, Pompidou, Gagarine et Khrouchtchev, et je me mets à composer des collages, il me manque la colle mais je dispose sur le parquet de la chambre les papiers : en hommage à Perros, le titre est trouvé, ce sera *Papiers collés*, des papiers de famille, les papiers d'une époque, celle des Trente Glorieuses, de la République gaullienne, je retrouve d'ailleurs près de mon lit, dans une petite bibliothèque grillagée, les deux tomes de Pierre Viansson-Ponté qui enchantèrent l'été de mes dix-sept ans, lorsque je me demandais si je n'allais pas faire comme Stéphane et préférer Sciences-Po à la littérature.

C'est un beau soir d'octobre, très doux, à la dernière minute Anna m'a proposé de l'accompagner chez son ami organiste qui habite face à Saint-Étienne-du-Mont l'ancien appartement de Maurice et Marie-Madeleine Duruflé. « Il y aura, m'a-t-elle dit, Adrien Dozier et quelques élèves du Conservatoire. » Le lieu est incroyable, un atelier de peintre perché au dernier étage avec un orgue digne des romans de Jules Verne dans le salon et une terrasse d'où l'on embrasse tout Paris, du Panthéon, à gauche, aux Buttes-Chaumont, à droite. Tout a été conservé, le bureau sur lequel Duruflé a composé son *Requiem* est intact, les étagères et les placards sont encore remplis des partitions des Duruflé. Anna est lumineuse, autoritaire comme elle sait l'être, ravie de voir qu'elle est la seule femme invitée, plus heureuse encore de régner au milieu de cette compagnie masculine à la virilité parfois frontalière ou inquiète… Elle trône, elle pérore, intarissable sur Barcelone, Gaudí, la Sagrada Familia qu'elle a pu visiter grâce à des relations, la tombe de l'architecte dans la basilique toujours en construction. C'est un guide vivant, on se croirait à la Pedrera ou dans le cloître de la cathédrale avec les fameuses treize oies censées rappeler sainte Eulalie morte à treize ans. Tout à l'heure, bien qu'elle ne soit pas organiste, elle s'assoira sur le banc pour le plaisir d'occuper la place de Duruflé dont elle chantonne des airs du *Requiem*.

Je me suis écarté sur la terrasse, mon regard dérive entre la place si minérale du Panthéon, superbe, vue de cette hauteur, et Notre-Dame dont la finesse ne m'est jamais apparue avec une telle évidence. Je tiens à laisser Anna briller, être le centre qu'elle aime être, la cible de toutes les attentions, de toutes les ferveurs. L'après-midi même, alors que je rentrais tout juste de Morgat, elle a voulu m'entraîner chez Delamain, face à la Comédie-Française, au motif qu'elle avait vu dans la vitrine un livre de Ponge qu'elle voulait m'offrir. Sans doute m'avait-elle entendu me targuer de posséder, en édition originale, *La fabrique du pré* que j'aime tant. Cet ouvrage, c'est *La Seine*, elle l'a choisi pour l'auteur et pour le titre, cette Seine qui va de Paris au Havre et, a-t-elle dit, est comme un trait d'union entre nous. *Trait d'union* : c'est la formule qu'elle a inscrite sur la page de garde comme nous prenions le thé sur la terrasse du Nemours. Un jeune homme, d'une distinction provinciale et mauriacienne – un *adolescent d'autrefois* –, m'arrache à ma rêverie : il étudie l'orgue aussi et va passer les oraux de l'ENA. Un autre invité, un peu lunaire, passe et repasse, je ne sais ce qu'il cherche, je crois comprendre qu'il est le titulaire d'une tribune prestigieuse. S'intéresserait-il au jeune mauriacien qui me tient le crachoir ? Un homme chauve m'aborde, il est lié au centre de recherches de Versailles sur le baroque, il a publié un essai sur Couperin et me demande si je fais de la musique… La musique est le ciment de cette compagnie. Je réponds que je suis le frère d'Anna Horberer, et que c'est la seule justification de ma présence sur cette terrasse. À la seule profération de ce nom, le silence tombe, le grand organiste, déplumé tel un oiseau de proie, s'approche et dit : « Respect. Quel honneur de vous connaître ! Anna Horberer est la plus grande pianiste française depuis cinquante ans… »

Pendant ce temps elle pérore, séduit, teste l'orgue, un verre de champagne près d'elle sur le banc. Il m'a semblé deviner que la confiance avec Adrien Dozier était rétablie. Elle souffre pourtant mais n'en montre rien : elle me dira le lendemain qu'elle s'est isolée dans les toilettes pour prendre ses sucettes de morphine. Elle a beau souffrir, elle ne renonce ni à dominer ni à séduire. Tous ces hommes sont à ses pieds et elle en jouit. Elle ne rentrera pas seule. D'un signe elle m'a fait comprendre que je pouvais disposer, qu'elle s'en irait seule ou plutôt par ses propres moyens, c'est-à-dire sans moi.

Ces soirs d'octobre, où la lumière est si douce, si dorée, je traverse la Seine, notre *trait d'union*, pour gagner l'hôtel de Rochechouart. Vers dix-neuf heures, Stéphane est libre. Le ministre a quitté son bureau. À six mois de l'élection présidentielle, l'État s'est mis en roue libre. Le chiraquisme est presque enterré et les ambitieux, les avides et les impatients se préparent pour l'avènement du sarkozysme. Stéphane est drôle et cruel lorsqu'il évoque ce climat de déroute. Je préfère parler à Stéphane de cette requête que m'a faite Anna qui souhaite absolument revoir avec moi Venise et Naples. Elle veut revisiter ces villes avant d'enregistrer cet hiver les *Années de pèlerinage.* Je ne suis pas certain, vu son état de santé et ce qui se profile, d'avoir la force de l'accompagner à Venise. Influencé sans doute par ce que j'ai pu lire, je suis bien plus attiré par la ville volcanique que par la cité lagunaire, la froide sentinelle des eaux. Stéphane opine. Il a fait servir le rituel whisky.

— Oui, Naples c'est mieux, plus vivant. Emmène-la à Capri. Je ne suis pas sûr qu'elle connaisse. Capri dans la lumière d'octobre, c'est divin. Je m'occupe de prendre les billets et de vous trouver un hôtel, à moins que vous ne préfériez un appartement dans le quartier espagnol, je crois encore avoir une adresse…

Tout en savourant le whisky, je l'observe, détendu, les pieds posés sur la table, élégant comme toujours. C'est un de ces soirs que l'envie m'a pris soudain de lui demander d'être au nombre des modèles de ces veilleurs maritimes que j'envisageais pour Le Havre et qui finiraient à Londres.

Este, Rome, Venise auraient eu la préférence d'Anna, de Rome j'avais gardé le souvenir éblouissant de nos moments à Santo Stefano Rotondo, dans les années 80, et je redoutais Venise plus que tout, sa lumière voilée d'automne, ses brumes, son humidité qui constituaient autant de mauvais présages. C'est de soleil et de chaleur qu'Anna avait besoin, le traitement la fragilisait, la fatigue due à la cure m'avait fait craindre l'annulation de notre voyage : je m'étais donc rallié aux thèses de ceux qui, de Fernandez à Debray, ne cachaient pas leur amour pour Naples. À la ville insulaire froide et romantique, dont les gondoles calfatées évoquaient tant les funérailles et la musique de Liszt, nous avions préféré la ville volcan, sous la menace du Vésuve qui, à mon grand regret, ne libérait plus de fumerolles et d'émanations toxiques.

Nous n'étions pas arrivés qu'Anna avait souhaité monter à la chartreuse San Martino : elle voulait découvrir l'arc et l'étendue de la ville entre Pausilippe et Vésuve, l'enchevêtrement des ruelles qui descendent vers la via Toledo et la place du Plébiscite. À l'aéroport et pendant le vol, elle m'était apparue patraque, nauséeuse, et j'étais resté sur le qui-vive, craignant à tout moment un malaise. Naples, m'avait-on dit, était une ville fatigante, escarpée, où il fallait beaucoup marcher : cette escapade serait une folie. « Pourquoi l'en priver ? Elle n'en fera plus beaucoup d'autres… », avait laissé tristement tomber Stéphane dans son bureau du ministère, le cocon beige et feutré de Maupassant. Son incapacité à exprimer la moindre émotion m'avait glacé. Tel il était. Tel il avait toujours été. J'avais alors compris que le séjour à Barcelone, dont Anna m'assurait qu'il était un constant enchantement, avait été marqué par des crises, des accès de douleur qui la retenaient au lit. « Ce n'est pas ce qui se profile hélas ! qui l'afflige, curieusement c'est la certitude qu'elle a acquise de ne plus pouvoir jouer longtemps. Être au piano lui devient un supplice. Elle a des maux de dos de plus en plus violents. Et elle enrage d'être *doublée* comme elle dit. On a trouvé dans une boutique de Barcelone un nouvel *Obermann* par une pianiste française de trente ans, dont j'ignore tout. L'album était très en vue. Anna s'est énervée, blessée, plus atteinte encore que par ses crises. Je n'arrivais plus à l'extraire du magasin. Les étoiles, les commentaires élogieux qu'il y avait sur l'emballage la rendaient furieuse, incontrôlable. Il a fallu plusieurs heures pour que la sérénité revienne… »

J'avais gardé en mémoire cet épisode et j'étais bien décidé à éviter toute incursion chez les disquaires. On était mieux à la chartreuse San Martino, dans ce cloître étonnant aux rampes ponctuées de crânes de marbre, au milieu des citronniers. Anna m'avait demandé de la prendre en photo près d'un crâne enguirlandé de fleurs, n'hésitant pas, pour ce faire, à franchir une clôture qui devait signaler un espace protégé ou interdit. Elle n'avait jamais rien eu à faire des interdits. Je tremblais à la perspective qu'un gardien apparaisse : elle l'aurait chassé.

— Ce sera une couverture parfaite pour *Funérailles*… ou pour mes funérailles…

J'avais feint de ne rien entendre. Je m'appliquais pour que la photo fût la plus belle possible, la pianiste un brin théâtrale et poseuse comme elle aimait être, parmi les crânes et les citronniers. Elle semblait radieuse soudain, à l'image du ciel vidé de tout nuage, rieuse et hantée par le souvenir de sa sainte préférée, Thérèse, qui, elle aussi, après avoir essuyé la rebuffade de Léon XIII, lequel, timoré, ne l'avait pas autorisée à entrer au Carmel, était venue à Naples et tout spécialement à la chartreuse. C'était étrange cette présence de la sainte de Lisieux qu'elle priait sans cesse et qui apparaissait à tout moment dans sa conversation. Thérèse, à en croire Anna, racontait dans *Histoire d'une âme* qu'elle avait entendu gronder le Vésuve. Anna s'amusait à tendre l'oreille, le vacarme des klaxons et des scooters montait de la ville, il était impossible de capter le moindre bruit du volcan qui semblait définitivement endormi. À côté de ma sœur, j'étais un matérialiste désolant, j'avais pris le parti de travailler la glaise, le bronze et les formes, loin des notes et des idées. Anna, par atavisme ou goût personnel, était extrêmement sensible aux signes, au surgissement, dans la réalité, d'éléments en provenance de l'ailleurs : ainsi elle ne doutait pas un seul instant que, dans l'ampoule conservée à la cathédrale, le sang de saint Janvier se liquéfie. Ce serait l'autre visite après la chartreuse San Martino, pour l'heure nous redescendions vers le quartier espagnol par une venelle pentue et charmante qui rappelait à Anna Prague et le quartier de Malá Strana, tout était un régal, la perspective des toits, les façades peintes et souvent délabrées, les murs, les lierres et les glycines qui surgissaient des jardins. Je l'observais : à l'évidence Anna souffrait, mais elle était décidée à ne rien montrer, raide, tendue, comme lorsqu'elle apparaissait sur scène, d'une volonté d'acier. Souvent, et particulièrement quand elle évoquait ses élèves ou de jeunes artistes, elle parlait de « mauviettes ». Dans sa bouche, un « ce n'est pas une mauviette, celui-là » était le suprême compliment. Elle détestait la mollesse, la médiocrité, l'abandon à la fatalité. Plusieurs fois, j'avais entendu Stéphane s'agacer de sa discipline militaire, de son exigence qui, même si elle s'était couchée à deux heures du matin, la faisait être, fraîche et volontaire, à son piano trois heures plus tard.

Elle se plaisait dans cette venelle pentue où l'on était à l'abri des scooters et des voitures, elle n'avait qu'une peur : que cela finisse bientôt et qu'on retrouve la civilisation et le tumulte. Je le comprendrais un peu plus tard : sans oser me le dire, elle craignait de retrouver notre appartement, agréable mais sombre, logé au fond d'une cour où l'on était accueilli par une statue de la Vierge entourée de lumignons. Ce n'était ni la Vierge ni les scooters garés à ses pieds qui l'inquiétaient, c'était la pénombre, l'absence de lumière de ce logement raffiné et esthétique qui ressemblait à un puits garni d'azulejos. Elle devait y étouffer. Il n'y avait guère plus de lumière rue d'Aumale mais elle était entourée de ses fétiches, de ses amulettes et de ses objets sauvages, une couronne de sortilèges et de ferveurs anciennes la protégeait. Elle s'était mis en tête de boire un, ou plusieurs, verres de prosecco au café Gambrinus tout près de la place du Plébiscite. Comme souvent les musiciens, elle aimait les boudoirs avec fresques, miroirs et stucs, elle s'y sentait au calme, en sécurité. Il n'y avait pas vraiment de danger à Naples, mais il ne s'agissait pas de déambuler le nez en l'air, les deux-roues surgissant de tous côtés.

Je l'avais compris : elle avait à peine franchi le seuil du Gambrinus qu'elle l'avait aussitôt adopté. Ce serait son lieu, son havre. Dans une ville étrangère, elle choisissait toujours un beau café, un luxueux bar d'hôtel où elle aimait se poser entre deux répétitions. À cet égard, ma sœur était ritualiste et prévisible : les gargotes, les lieux populaires et bruyants, ce n'était pas pour elle. Elle aimait le luxe et la beauté. Un doute la taraudait : elle pensait être déjà venue au Gambrinus alors qu'elle m'avait toujours soutenu qu'elle ne connaissait pas Naples. L'endroit devait lui évoquer d'autres souvenirs.

— Je veux rejouer tout Liszt et tout enregistrer de nouveau. Je le comprends vraiment. *Via Crucis* a été une révélation, malgré ce chef narcissique et autoritaire. Je saisis de l'intérieur sa stérilité, sa tristesse, c'était un grand dépressif et je veux qu'on entende ce qu'il appelait « l'amertume du cœur »... Tu vas me trouver bien prétentieuse, mais je suis la seule à faire exister ce Liszt dépressif et mystique, à faire entendre les moments creux de sa musique parce qu'il y en a... Mes confrères font les virtuoses, ils exécutent avec froideur et efficacité. Si j'en avais la force, j'écrirais mes réflexions sur la manière de jouer Liszt. Je soupçonne d'ailleurs quelques élèves de garder trace de ce que je dis au Conservatoire, d'établir une version clandestine de mes cours...

Une idée m'était venue en l'écoutant : j'aurais aimé la voir « faire cours ». Je le lui dis.

— Je suis en congé actuellement. J'espère reprendre en janvier. Évidemment tu es le bienvenu. Ne t'attends pas à des merveilles. Avec l'âge, et surtout ce qui m'arrive, je me suis assagie. Mais je suis encore capable de quelques fulgurances...

Elle s'amusait de ses bons mots. Le prosecco la rendait volubile et joyeuse. La beauté de Naples la portait, la chartreuse, les citronniers et les crânes, la masse noire du Vésuve, la longue descente par les quartiers silencieux, hantés de chats et de promeneurs amoureux.

— Tu as eu raison de m'emmener ici. Pour tout avouer, Venise me faisait un peu peur, avec ses canaux et ses barques, son silence surtout. Naples, c'est vraiment merveilleux, c'est vraiment plus beau que Barcelone que j'ai beaucoup aimée aussi…

Elle avait faim soudain. Elle voulait dîner près de la mer, de fruits de mer, dans le vent du soir. Elle était un peu ivre. Elle passait de franches envolées lyriques et joyeuses à des moments de grand abattement.

— Je t'en supplie, m'a-t-elle dit soudain en se levant douloureusement, sous les plafonds ouvragés du Gambrinus, occupe-toi de Simon quand je ne serai plus là. Je ne fais aucune confiance à son père. Il le laissera pousser comme une herbe folle…

Il avait fallu déménager assez vite : Anna ne supportait plus l'appartement du quartier espagnol, sans lumière, trop renfermé. De la fenêtre du salon, elle avait aperçu, un matin, un vieil homme couché, dans un galetas voisin, sur une paillasse, derrière un rideau en guenilles. « C'est un mort… il y a un mort à côté » : l'obsession avait crû à une vitesse vertigineuse. De plus le roucoulement des pigeons qui avaient établi leurs quartiers dans la cour finissait par l'agacer. Anna en voulait à Stéphane de s'être chargé de cette location. Bruno Dorléac eût été bien plus sûr. Le deuxième soir de notre séjour, nous avions dîné sur la terrasse de l'Excelsior, avec une vue incomparable sur le Vésuve et Capri. Je connaissais trop ma sœur pour ne pas deviner qu'à côté du café Gambrinus elle venait de trouver à Naples son deuxième lieu d'élection. Depuis Paris, Dorléac s'occupa de nous louer deux chambres et, quelques heures plus tard, loin du puits à la cour remplie de scooters et du galetas du macchabée, nous avions sous les yeux le golfe de Naples.

Anna était souvent irascible et angoissée. Elle avait ses têtes de Turc, Stéphane qui délaissait Simon, Dorléac qui ne lui programmait pas de concerts alors qu'elle était notoirement indisponible, sa maison de disques qui l'avait déjà enterrée et assurait sans vergogne la promotion de ses rivales. Il fallait, pour échapper à cette litanie de rancœurs, des dérivatifs puissants. Les intermittences, les faiblesses d'Anna m'avaient conduit à imaginer un programme léger, modulable. Elle tenait absolument à visiter la chapelle Sansevero pour son Christ gisant sous un linceul de marbre transparent, l'exubérante chapelle de saint Janvier à la cathédrale parce qu'elle était hantée par le mystère des ostensions et de la liquéfaction du sang, le cloître de Santa Chiara pour ses faïences et ses orangers. Le plus souvent, un taxi nous déposait près du monument, ce qui évitait un surcroît de fatigue. Naples me séduisait, superbe et délabrée, jalonnée de marbres et de crânes, de rues populeuses barrées de linge séchant au vent, de palais décatis, d'églises qui étaient autant de reliquaires splendides. Il y avait la vie de la ville, le tumulte et le bruit, la menace lointaine du Vésuve qui amusait tant Anna, et la proximité de la mer et du port dont nous revenaient les effluves. Un séjour à Venise eût été moins fatigant mais j'aimais voir Anna goûter Naples avec cette voracité qui la caractérisait, elle n'était jamais lasse malgré son état, la curiosité la reprenait, on n'était jamais sûr de pouvoir tout visiter, peu importait.

À Pompéi qu'elle souhaitait impérativement voir, la présence d'un guide me fut précieuse, Anna boitait et il était pénible de marcher sur les gros pavés mal équarris. La pétrification de la ville ensevelie sous la lave, le séisme marin qui avait accompagné l'éruption la fascinaient. Elle rêvait de s'enfouir, de s'enfoncer dans le souvenir de ces anonymes surpris par la mort dans le cours de leur vie ordinaire. Nous avions quitté le quadrilatère des rues parcourues par les touristes ; la route, chaotique, longeait une nécropole et s'apparentait à un axe archaïque et pavé que les roues métalliques des charrois avaient entamé, le ciel était soudain d'un bleu pur, lavé de tout nuage, et les cyprès longilignes amplifiaient cette impression de campagne immémoriale où rien ne changeait, où le temps n'avait pas prise. Nous marchions vers la Villa des Mystères. Le guide expliquait que sous la maison que nous apercevions et qui était encore habitée, il y avait à coup sûr d'autres salles qui n'avaient jamais été fouillées. Ce jeune Luca avait une formation d'archéologue, ses commentaires étaient nourris et précis. Anna se montrait affable, enjouée comme chaque fois lorsqu'une présence masculine la ravissait. Elle était attentive, curieuse, elle observait avec une grande attention les fresques des pièces, le jeu de l'ocre et du vert, la fraîcheur miraculeuse des peintures. Les scènes d'initiation amoureuse la comblaient, elle se souvenait de cours de latin, suivis au lycée, qui l'avaient emmerdée, c'était son mot. Que ne montrait-on pareilles splendeurs aux élèves, jamais on ne lui avait expliqué, comme le faisait Luca, les éruptions du Vésuve, la modification de la courbure littorale, la mort de Pline. Elle en redemandait. Le guide avait imprudemment parlé de la Villa de Poppée : elle voulait immédiatement s'y rendre. Il fallait prendre le train, ce n'était pas grave, elle marcherait. Le guide, que j'avais mis dans la confidence, me regardait d'un air incrédule : évidemment Anna éprouvait des difficultés à marcher mais on pouvait imputer cela à son âge et au surcroît de poids. J'avais laissé faire : elle s'écroulerait à l'Excelsior, en rentrant, mais quelques heures plus tard, elle apparaîtrait sur la terrasse, ragaillardie et fardée, un verre de prosecco à la main.

— Tu as eu une heureuse idée en prenant ce guide archéologue, il était compétent et bien élevé, délicat même. Il connaissait des circuits qui nous ont permis d'éviter les hordes de touristes et cette halte à la Villa de Poppée m'a ravie, ces ocres, ces verts, ces fougères, quelle beauté ! Les réserves du magasin, la piscine avec ses herbes folles et tout ce qui est encore emprisonné sous la lave, tout ce mystère…

Voyant combien elle se tordait dans son fauteuil, j'avais adressé un signe discret au serveur pour qu'il garnisse le siège de coussins. Anna avait fait comme si elle n'avait rien vu. Elle savourait son prosecco à lentes gorgées, humant l'air iodé qui arrivait du large, il faisait un peu frais déjà mais pour rien au monde elle n'aurait quitté la terrasse, cette place qui lui permettait d'embrasser l'échancrure marine, du Vésuve au Pausilippe.

— Tu n'imagines pas comme je redoute le retour. Je déteste les aéroports, le fait qu'on doive se déchausser depuis les attentats du 11 Septembre, cette suspicion et ces fouilles, et je ne supporte plus qu'on me touche. Il y a toujours une breloque qui fait sonner leur portique…

Ce n'était pas au portique de l'aéroport qu'elle songeait, ni aux fouilles de la police des frontières. Elle ne tolérait plus qu'on dispose de son corps, une autre opération devait avoir lieu en décembre ou janvier, la pose d'une nouvelle plaque, afin de stabiliser la cassure du dos, se révélant nécessaire.

— Je suis encorc à la Villa des Mystères ou à la Villa de Poppée… Quand je serai remise, j'y ferai mettre un piano et je jouerai en plein air, sous le ciel bleu du Vésuve, les *Années de pèlerinage*…

Jouer, et jouer Liszt bien évidemment, l'idée ne la quittait plus. À Capri, elle se montrerait, au début, de méchante humeur, convaincue qu'elle perdait son temps. Elle n'était pas en soins, elle ne travaillait pas, donc ce temps précieux, compté, était gâché. Elle serait à peine à Paris qu'elle s'y remettrait, elle s'enfermerait rue d'Aumale, ne répondant à aucune sollicitation comme à la belle époque, c'était le rêve auquel elle se rattachait. Alors que nous montions vers Anacapri, elle avait même appelé Bruno Dorléac, en le houspillant, parce qu'il ne lui donnait aucune information sur les concerts prévus en 2007. La profération de cette date me glaçait, et ce n'était pas du printemps qu'il était question, mais de l'automne… J'avais avisé une jolie boutique qui vendait des plaques de faïence, avec les noms ou les numéros des maisons, des bougeoirs, des coquetiers. Me voyant m'approcher de la devanture, Anna avait foncé dans le magasin et s'était mis en tête de commander une plaque au nom de Ker Huella avec une guirlande de feuilles de citronnier et de fruits. Je préférais la voir assumer ses penchants consuméristes plutôt que de souffrir en projetant des concerts qu'elle ne donnerait plus. Ker Huella, c'était l'endroit où elle irait vivre sa convalescence quand elle pourrait échapper à l'indispensable proximité de Curie. Elle feignait de croire que j'avais décidé des travaux importants dans cette maison vieillotte et très abîmée. J'avais seulement commandé des rideaux et un léger rafraîchissement du décor pour l'ultime soirée de l'année, incapable que j'étais de me projeter en 2007…

Plus que de Naples encore, c'est de cette escapade à Capri, où nous roulions à tombeau ouvert dans le vent de mer, que je garde le plus beau souvenir, celui d'une parenthèse enchantée avant le drame. Tout était magique : la vue surplombante sur l'océan très bleu, la route accidentée, la côte, cette merveilleuse église au pavage rempli de citrons, cette petite place où nous avons déjeuné de mets simples et savoureux, au soleil. La lumière me paraissait plus belle encore qu'à Naples, sans doute moins polluée, Anna voulait manger des sardines, des tomates, de la roquette bien poivrée avec un filet d'une excellente huile d'olive, elle accepterait avec bonheur le limoncello offert par le patron après qu'elle eut dit qu'elle était pianiste et qu'elle rêvait de placer son piano sur le pavage aux citrons de l'église San Michele. Oui, jamais comme en ces instants, à cette suture d'octobre qui chavirait déjà vers l'inquiétude et la noirceur, je ne l'ai vue aussi heureuse, détendue, oserai-je le mot, insouciante presque. À Capri elle n'aurait que des caprices, selon sa formule qui l'amusait. Il n'y avait pas qu'à San Michele qu'elle aurait voulu mettre son piano, elle se serait bien vue jouer au bord d'une falaise, face à l'étendue des vagues, dans une villa vertigineuse, dans le genre de celle que Malaparte avait fait construire sur la côte de l'île. Le limoncello la grisait. Un rien la grisait. Elle disait qu'elle avait l'impression que le mal s'éteignait en elle, que la beauté de Naples et de ses environs était plus efficace, plus miraculeuse que tous les traitements. À l'entendre, elle allait louer quelque chose à l'année, elle en voulait à Paris qui l'avait usée, à cette existence de folle où elle ne s'était jamais octroyé de parenthèses heureuses et de libertés. Elle se montrait d'une lucidité incroyable. Elle ne conseillerait à personne cette carrière, cette vie exigeante, déréglée, et pourtant elle ne regrettait rien. Elle avait tout donné à la musique et à Liszt. C'était ainsi. Oui, elle ne regrettait rien. C'était sa devise. Elle l'affirmait même de manière aussi sonore que vigoureuse, en fredonnant Piaf, dans la lumière de ce qui reste le mois le plus beau et le plus douloureux de ma vie.

Tout fut une épreuve, le voyage en avion d'Orly à Quimper, le transfert en voiture jusqu'à Morgat : Anna souffrait atrocement, elle ne desserrait pas les dents et j'étais affolé à la perspective de ce qui nous attendait. Elle était si épuisée qu'arrivée à Ker Huella elle s'effondra dans sa chambre de jeunesse. Stéphane me soutenait, calmant mon angoisse et m'assurant que mon idée était merveilleuse, d'autant que nous serions en cercle restreint, la famille avec Simon, Bruno Dorléac et le violoncelliste Adrien Dozier, Mikaël et Madeleine P. avaient promis de « passer » – c'était le mot qui m'agaçait. On ne pouvait pas passer, on venait et on restait auprès d'Anna qui attendait des résultats décisifs début janvier : on saurait alors quelles étaient les incidences du traitement importé de Suisse.

Je n'étais guère optimiste et mon moral connaissait une sérieuse baisse de tension : il me faudrait rassembler des forces que je n'avais plus. Anna était entrée dans la maison de Ker Huella, indifférente à tout, droguée, absente à elle-même. Elle avait traversé les pièces, muette, ne reconnaissant rien, n'ayant même pas un mot pour les somptueux rideaux rouges que j'avais fait poser. À Naples, à Paris ensuite, évoquant cette fin d'année finistérienne, elle s'était emballée pour quelques projets : revoir les ruines du manoir de Saint-Pol-Roux, dîner chez Le Coz à Sainte-Anne-la-Palud si le restaurant était ouvert en hiver, passer sous l'arche de sainte Anne dans la chapelle, aller prier à Landévennec, à Rumengol ou dans l'église du Faou qui possédait, disait-elle, un très beau vitrail à la gloire de la sainte de Lisieux.

Généreux comme toujours, Mikaël P., qui s'était finalement annoncé, avait fait livrer de magnifiques homards des viviers de Concarneau, des bêtes vigoureuses et menaçantes dont Stéphane, aidé de Simon, avait vite triomphé. L'entente renaissait à l'évidence entre le père et le fils, même si Simon habitait toujours seul rue de Maubeuge : personne ne savait vraiment où vivait Stéphane et avec qui. À plusieurs reprises, Anna avait laissé entendre qu'il s'agissait d'un homme, et même d'un jeune homme, mais il fallait se méfier, dans ce domaine, de l'imagination fertile d'Anna qui, pour avoir trop lu Proust, croyait que tout le monde en était, elle exceptée. Je n'étais finalement pas mécontent de la présence de Mikaël P. : sa distance, sa réserve aussi mettraient un frein aux épanchements ou aux effusions pathétiques que je redoutais : il ne subsistait aucun doute, ce réveillon en compagnie d'Anna était le dernier, et aucun traitement, fût-il en provenance du Canada ou du Japon, n'aurait d'effet miraculeux. Pour moi qui détestais les festivités contraintes, les choses relevaient de l'évidence : je ne serais pas à Ker Huella le 31 décembre 2007, je m'abstiendrais sans doute de tout réveillon…

Sur la route de Coecilian, Anna avait tenu à s'arrêter au petit cimetière de Crozon où reposaient nos grands-parents, sous une dalle couverte de lichens gris et dorés.

Elle s'était recueillie un long moment, un brin théâtrale avec son maxi-manteau de fourrure et la canne qui lui était maintenant nécessaire. Atteindre les ruines du manoir tiendrait ensuite de l'épreuve bien qu'on eût garé la voiture au plus près du périmètre interdit. Le vent donnait, la mer était d'un bleu d'acier, ourlée de crêtes blanches : l'impression d'infini, de mystère du grand royaume des flots n'avait jamais été aussi vive. Anna ne parlait que de mort : celle de Saint-Pol-Roux tragiquement affecté par le sac, le viol et l'incendie de son manoir, celle du soldat allemand qui avait tué la servante et violenté Divine, la fille du poète, celle de nos grands-parents qui s'étaient endormis, sans souffrance, à force de ne rien faire, d'économiser et de craindre des maux terribles en courant voir tous les médecins de Brest et de Quimper. « J'ai rompu avec tout cela très jeune, trop jeune, avait-elle murmuré en se cramponnant à moi pour ne pas trébucher sur les cailloux du chemin. J'ai rompu avec vous pour la musique et je n'aurai pas eu de vie… » Un détail ne m'avait pas échappé : à la différence de toutes ses précédentes visites, Anna repartait sans s'être chargée d'une pierre relique du manoir…

Il était temps de rentrer déguster les homards. Mikaël P. avait aussi fait livrer des magnums d'une cuvée rare de Drappier, la Grande Sendrée, en souvenir du nom, mal orthographié, d'une parcelle viticole qui avait brûlé. Les festivités commenceraient avec les vœux du président de la République et n'iraient guère au-delà de minuit, étant donné l'état d'Anna qui ne dissimulait plus sa fatigue et sa douleur. Face aux rideaux rouges dont elle avait fini par me complimenter en avançant un prix très en deçà du coût final, elle s'était étendue sur un lit de repos, face à la télé. L'assistance comptait nombre de chiraquiens fervents. Docte et définitive comme elle pouvait l'être, Anna avait prévenu : cette cérémonie serait mécanique et ne dégagerait aucune émotion. Il est vrai qu'on imaginait mal Chirac convoquant les forces de l'esprit, le ton du président, filmé devant une étamine tricolore, comme s'il avait voulu nous rejouer le tour du jeune président Giscard d'Estaing bronzé et radieux pris par Lartigue, serait professoral et même programmatique, Chirac, vieilli, égrenant six enjeux qui pourraient constituer l'ossature de sa prochaine campagne… « Vous êtes sévères, il a bien parlé… », avait conclu Stéphane, au grand contentement de Mikaël P. qui opinait. À deux reprises, j'avais fermé les yeux, lorsque le président, dans un geste compassionnel, s'était souvenu des ravages de la maladie et des victimes du cancer. Le lit de repos tremblait, comme si les paroles présidentielles avaient eu pour Anna l'effet d'un coup de poignard.

Elle buvait l'excellent champagne à petites gorgées. Elle goûterait au homard à faibles doses, pour ne pas froisser nos hôtes. Elle voulait briller. Mikaël P. voyait régulièrement Chirac, il allait partager une bière ou une piña colada à l'Élysée, mais jamais il n'en parlait. Anna avait bien moins vu Mitterrand que Mikaël P. Chirac, mais elle était diserte. À l'entendre, elle avait été du cercle qui se retrouvait à Cluny avant d'entamer l'escalade rituelle de la Roche de Solutré. Mikaël P. admirait trop Anna pour oser l'interrompre et il était très curieux des usages des hommes de pouvoir, quels qu'ils fussent. Le monarque solutréen possédait toutes les vertus aux yeux d'Anna, il communiait aux forces de l'esprit, et passait du rôle de piéton de Paris à celui de promeneur de la Nièvre et des Landes. Cette dimension géopoétique manquait cruellement à Chirac qui s'était rendu coupable de deux « crimes » : la dissolution ratée et l'instauration du quinquennat. Et là, sans partager la mitterrandolâtrie d'Anna, nous serions plus d'un à acquiescer autour de la table…

Le masque de la douleur revenait. Anna aurait toutes les peines du monde à se lever au moment du don du cadeau que nous avions prévu, *La tempête* et *Douarnenez vu de la route du Ris* d'Henri Rivière que j'avais trouvés, un peu par hasard, dans une galerie de la rue de Seine. C'était étrange d'offrir ces gravures pour le réveillon, je parlerais d'un « cadeau de Noël différé ». Dans ma mémoire que je n'ai jamais voulu trop sonder, et sur les photos qui dorment toujours dans mon appareil, incapable que je suis aujourd'hui encore de les donner à développer, elle navigue entre sa place à table et le lit de repos, elle grelotte, prétend que les courants d'air s'immiscent par les huisseries vieillottes, ce qui n'est pas faux. Elle veut tenir jusqu'à minuit pour dire merde à l'année qui s'en va. Aux douze coups, elle se lève, prononce un toast et esquisse même un pas de danse avec son fils. Le récital sans musique s'achève et Anna quitte la scène pour se retirer seule dans sa chambre d'enfant.

L'ATELIER INSULAIRE

J'ai sombré immédiatement après l'enterrement, je me suis réfugié dans le studio d'Anna, rue d'Aumale, j'errais entre Notre-Dame de Lorette et Le Général La Fayette, la méditation et l'alcool, grelottant dans un printemps soudain glacial, saisi d'une tristesse inguérissable, indifférent à tout ce qui se passait, l'élection de Sarkozy, l'arrivée d'une nouvelle équipe aux affaires. Je m'ensauvageais. Croyant bien faire, Mikaël P. m'avait invité à Vernon. Il y avait là la petite coterie habituelle. Je portais la tenue que j'avais aux obsèques d'Anna, la veste bleue achetée avec elle via Toledo à Naples et la cravate vert sombre de deuil. Les gens s'agitaient dans un brouillard. Rien ne m'intéressait. Adorable, Madeleine P. voulut tout faire pour me distraire. Les *people*, les figures médiatiques exposées de Vernon me lassaient. Il n'était question que de places à prendre dans l'entourage de Sarkozy. Le conseiller aux affaires culturelles du nouveau président était l'objet d'une cour empressée : il distribuait les prébendes. Madeleine m'avait susurré qu'il suffisait de demander, un atelier, une charge, rien ne me serait refusé. Je venais de voir disparaître le cercueil de ma sœur dans un buisson de flammes. J'avais accompagné Anna tout l'hiver dans son agonie. Il y avait des mois que je n'avais plus dessiné, savais-je encore extraire des formes de l'argile ? J'avais été tout ce temps à ses côtés. Dès le retour de Bretagne, les choses s'étaient accélérées. Je la voyais encore, le 1er janvier, assise devant les rideaux rouges du salon de Ker Huella, dérouler la liste des concerts qu'elle donnerait en 2007. Elle rêvait de rejouer à Santo Stefano Rotondo mais elle avait aussi demandé à Bruno Dorléac de lui trouver un lieu à Naples. Elle avait encore joué à Pleyel le 16 janvier, jour de la saint Marcel. Elle était si fatiguée qu'elle avait commencé le concert, assise au piano, le grand rideau tiré. Et miraculeusement, tout le Liszt qu'on aimait avait jailli sous ses doigts, avec une grâce incomparable. Le cancer des os progressait, plusieurs vertèbres étaient touchées désormais, rien n'y paraissait. À Vernon, cette fin d'avril 2007, Madeleine P. se souvenait de ce moment unique, l'ultime récital Liszt d'Anna Horberer. Il n'y aurait ni Rome ni Naples, il n'y aurait plus que la souffrance et le déclin. Stéphane était intervenu une fois de plus pour qu'elle puisse disposer d'un piano à Curie. Il ne fallait pas que la musique dérange les malades voisins. Ils ne seraient guère dérangés, Anna jouait de moins en moins. Elle se traînait encore de sa chambre jusqu'au petit local où l'on avait installé l'instrument. Elle se plaignait d'avancer à la vitesse d'une tortue. Elle disait aussi que la maladie altérait son ouïe et qu'elle entendait de moins en moins bien sa musique. Elle renonçait progressivement à tout avec une extrême élégance. Elle avait une foi absolue en son médecin, un jeune homme délicat, de l'espèce si rare des humanistes, et qui avait l'immense avantage de pratiquer le piano. Le médecin aurait pu être le fils d'Anna. Il m'est arrivé de surprendre leurs échanges : elle faisait cours, comme au Conservatoire ou au

Général La Fayette. Elle discourait de Liszt, de ses amours, de ses transcriptions de Wagner, de sa pente mystique. Elle parlait plus qu'elle ne jouait. Le 24 mars 2007, dans un moment de détresse, elle a violemment refermé le piano. Le lendemain, elle sombrait dans le coma.

Je me souviens d'avoir gagné, ce jour-là, le ministère de l'Éducation nationale : l'accès au bureau de Maupassant était encombré de cartons. Le ministre savait qu'il ne resterait pas et le grand déménagement avait commencé. Stéphane avait l'air désœuvré, l'État s'était mis en roue libre dans l'attente de son futur roi. La fenêtre était ouverte et le vent printanier faisait bruisser les bambous.

— Oui, le pronostic est très mauvais, m'a confirmé Stéphane. Le jeune cancérologue qu'Anna aime tant m'a fait appeler pour me dire que nous devions nous tenir prêts. Je suis allé rue d'Aumale : Anna n'a laissé aucune disposition. Mais je l'ai toujours entendue dire qu'elle voulait être incinérée et que ses cendres soient jetées à la mer. Pour beaucoup de raisons, la plage de Sainte-Anne-la-Palud s'impose…

Je suis sorti, hagard et blessé. Je descendais la rue de Bellechasse, je titubais, plusieurs piétons, arrivant en contresens sur le même trottoir, me heurtèrent. Nous n'avions pourtant rien bu. Dans quelques semaines, je ne jouirais plus de ce petit bureau qui m'avait tant plu, avec ses lambris et ses bambous. Je voulais les vagues du Havre, la mer d'émeraude, les galets, le béton nu et les vitraux de l'église Saint-Joseph. Je voulais encore plus le réconfort du père Denis : un message sibyllin, qu'il avait laissé sur la messagerie de mon mobile, me faisait craindre qu'il fût aussi malade. Oui, je n'aspirais qu'à fuir Paris mais je ne pouvais pas abandonner Anna.

Sitôt quitté la ruche mondaine de Vernon, j'ai pris la direction du Havre. J'avais loué une chambre dans l'hôtel voisin de l'église Saint-Joseph : la fameuse chambre 102, avec vue sur le bas-côté gauche et la tour-lanterne. Le père Denis m'attendait à la gare, plus sec que jamais, les traits tirés. Je l'avais prévenu de la mort d'Anna après la messe d'enterrement à Saint-Roch. Il ne connaissait pas ma sœur mais il admirait son travail et elle avait été tant de fois au cœur de nos conversations.

— J'ai réservé à Sainte-Adresse, dans ce restaurant que vous aimez tant…

C'était la cantine du docteur Lambert. Un sombre pressentiment m'habitait soudain, je devinais que l'histoire se répétait. Le père Denis ne parlerait de lui que lorsqu'il aurait tout su de la mort d'Anna, les souffrances endurées, l'abandon déchirant du piano le 24 mars, les semaines de coma avec, près d'elle, la statuette de sainte Thérèse qui ne la quittait pas.

— J'ai toujours trouvé cette sainte trop naïve ou exaltée, mais quel exemple ! Et quelle foi chez Thérèse et chez Anna ! Je ne suis pas certain d'avoir cette résistance et cette constance…

Les huîtres avalées, les rituelles soles arrivaient, elles n'exhibaient pas encore le panache de leurs arêtes que notre dîner prenait un tour mauvais, je savais ce qu'allait me dire le curé de Saint-Joseph :

— Je serai franc avec vous. Mes jours aussi sont comptés. Je suis atteint du mal dont sont morts avant moi mon père et mon frère aîné. À Rouen, où je suis suivi, on me dit que les choses peuvent aller très vite. Je n'aurai pas le courage de votre sœur et je ne veux pas d'une fin qui n'en finit pas. L'agonie du mont des Oliviers fut une affaire d'heures, la mienne sera l'affaire de quelques secondes, j'ai déjà pris toutes mes dispositions. Évidemment je ne vais pas clamer cela en chaire. Je vous le dis, en confiance. Comme je l'ai dit aussi au maire, qui est un prince, et bénit tous mes projets. Tant que je suis là, j'aimerais voir s'achever le travail d'embellissement de l'église et je vous commande un chemin de croix. Surtout ne vous précipitez pas. L'essentiel n'est pas que je le voie, l'essentiel est que je passe commande. Tous ceux qui aspirent à ma succession, et ne savent officiellement rien de mon état, n'ont aucun sens en matière d'art sacré. Comme l'immense majorité des prêtres diocésains, ce sont de gentils animateurs, sans vision et sans cap…

En ce beau crépuscule, le soleil saignait sur la mer, la cohorte des cargos s'étirait, fantomatique. C'était soudain comme si la salle où nous dînions avait basculé dans la nuit. Je n'avais plus faim. Le père Denis continuait à boire, à lentes gorgées, les arêtes de la sole qu'il avait méticuleusement dépiautée étaient rangées sur le bord de l'assiette. La mienne ressemblait à un chaos. Mon cœur surtout était un chaos, ravagé par la perspective de cette nouvelle perte.

— J'ai écouté récemment l'enregistrement de *Via Crucis* de Liszt que votre sœur a donnée, l'an dernier, à Saint-

Eustache. Je respecte trop votre liberté pour vous prodiguer des conseils mais j'aimerais beaucoup que vous imaginiez les quatorze tableaux de Saint-Joseph comme un écho à cette musique…

Le deuil, je le découvrais, c'était, pour cause d'incompatibilité aiguë, le refus du monde extérieur, de la beauté, et tout particulièrement celle des vagues et des galets du Havre. Je n'avais qu'une envie : me terrer, m'enfoncer en moi-même et pleurer. Grelotter en silence, privé à jamais de ma madone, de ma sœur tutélaire, de l'enchanteresse, de la prêtresse de Liszt, de celle qui avait porté nos vies à un rare degré d'incandescence, de perception convulsive, survoltée, du mystère d'exister. Tout était fade désormais, amputé, sans couleur, sans notes et sans sel. La chambre 102 de l'hôtel Vent d'ouest, si confortable fût-elle, virait vite à la prison et je ne devinais que trop ce qui se profilait au presbytère voisin. Oui, je n'aspirais qu'à vivre cloîtré, en ruminant ma douleur, en écoutant *ad libitum* les enregistrements de ma sœur. J'avais établi mes quartiers rue d'Aumale dans le studio qu'Anna n'avait guère occupé depuis le début de l'année. Tout était à admirer et à contempler, à apprivoiser et à goûter. Il me semblait que la perte était moins douloureuse lorsque je m'appropriais de manière fusionnelle ses objets et ses lieux. Ce n'était pas comme lorsqu'un souvenir surgit de façon inopinée et déchirante : ici tout était affaire de durée, d'infusion, d'installation sournoise, celle d'un frère siamois, d'une sorte d'*intrus de l'intérieur*. J'avais besoin d'endroits clos et protecteurs et cela, ni la maison des bords de Seine de Mikaël P., ni celle des bords de Rance ne me l'offrirait. Stéphane ayant quitté son poste de conseiller au cabinet du ministre de l'Éducation nationale, j'avais également perdu le bureau feutré de Maupassant où j'aimais tant prendre le whisky, face aux bambous du jardin de l'hôtel de Rochechouart…

Il me restait, pour conjurer le chagrin, à inventorier l'atelier insulaire de la rue d'Aumale, à m'y promener comme un vieux chat blessé, à me glisser entre les objets sauvages et les reliques, entre les partitions, les papiers et les livres –, à me couler dans l'intimité d'un cocon qui était le creuset d'une vie et bien plus.

Livres de chevet

Sur la table de transacryl, posés près de ton lit et sans doute achetés chez Delamain ou galerie Vivienne, chez Jousseaume, *L'ardoise magique* de Perros, *Le temps d'un soupir* d'Anne Philipe et *Les derniers rois mages* de Paul Del Perugia.

Henri Rivière

Abandonnées dans le salon, encore emballées dans du papier kraft, les deux gravures d'Henri Rivière que nous t'avons offertes à Ker Huella le 31 décembre 2006 et que la rechute, début janvier, t'a empêchée de porter chez cette excellente encadreuse d'Auteuil, *La tempête* et *Douarnenez vu de la route du Ris*, bretonnes et japonisantes à souhait. Ce soir-là, alors que la fatigue se faisait sentir, ton regard s'était appesanti sur le paysage marin en proie aux éléments déchaînés, la violence des vagues, l'écume qui asperge les rochers. Tu savais déjà quelle tempête t'attendait.

Mitterrand

Des livres, des albums, beaucoup de livres dans ta bibliothèque avec des annotations, des pages cornées. Les plus feuilletés sont assurément *Le vieil homme et la mort* de Giesbert et *Les derniers jours de François Mitterrand* de Christophe Barbier. Dans ce dernier, tu as corné les pages consacrées à l'adoration hivernale et secrète des reliques de sainte Thérèse de Lisieux au bas de l'immeuble de l'avenue Frédéric-Le-Play en décembre 1995 – l'épisode te fascinait littéralement – et la mention de l'église troglodyte d'Aubeterre où tu voulais absolument m'emmener.

Élection

Posé près de l'entrée du studio, dans un vide-poche, froissé et délavé comme s'il était passé à la machine, le document de la mairie de Crozon attestant que tu t'es bien inscrite sur les listes électorales de la commune. Tu t'étais mis en tête de t'installer à Ker Huella au moment de l'élection présidentielle de 2007 pour vivre une convalescence au grand air et reprendre le piano. Sur cette même petite console de l'entrée, encore protégée par son papier bulle, la plaque KER HUELLA, avec les beaux citrons jaunes d'Anacapri.

L'ardoise magique

Sous une couverture orange assez laide qui fait très années Pompidou, c'est le journal de la maladie de Perros, rongé par un cancer de la gorge, après avoir trop fumé et trop hanté les bistrots du port de Douarnenez. Qui donc a bien pu mettre en tes mains ce texte poignant et implacable ? On devine que tu l'as parcouru, à la différence des autres livres de ta bibliothèque, il n'y a aucune annotation si ce n'est, à la dernière page, la clausule que tu répétais souvent à l'hôpital et dont je t'imaginais l'auteur, tant elle sonnait juste : « La hantise : ne tomber – physiquement – sous la dépendance de personne. » Tu disais d'ailleurs : « Ma hantise… »

Funérailles

C'est ce qui, dans la transcription de Jeanne Demessieux, a été joué à la fin de la messe de Saint-Roch. Je fouille dans ta discothèque et trouve une interprétation de Pierre Labric aux grandes orgues de Saint-Ouen, à Rouen, les 24 et 25 novembre 1973. Le morceau dure dix minutes et quatre secondes. Je l'écoute en boucle. Et je me dis que, d'une certaine manière, ma vie s'est arrêtée le vendredi 27 avril 2007.

Statues

Les derniers temps, tu t'amusais à collectionner les statues de sainte Thérèse, toutes à mon goût plus hideuses les unes que les autres, sulpiciennes, naïves, avec une carnation rose et une bure marronnasse. Il y en a beaucoup dans l'atelier de la rue d'Aumale et soudain une question me taraude : qu'est devenue celle que tu aimais tant et qui t'accompagnait toujours, tant aux concerts qu'à l'hôpital ? J'ai une idée : elle a dû finir avec toi, dans les flammes.

Petite bibliothèque bretonne

Près de ton lit, à portée de main, le « canton » breton de ta bibliothèque : Gracq, Queffélec, Grall, Huguenin, Hallier, Mohrt. Sur l'exemplaire de *La prison maritime*, dont tu parlais souvent, Michel Mohrt, qui t'admirait beaucoup, a dessiné un bateau à l'encre bleue avec ce commentaire : « Le *Roi-Arthur* part pour l'Irlande. »

Reliquaire

Tu as toujours aimé les reliquaires, tu en construisais déjà dans ton premier studio de la cité Bergère. Celui qui est tout près de ton piano, et dont nous avions acheté l'écrin rue des Archives, contient une statuette de saint Corentin en faïence de Quimper, une balise maritime, une pierre fossile, une étoile de mer pêchée à Morgat, la chaîne en argent et la médaille de saint Christophe que notre père avait toujours au cou. Les derniers temps, tu avais déposé sur ce reliquaire un petit portrait de sainte Thérèse et un sablier : en référence à une photo où on la voit au Carmel cet ustensile à la main, tu la nommais souvent « la sainte au sablier ».

Breloques pieuses

Tu ne pouvais pas t'empêcher d'en acheter, à chacun de tes voyages, et le studio en regorge. Plus c'était laid, plus ça te plaisait. De Rome, tu as rapporté de vilaines statues de

Jean XXIII et de Jean-Paul II. Paul VI n'était pas assez « commercial » pour avoir droit à ce type de statuettes que l'on vend dans les boutiques de souvenirs autour de Sainte-Marie-Majeure et pourtant tu l'aimais assez, ce pape hamlétique et tourmenté. De Prague, tu es inévitablement revenue avec l'Enfant Jésus, à moins que tu ne l'aies trouvé Au Cœur immaculé de Marie, ce magasin de livres et d'articles religieux que tu visitais quand tu allais à Notre-Dame des Victoires prier au pied de la statue de la Vierge, tout simplement parce que Thérèse Martin, de passage à Paris, avant d'aller implorer Léon XIII de la laisser entrer si jeune au Carmel, s'était recueillie à cet endroit. Certains, dans le milieu musical si médisant et si cruel, raillaient tes penchants de bigote. Tu t'en amusais. Ils connaissaient aussi ta soif de vivre, ton appétit, ta libido qui s'amplifiait dans les phases d'angoisse, avant les concerts. Ils s'inclinaient surtout devant ton talent et l'extraordinaire énigme que tu leur offrais.

Le gant de crin

Ce livre à la couverture grise, tu l'as lu et relu, au point que le papier en est souillé ou usé à force d'avoir été feuilleté. *Le gant de crin* de Reverdy, c'est un peu comme *Histoire d'une âme*: c'est un livre qui ne te quittait pas. Je me souviens de ta colère, à la fin, à Curie, alors que tu soupçonnais une infirmière antillaise, pourtant adorable et dévouée, de l'avoir jeté. On avait fini par le retrouver sous des draps bleus amoncelés. La page 63 est signalée par la carte d'une compagnie de taxis du Mans, ce qui fait que je me demande si tu n'es pas allée sur la tombe du poète à Solesmes, sans rien m'en dire. La citation du milieu de la page, marquée d'une étoile, est splendide : « À travers un verre noir on regarde fixement le soleil : et, la mort, on la peut regarder froidement si on considère Dieu derrière elle. » Cette sentence à La Rochefoucauld, revisitée par l'ermite désenchanté de Solesmes, je l'ai souvent entendue dans ta bouche, et je l'attribuais, de manière impropre, au moraliste de la Fronde.

Lisztothèque

Elle est abondante, pleine de livres lus et relus. Tu disais que Liszt t'habitait, qu'il était en toi et même, à la fin, que tu étais en lui. Tu connaissais tout de ses amours, de ses malheurs, de ses emballements mystiques, de ses voyages. Tu soutenais qu'on n'interprétait bien un musicien que lorsqu'on l'aimait. À la source de tout, répétais-tu volontiers, il y a l'amour, t'insurgeant contre les professeurs qui prônent une approche désincarnée de la musique. Plus d'une fois, je t'ai entendue te désoler, après un concert ou une audition, d'un jeu mécanique et sans âme qui passait à côté de tout. La musique n'est pas un système de notes, disais-tu, c'est une grâce, un mystère, et je te répondais qu'en littérature c'était la même chose, l'étude des textes et des œuvres étant tombée depuis longtemps entre les mains de scientistes secs et de didacticiens enragés de pouvoir, et c'est pour cette raison que j'avais renoncé à enseigner les lettres.

J'aurais aimé atteindre ta ferveur, cet état de transe qui était le tien lorsque tu jouais *Obermann*, *Funérailles* ou *Via Crucis*. Sur la partition, tu as recopié des extraits du testament du 14 septembre 1860 : « Oui, Jésus crucifié, la folie de l'exaltation de la Croix, c'était ma véritable vocation.

[…] J'en rends grâces à Dieu et mourrai l'âme attachée à la Croix, notre rédemption, notre suprême béatitude… » Les témoignages que j'ai pu recueillir de tes élèves du Conservatoire vont dans le même sens : tu ne cessais de leur répéter que l'art est avant tout une incarnation, un chemin de vie, un *pèlerinage* et tu les emmenais, par tes discours et par tes mots, à Rome, à Bayreuth, à la Villa d'Este.

Tout, ici, porte la marque de cette incandescence et de cette passion. À ta mort, les journaux ont parlé de ce lien unique, incomparable, qui t'unissait à Liszt. Un critique a noté, citant Liszt, que ta musique portait « ce langage poétique plus apte à exprimer tout ce qui, en nous, franchit les horizons accoutumés, tout ce qui échappe à l'analyse, tout ce qui s'attache à des profondeurs inaccessibles, des désirs impérissables, des pressentiments infinis ». Quelle justesse ! Jamais je ne t'ai entendue regretter de ne pas avoir l'âme créatrice. Liszt continuait à exister sous tes doigts, mieux, à vivre, avec tout ce que cela comporte de grâce, de nuit, d'oraison, de douleurs et de deuils traversés.

Mitterrand

Jamais homme politique ne t'aura à ce point séduite et je me demande aujourd'hui si ta passion ne s'enracinait pas dans le souci de te démarquer du gaullisme ardent de ton père et des penchants droitiers de Stéphane. En feuilletant des albums – deux particulièrement que tu affectionnais, au point de les avoir placés près de ton lit –, j'ai découvert une carte postale qui m'apprend que tu avais fait le pèlerinage de Jarnac, ce que j'ignorais. On voit bien, à tourner les pages de ces livres – l'un préfacé par Tournier, l'autre par Lacouture –, ce que tu aimais chez cet homme : l'enracinement, l'attachement aux paysages de la France, la proximité des arbres et des bêtes, le pèlerin de Solutré, le piéton de Paris, la solitude et la pratique de la méditation, le ressourcement dans sa famille et ses différents foyers. Dans l'un, j'ai retrouvé un portrait que tu aimais beaucoup, où on voit Mitterrand lisant dans un jardin, en veste de tweed, chapeauté, l'allure presque gidienne. Dans l'autre album, j'ai revu la salle à manger Paulin où nous avions été reçus après ta Légion d'honneur, Mitterrand y est assis à la table de verre fumé, entouré des siens, et la photo aurait pu être prise ce jour d'octobre 1994 où il te décorait. Je feuillette ces albums de manière nostalgique et rêveuse comme tu le faisais, lasse de jouer ou, dans les derniers temps, épuisée par le traitement. Je m'allonge sur la courtepointe damassée de ton lit, ou sur le plaid écossais de cet autre lit de repos que tu avais installé près du piano, quand la position assise sur le tabouret devenait une torture. Tu partais en songe dans les Landes, la Nièvre, le Morvan, Venise, tu glissais sur les étangs de Latche, la pelouse vallonnée de l'Élysée, les soieries de Lyon, les tapis de la Savonnerie. Cet homme n'avait pas le génie créateur de Liszt, son désintéressement, sa noblesse. C'était un redoutable Florentin, un connaisseur intime des hommes et des arcanes du pouvoir, un joueur, un manipulateur mais aussi un lettré, un politicien d'avant, un éternel jeune homme mauriacien, façonné par les romans du XIXᵉ… Je comprends mieux ce qui te fascinait chez lui, cette souche paysanne qui affleure sous le vernis de la bourgeoisie, cette culture, cette intelligence. L'histoire de Mitterrand, c'est avant tout celle de la France que nous avons connue et nous ne pouvons que nous y reconnaître.

Hache

Ce devait être au retour de Naples, début novembre, tu as vu dans la vitrine d'un antiquaire du passage Verdeau un biface paléolithique que tu as immédiatement voulu. Il te rappelait une hache que possédait un de tes condisciples de l'école primaire dont tu citais encore le nom. Le biface était, à en croire l'antiquaire, d'origine saharienne. Il a rejoint ta collection d'objets sauvages et poétiques. Je le contemple et on est loin des sables et du vent du désert, je grelotte, il me semble que, depuis ta mort, un froid définitif est tombé sur l'atelier de la rue d'Aumale et que rien ne le réchauffera. J'inventorie tous ces objets, je les contemple et leur parle. Je leur parle en grelottant. Un étudiant de la FEMIS, qui prépare un portrait de toi, est venu l'autre jour filmer tes collections et ton cadre de travail. Respectueux ou intimidé, le jeune homme brun à la tignasse bouclée a abandonné ses brodequins sur le seuil. Il glissait sur les parquets et les tapis, comme un chat, fasciné par le capharnaüm et la diversité de ta collection. Il avait, m'a-t-il dit, l'impression d'être chez André Breton. Je n'avais jamais mesuré, avant cette remarque, combien tu t'es inspirée du *laboratoire central* du 42 rue Fontaine, situé pas très loin d'ici.

Le temps d'un soupir

L'édition Julliard, à la couverture vert sombre, t'aura accompagnée jusqu'au bout et de multiples pages sont pliées. Tu avais une sorte de vénération pour ce texte où Anne Philipe raconte la maladie et la disparition de Gérard. Je crois même que tu en connaissais des extraits par cœur. Plusieurs fois, je t'ai vue lire cette citation que je viens de retrouver au bas de la page 84 : « Je savais aussi qu'entre ta brève et belle destinée et une vie longue et médiocre, tu n'aurais pas hésité. Mais pourquoi ce choix ? Existe-t-il deux sortes d'hommes et appartenais-tu à celle qui traverse la vie comme une étoile filante dans un ciel d'été ? » Tu étais de la race des étoiles filantes.

Saint Janvier

J'ai pris, sur une étagère, un petit objet empaqueté et je me suis permis de déchirer l'emballage : c'était une statuette de saint Janvier, achetée à Naples dans cette vieille rue du centre où l'on vend des crèches napolitaines. La maladie ne t'aura pas laissé le temps d'installer ce petit buste doré et mitré. Dans le même sachet, un petit livre : *Il Duomo di Napoli.* Je revois ton extase dans la chapelle baroque remplie de chefs-reliquaires plus fastueux les uns que les autres, et tout particulièrement celui qui renferme l'ampoule du sang sacré. Je revis aussi l'angoisse qui t'a saisie ensuite dans la crypte, prise soudain d'étouffement. Près de l'urne de terre cuite où sont déposés les restes de saint Janvier, tu as soudain été victime d'un afflux d'hallucinations : tu revoyais, disais-tu, la cour de notre immeuble du quartier espagnol envahie de pigeons galeux et le corps du macchabée sur son lit pouilleux. Il a fallu plusieurs minutes pour que tu te calmes. En souvenir de cette épreuve, j'ai remis le petit buste dans son paquet. Je suis l'archiviste indiscret, pas le collectionneur et, encore moins, le maître des lieux. Tout restera ici comme avant. Tout restera en l'état, jusqu'au grand déménagement.

Listes

Beaucoup de listes, pas de courses, de noms de ville – Naples, Turin, Dublin, Liège, Barcelone… –, de titres de livres qui t'ont été signalés, d'œuvres, et toujours du même compositeur, à enregistrer : *Vallée d'Obermann, Il Penseroso, Saint François d'Assise – La prédication aux oiseaux, Bagatelle ohne Tonart, Hungarian Rhapsody n° 13, Weinen, Klagen, Sorgen, Zagen, Prelude after Bach, Funérailles, La lugubre gondola n° 2, En rêve…*

Le Havre

J'ai aussi retrouvé ce gros et superbe livre consacré aux frères Perret que nous avions acheté ensemble, dans cette librairie de la rue du Faubourg-Saint-Honoré, le jour où nous avions visité clandestinement l'Élysée. C'est mon amour du Havre qui t'avait fait entrer dans la boutique dès que tu avais vu le nom de Perret dans la vitrine. Dans ce catalogue complet des réalisations architecturales des deux frères, tu n'as manifestement regardé qu'une seule notice, celle consacrée à l'église Saint-Joseph et, comme tu aimais toujours le faire, tu as souligné cette remarque à propos de la lumière des vitraux, sans doute parce que tu savais combien je les aime : « bois mort rouge sombre au nord, violacés à l'est, chauds au midi, etc…, et plus foncés à la base qu'au sommet ».

Trianon

Tu y avais joué dans la galerie des Cotelle, à la demande de Mitterrand, je crois, à la fin du premier septennat. Il me revient même que l'ancien bureau de De Gaulle, dans l'aile adjacente de Trianon-sous-Bois, t'avait servi de loge. Tu disais volontiers – et c'était un rare point d'accord avec Stéphane – que cette galerie, qui longe les jardins, et le péristyle de marbre rose, surtout dans la lumière du soir, étaient ce que tu préférais en Île-de-France, la quintessence de la grâce et de la beauté. Dans ton capharnaüm, j'ai découvert un petit guide, avec des photos chromo et criardes comme on en faisait dans les années 50 et, sur la page de garde où figure une date – *13 octobre 1969* –, j'ai reconnu l'écriture de notre mère.

Je me suis souvenu que tu aurais aimé revoir le Grand Trianon, ses marbres, le cabinet de topographie de Napoléon. C'était une de tes hantises des derniers mois…

« In alta solitudine »

C'est le titre d'un des chapitres du *Liszt* de Pourtalès que tu possèdes dans l'édition dite des « cartonnages Bonet ». C'est ce que je ressens depuis ta mort. J'y ajouterai, comme en écho, le titre d'un recueil de Leiris, lu naguère : *Haut Mal.*

Liszt

Je n'écoute plus que cela. J'écoute tes enregistrements dans ton studio, essentiellement les *Harmonies poétiques et religieuses*, près de tes partitions rangées à côté du piano sur de petites étagères, comme dans l'appartement céleste des Duruflé, là même où tu répétais des jours et des nuits, certaine de ne déranger personne puisque cette pièce est une coque insonorisée, plus efficace encore que la chambre de liège de Proust. J'écoute et je lis aussi des vies de Liszt, je feuillette plutôt : je suis ému lorsque je trouve dans les marges les traces de ton crayon. Tu considérais les livres comme des outils de travail et tu n'hésitais pas à les annoter. À la page 250 du *Franz Liszt* d'Émile Haraszti, publié en 1967 aux éditions Picard, tu as souligné ceci : « Liszt était très pieux jusqu'à l'extase. Il n'y avait plus rien de terrestre en lui, il semblait être transfiguré. » Telle tu étais lorsque tu jouais, intense, fervente, déliée de toute attache, de toute pesanteur terrestre.

Portraits

Des photos de toi, il y en a partout, sur des pêle-mêle, jeune star auprès d'Isralavic, jeune épouse au corps bientôt abîmé par la maternité, femme opulente, radieuse, sûre d'elle et de son art, plus tard éprouvée et malade, coiffée d'une perruque ou d'une toque de matrone russe pour dissimuler les effets du traitement. Les derniers temps, tu refusais toute photographie : on le comprend.

Sainte Thérèse

Il y avait la petite statuette que tu gardais toujours sur toi et qu'à la fin tu serrais comme une amulette. Encadrée, tout près d'un beau portrait de Liszt en vieillard, une des dernières photos de la sainte allongée sur un lit roulant, sous les galeries de briques du cloître du Carmel de Lisieux. Je sais que tu la regardais avec intensité, communiant en silence au martyre de Thérèse. Lorsque je me serai de nouveau installé au Havre, je ferai le voyage de Lisieux, je voudrais voir ce jardin des Buissonnets qui t'avait tant émue.

Seine

Je parcours l'exemplaire de *La Seine* de Ponge que tu m'avais offert et mon regard s'arrête sur cette phrase : « La Seine coule au-dessus d'autres Seines profondes, les étangs, les lacs de son bassin reposent eux-mêmes sur d'autres étangs, d'autres lacs. » Tu nommais joliment ce fleuve notre « trait d'union » et tu voulais que ce livre soit ce trait d'union entre Paris et Le Havre – entre nous deux. L'idée de ces Seines invisibles et profondes me hante, de ces capillarités aquatiques enfouies et je crois les entendre murmurer et bondir dans la musique si fluide, si limpide de Liszt.

Objets de petite importance

Ils jalonnent le studio, disposés ici et là comme autant de souvenirs d'une vie nomade, d'une existence qui n'avait d'ancrage que dans le service de la musique, des pierres, des fleurs séchées – primevères et boutons de camélia cueillis dans le jardin des Buissonnets peut-être –, petits bénitiers rapportés d'Italie et d'Espagne, chapelets, daguets, galets de Telgruc et du Havre. Je reste des heures devant tous ces objets qui me livrent autant de facettes de ta personne, tes curiosités, tes élections, tes préférences. Il y a aussi les photos des hommes que tu as aimés, souvent jeunes, tous très beaux, d'une virilité inquiète, des intellectuels tourmentés ou des artistes.

Partition

Moi qui ne déchiffre pas la musique – j'entends encore cet homme me demander, sur la terrasse des Duruflé, si j'en étais, comme si tout, en matière artistique, était affaire de caste et d'appartenance –, je consulte la partition de la *Vallée d'Obermann* avec émotion et je vois la trace du crayon bicolore, rouge et bleu, que tu utilisais autour des indications *dolcissimo, rinforzando, precipitato, tempestoso,* preuves s'il en était que cette partition a été lue et relue, travaillée, ingérée, au point que tu aimais à dire que Liszt était en toi comme tu étais en lui. Il y a ces commentaires encore de ta main : « fécondation de la musique par la poésie », « récit merveilleux », « roman musical », « laboratoire harmonique ». Je lis encore ceci : « Comme pour Wilde, la nature, chez Liszt, imite l'art… La nature ici, c'est aussi bien l'orchestre et ses couleurs, ramenées, *consignées* pour la première fois dans un seul piano. » Il doit s'agir de formules lues ou transformées, faites tiennes, que tu utilisais dans tes cours ou à l'occasion d'interviews. Tu étais heureuse lorsque tu jouais, tu l'étais tout autant lorsque l'occasion t'était donnée de parler de musique.

Cerf

Un recueil de Jean-Claude Renard, *La braise et la rivière,* traîne sur le tapis blanc du salon et la page 56 est signalée par un petit bristol portant la mention : HOMMAGE DE L'AUTEUR ABSENT DE PARIS. Mon regard se porte sur une strophe :

Essayant de peupler la mort
Le sang invente, prophétise,
Voit parfois luire dans la neige comme un grand cerf ressuscité
Le sacre dont l'hiver le fascine et le tue.

Le crayon bicolore de la lecture des partitions est aussi passé par là et a souligné une formule, superbe : « un grand cerf ressuscité ».

Gaudí

Un album, sans doute acheté à Barcelone, où sont cornées les pages consacrées à la Casa Battló dont tu aimais la configuration ligneuse, l'exubérance végétale de la façade. C'est ton voyage d'octobre 2006 avec Stéphane, après il y aura eu Naples et la presqu'île de Crozon, et tout était fini.

Coecilian

Parmi les cartes postales dont tu tapissais le mur au-dessus de ton petit secrétaire, une retient mon attention, et c'est peut-être d'ailleurs une photo prise par toi : ce pourrait être en Irlande, on devine dans la brume des tours, lourdes et laides comme des silos, une rambarde qui flirte avec l'abîme, des murs effondrés. Ce n'est ni le donjon irlandais de Yeats ni le château de Dunluce près de la Chaussée des géants. C'est, j'en suis sûr, le manoir de Saint-Pol-Roux à Camaret, Coecilian. Tu le disais souvent à Naples, sur la terrasse de l'Excelsior, comme nous évoquions la perspective du réveillon de Ker Huella : « J'aimerais tant revoir Coecilian... »

Sainte Anne

Dans le désordre des photos aussi, une carte postale de la lourde statue de ta sainte patronne à Sainte-Anne-la-Palud. La statue de la mère des Bretons et de sa fille, toutes deux couronnées, te faisait rire, à cause de sa dureté, de son air revêche, si breton, qui évoquait pour toi ces veuves de l'île de Sein qu'on voit au musée de Quimper, d'une austérité tragique. La chapelle ne présente aucun intérêt architectural mais te plaisaient le rite du passage sous l'arche, l'habitude, familiale, de toucher, en s'inclinant, le socle de la statue. C'est sous cette arche que tu as scellé ton pacte avec Stéphane un jour d'août 1978. C'est sous cette arche que Simon est passé le samedi 28 avril 2007, en tenant dans ses bras l'urne qui contenait tes cendres. J'avais pensé jusqu'à la dernière minute ne pas être capable de vivre *ça*. La veille, à la fin de la messe à Saint-Roch, aux premières mesures de *Funérailles*, j'avais déjà manqué m'effondrer. Le voyage jusqu'à Quimper me semblait au-dessus de mes forces et je ne voulais pas voir une poignée de poussière disparaître parmi les vagues. J'étais hostile à la crémation, je ne supportais pas l'idée que tu n'aies pas de tombe. Il n'y aurait aucun lieu pour se recueillir, ton nom ne figurerait nulle part, sur une plaque peut-être à l'intention des passants éclairés près du porche du 12 rue d'Aumale. Je voyais ton cercueil s'en aller devant une haie d'amis terrassés, je croyais reconnaître Anne Queffélec, Éric Tanguy, Henri Demarquette, Frédéric Lodéon, Chancel, le peintre Kerros et Christine Albanel. Je n'aurais la force d'en saluer aucun. En silence je m'insurgeais contre la barbarie des flammes qui t'attendaient. Et, de la même manière, contre la sauvagerie des flots, fussent-ils ceux qui mouillaient *notre* belle plage de Sainte-Anne-la-Palud…

Je m'attachais à mon neveu. Il allait sur ses seize ans. Il ne voulait jamais venir rue d'Aumale. Il était svelte, léger : un elfe. Il réfrénait son chagrin. Il était l'enfant de parents toujours absents : Anna courait le monde et ne pensait qu'au piano, Stéphane faisait carrière ou menait sa vie secrète. Simon avait grandi seul dans le vaste appartement de la rue de Maubeuge, il m'avait avoué un jour qu'une de ses passions, plus jeune, était de déambuler, au risque de tomber, sur les toits du 9e arrondissement. Nous nous retrouvions à une terrasse de la place Saint-Georges, il me parlait des cours et de ses professeurs du lycée Condorcet, de ses lectures, surtout des dramaturges, Beckett, Lagarce, Koltès, Ibsen. Il suivait l'option théâtre au lycée, c'est avant tout ce qui le motivait, ce qui, toutes ces années, entre la mésentente de ses parents et la maladie de sa mère, lui avait permis de tenir. Il m'en fit l'aveu, un soir de ce printemps de 2007, alors que nous prenions un verre sur la petite place circulaire, près de l'ancien hôtel particulier de Thiers :

— J'ai grandi tout seul, ils n'étaient jamais là. Maman ne pensait qu'à la musique et papa à la politique. Tu sais, j'en ai très vite pris mon parti…

La lucidité de cet adolescent était saisissante. Cet enfant avait-il même été désiré ? Je me souvenais de la dépression d'Anna après la naissance de Simon, de sa profonde tristesse dans la maison humide de l'Yonne où elle s'était réfugiée. Moi qui n'aurais jamais d'enfant, je vivais une expérience singulière, Simon me rappelait de façon troublante deux êtres que j'avais tant aimés : c'était un mélange harmonieux des deux, il avait à l'évidence la fibre artistique d'Anna et la beauté de son père. Les gens s'arrêtaient ou se retournaient pour le regarder comme nous étions en terrasse, il feignait de ne rien voir, il avait l'éclat du Tadzio de *Mort à Venise* de Visconti. Il me semblait que l'on se demandait quel lien nous unissait : dans le quartier, Simon connaissait tout le monde, un jeune prêtre de Notre-Dame de Lorette avec qui il jouait au ping-pong, un libraire élégant et racé chez qui il se fournissait en textes de théâtre, un vieil encadreur de la rue Saint-Georges avec qui il avait sympathisé et qu'il allait voir travailler dans son atelier, des comédiens avec qui il prenait des cafés sur la place, près du théâtre. « Je suis très populaire » : c'était son mot. Il y entrait une dimension de sympathie et de plain-pied totalement étrangère à Anna, femme de scène souveraine, et à Stéphane, technocrate glaçant, rat de cabinet mystérieux et fuyant. Je m'étonnais de tant de grâce et de légèreté. J'hésitais à l'appeler, ne voulant pas donner l'image de l'oncle mélancolique pendu aux basques de son neveu, lequel avait certainement mieux à faire que paresser et bavarder place Saint-Georges. La phrase de Perros, dans *L'ardoise magique*, qu'Anna répétait sans cesse, résonnait en moi : « La hantise : ne tomber – physiquement – sous la dépendance de personne. » Je la transformais : « Ne tomber – psychologiquement – sous la dépendance de personne. » Et pourtant c'était ce qui m'arrivait. Je n'avais plus assez de ressort vital pour m'extraire du cocon nostalgique de la rue d'Aumale. Je n'avais pas assez d'énergie pour entreprendre les esquisses du chemin de croix de Saint-Joseph. Me rendre au Havre était au-dessus de mes forces : je ne savais que trop ce qui m'y attendait. Aux dernières nouvelles, le père Denis était en chambre stérile à Rouen. Son vicaire m'avait laconiquement dit, au téléphone, qu'il n'était pas visible actuellement et qu'il fallait prier pour lui. C'était un de ces jeunes prêtres efficaces et pressés qui s'étourdissent d'actions bling-bling et de rassemblements dans l'esprit festif des JMJ. On était loin du christianisme inquiet de son curé, le seul dans lequel je puisse me reconnaître.

C'était un jeudi soir de juin. Nous commentions l'actualité. La veille, Patrick Poivre d'Arvor avait interrogé, dans son bureau de l'Élysée, le nouveau président avec un brin d'ironie, lui demandant ce que cela lui faisait d'être entré dans la cour des grands. L'audace et l'esprit de PPDA avaient beaucoup amusé Simon qui me mimait la scène. Il était manifeste que ses camarades et lui détestaient Sarkozy. Chirac leur faisait l'effet d'un vieux patriarche ramolli, bon à être remisé dans son musée du quai Branly, mais l'homme ne suscitait aucune haine. À plusieurs reprises, je l'avais constaté, quand Simon invitait ses amis du Conservatoire à nous rejoindre : Sarkozy ourlait les nerfs de cette jeunesse intelligente et artiste. Ils ne le disaient pas mais on sentait qu'ils lui reprochaient d'abaisser déjà la fonction présidentielle. On n'avait à cet égard encore rien vu… Les comédiens me tannaient pour que je leur montre mon travail. Ils ouvraient des yeux ronds quand je leur racontais que ma passion était de décorer les églises, et au Havre tout particulièrement. « Le Havre, c'est affreux ! » avait clamé un jeune Narcisse aux formules tranchantes. Simon l'avait aussitôt corrigé : « Le Havre, c'est une vraie ville poétique… » Rendez-vous avait même été pris pour que je les y emmène sitôt leurs obligations scolaires finies, début juillet. C'était une manière pour moi de me remettre à *Via Crucis*, un ferment puissant.

Simon m'avait invité à venir le voir jouer dans *Peer Gynt* au Conservatoire du 18e. Douze tableaux de cette pièce onirique et déroutante seraient donnés, dans la belle traduction que François Regnault avait naguère effectuée pour Chéreau. On passait, entre les scènes, des morceaux de la musique de Grieg. Simon serait successivement Peer Gynt et le Grand Courbe, la voix dans les ténèbres. Il avait sur scène une présence, une fluidité qui me surprirent. Rien de ce qu'il venait de vivre ces derniers mois ne filtrait dans son jeu : il manifestait déjà les qualités et la maîtrise d'un vrai comédien. Au sortir du studio de rumination et de douleur, j'acquiesçais, de nouveau, à la beauté et à la vie. Je n'étais pas le seul : Stéphane Horberer se trouvait aussi dans l'assistance, accompagné d'une femme bien plus jeune que lui.

Des gens cherchaient à me rencontrer. Un journaliste rêvait d'écrire un livre sur ma sœur qu'il avait connue par l'entremise d'un élève du Conservatoire. Pierre Lubac était un garçon subtil, curieux, aux bonnes manières, qui avait une formation de philosophe et de musicologue. Je lui donnais rendez-vous, comme Anna naguère, au Général La Fayette. Il connaissait le lieu que son ami fréquentait régulièrement avec Anna. Cet ami, qu'il tardait à me présenter, était-il au nombre des amants musiciens d'Anna ? Pierre Lubac voulait visiter avec moi les endroits de la géographie parisienne d'Anna : la rue du Louvre, Saint-Eustache, la rue du Mail pour le nom de Liszt, la cité Bergère où elle avait établi ses premiers quartiers, la rue de Maubeuge, Notre-Dame de Lorette, la galerie Mas et Le Général La Fayette, le restaurant La Boule rouge où elle aimait croiser le président de la Cour des comptes qui la pressait de venir jouer dans la Grand Chambre, quelques boutiques encore des passages, dont celle où elle avait trouvé la hache paléolithique d'origine saharienne. Il était allé au Havre aussi, il voulait voir mes travaux. Je découvris, à cette occasion, qu'à de multiples reprises, dans des émissions qui lui étaient consacrées, à

France Musique notamment, Anna avait parlé de son frère sculpteur qui entretenait une passion pour Le Havre et l'église Saint-Joseph. Je tombais des nues. Anna évoquait à l'antenne, très librement, sa foi, notre lien et ce qu'elle appelait, selon Pierre Lubac, notre *gémellité artistique*. Lubac me pressait d'écouter ces archives sonores qu'il était prêt à mettre à ma disposition. Je déclinai l'offre. Le plus que je puisse entendre, c'étaient ses enregistrements et souvent encore, vaincu par les larmes, je défaillais. Sa vraie voix, sa voix originelle et intime, il me semblait l'entendre lorsqu'elle jouait Liszt et tout particulièrement la *Vallée d'Obermann*. Sa voix charnelle, je n'étais pas près de pouvoir la réentendre.

Il y avait encore ce jeune pianiste, Gabriel, qui m'avait abordé un soir, au Général La Fayette, tandis que je griffonnais quelques esquisses de mon chemin de croix pour Saint-Joseph. Timide, emprunté, il avait bafouillé : « Vous êtes le frère d'Anna Horberer… » Il était sec, ardent, et portait de petites lunettes rondes cerclées à la Pie XII. J'avais aussitôt fermé mes cahiers en l'invitant à s'asseoir à ma table. Je voulais qu'il me parle de ma sœur, de ses cours, de ce mélange d'autorité foudroyante et de profonde générosité qui l'habitait, d'extrême exigence aussi : tout, pour elle, était affaire de discipline, de ferveur, d'absolu. Il me racontait combien elle détestait les virtuoses arides, sans quête intérieure, les ambitieux, les instrumentistes qui refusaient l'émotion, les apparatchiks et les fonctionnaires de la musique. Si elle décelait un tel tempérament parmi ses élèves, elle devenait vite intransigeante. Il me citait ses mots : « Il faut vivre la musique de l'intérieur », « N'hésitez jamais à suivre le flux de l'émotion », « Laissez-vous envahir, déborder… », « Servez la musique et les maîtres, ne vous servez pas d'eux pour tenter d'exister… », « Je hais les petits marquis, les notaires de la note, les cérébraux et les structuralistes… ». Plutôt que des traités de musicologie, elle recommandait la lecture des pages consacrées à Vinteuil et à Elstir dans la *Recherche*, des poèmes d'Apollinaire et de Reverdy, elle conseillait de travailler beaucoup mais aussi de « se vider la tête » en marchant dans Paris, elle leur parlait de ses promenades dans les jardins du Palais-Royal et des Tuileries dont elle aimait voir la fine poussière calcaire des allées souiller ses habituels mocassins noirs vernis, elle les invitait à aller rêver devant *Les nymphéas* de Monet à l'Orangerie, au pied du grand orgue de Saint-Eustache, près des Halles disparues, ou devant la plaque de la maison Érard rue du Mail. Je n'avais jamais douté de la vocation d'Anna mais je mesurais, contrairement à moi, à quel point elle avait aimé enseigner et quel professeur elle avait été. Les témoignages de ses étudiants nous l'avaient confirmé lors de la messe de Saint-Roch. J'étais tout simplement incapable de les écouter jusqu'au bout. Avec Pierre Lubac, sous les boiseries et les miroirs du Général La Fayette, les choses étaient différentes : la conversation était plus intime, décousue, souvent interrompue par des figures du quartier que, grâce à Simon, j'avais appris à connaître, le libraire de la rue de Châteaudun, le jeune prêtre amateur de ping-pong, des comédiens qui répétaient au théâtre Saint-Georges.

Le pianiste et le journaliste m'avaient convaincu de la nécessité rapide de déposer les statuts d'une fondation qui porterait le nom d'Anna. Il fallait que j'en parle, de manière urgente, à Stéphane et à Simon. Pierre affirmait qu'il fallait tout faire pour sauver le studio de la rue d'Aumale, auquel on pourrait ainsi éviter la dispersion qui avait frappé l'atelier d'André Breton. Cette dispersion n'aurait pas choqué Breton lui-même tant elle était dans l'esprit du surréalisme : pareille collection n'avait de sens qu'en présence, *magnétique*, du mage, maître des lieux. De plus Breton avait beaucoup mis en scène son espace de création, ce qui n'était pas le cas d'Anna. Rares étaient ceux qui franchissaient le seuil de la rue d'Aumale. L'argumentation du journaliste rejoignait mes préoccupations plus qu'il ne pouvait le croire : je ne voulais pas ajouter à l'insupportable éparpillement des cendres sur la plage de Sainte-Anne-la-Palud la dislocation des collections et des décors de l'atelier de la rue d'Aumale. En bavardant un soir avec Pierre et Gabriel, au Général La Fayette, j'avais deviné qu'ils ne connaissaient de l'atelier insulaire que ce qu'on pouvait en voir dans des émissions ou des vidéos. Il suffisait, malgré la fatigue et l'ivresse, de faire quelques pas pour monter au studio. Mon invitation les surprit. Ce lieu, dans leur imaginaire, devait relever des géographies interdites et sacrées, à tel point – chose qui m'émut – qu'ils hésitèrent à me suivre.

Un matin de juin 2007, l'envie m'a pris de quitter Paris, depuis Saint-Lazare comme souvent, mais pas pour la Normandie maritime cette fois, pour l'intérieur des terres, à destination d'une petite ville quiète, enlaidie par la reconstruction, une ville, j'en avais désormais la certitude, qui était une des dernières qu'Anna ait visitées : Lisieux. Dans mes conversations vespérales au Général La Fayette, j'avais évoqué cette destination et Pierre Lubac s'était aussitôt proposé pour être mon compagnon de voyage. Je n'avais pas donné suite, souhaitant être seul.

Je me souviens que j'avais passé la nuit à dessiner les esquisses du chemin de croix : l'ordonnancement des stations prenait corps. J'avais même déjà réservé la chambre 102 de l'hôtel Vent d'ouest au Havre pour début juillet, signe que j'étais prêt à entreprendre les premiers moulages. Deux mois s'étaient écoulés, deux mois que j'avais vécus, terré dans le refuge de la rue d'Aumale. Le 27 avril, jour de la messe de Saint-Roch, restait marqué d'un crêpe noir, le 28 plus encore, où j'avais vu ce qu'il restait de ma sœur s'envoler dans le vent et les vagues de la grande plage de Sainte-Anne-la-Palud. Je ne remettrais pas les pieds en Bretagne de sitôt. Pareil pèlerinage me semblait au-dessus de mes forces. Lisieux, c'était différent, je n'y avais jamais accompagné Anna.

Je partais comme un voyageur clandestin. Je n'avais même pas eu la correction de prévenir Pierre et Gabriel qui partageaient avec ferveur le souvenir d'Anna. Le livre de Pierre prenait forme. Stéphane avait tout fait pour lui faciliter la tâche, l'autorisant même à ouvrir les tiroirs et les placards du studio du 9e, ce que je n'avais jamais osé faire. Pierre Lubac était trop délicat pour ne rien commencer tant que j'y campais encore. D'une certaine manière on me mettait à la porte, et c'était mieux ainsi : si je voulais continuer à vivre, il me fallait un jour ou l'autre sortir de cette claustration et de ces macérations. Ma résurrection, si elle avait lieu, se ferait sous le signe de l'air du large et des vagues d'émeraude ; comme dans l'enfance, je prendrais *la route de la mer*. Pour l'heure, je prenais celle des roses célestes et de la Normandie rurale, je mettais mes pas dans ceux de la sainte de Lisieux, dans l'espace restreint d'une courte existence, entre le jardin des Buissonnets où elle avait vécu une fin d'enfance heureuse et le cloître du Carmel où elle s'était enfermée, consentante, dévorée par le feu de la vocation. J'avais récupéré dans un sac de voyage d'Anna un guide de Lisieux où elle avait coché quelques adresses (les Buissonnets, la cathédrale Saint-Pierre, le Carmel et sa chapelle, la basilique), j'avais même retrouvé la note du restaurant où elle avait déjeuné, en face du Carmel.

D'où lui était venu cet intérêt pour Thérèse Martin ? Notre mère lisait *Histoire d'une âme*, notre grand-mère aussi, mais Anna se préoccupait plus de musique que de mystique, était-ce encore le mimétisme de Mitterrand, grand admirateur de la sainte et redoutable connaisseur de ses textes, dont l'adoration secrète des reliques, en décembre

1995, au bas de son immeuble de président retraité près du Champ-de-Mars, l'avait littéralement bouleversée ? Je n'étais pas certain de vouloir voir tout ce qu'Anna avait visité, je cherchais des lieux, des traces, des empreintes. Au musée du Carmel où l'on proposait de manière un peu pompeuse un « parcours thérésien », je m'arrêterais longtemps devant le sablier qui avait rythmé les oraisons et les visites de la sainte parce que je savais que cet instrument à mesurer la durée des enfouissements en Dieu et celle des diversions mondaines avait fasciné Anna. La châsse, un peu grandiloquente, avec le mannequin couché de la sainte, me toucherait moins et la haute basilique perchée, aux mosaïques prétentieuses, moins encore. Je cherchais des traces discrètes, modestes, intimes. J'étais à Lisieux l'adorateur clandestin du studio de la rue d'Aumale, j'étais un pèlerin invisible dans les pas d'Anna à la recherche de Thérèse. Une forme de grâce me serait offerte dans la maison d'enfance des Buissonnets que gardaient deux religieuses : l'une, au rez-de-chaussée, aristocratique et autoritaire, l'autre, à l'étage, plus rondouillarde et plus aimable. Je prendrais langue avec la seconde, subitement convaincu qu'elle avait aussi reçu Anna et que les deux femmes s'étaient immédiatement entendues. Dans la pièce qui abritait les objets de Thérèse, son bateau, ses cahiers d'écolière, ses livres illustrés et ses poupées, il y avait un rayon d'articles « thérésiens », comme on disait au Carmel, et j'avais immédiatement reconnu la statuette qui accompagnait toujours Anna, de la scène à la chambre d'hôpital, du studio aux derniers dîners mondains, statuette dont on pouvait penser qu'elle avait fini brûlée avec le cercueil. La religieuse me parlait du jardin, des roses et des buis qu'il fallait impérativement voir, des crochets qui, aux poutres de la grange, montraient encore l'endroit où l'on pendait la balançoire de la petite orpheline, des « autels merveilleux » qu'elle aimait composer ici et là dans cet espace paradisiaque d'où l'on surplombait Lisieux, la cathédrale et le Carmel. Je pensais à « l'autel merveilleux » que j'installerais dans la chambre 102 de l'hôtel Vent d'ouest, le temps de l'élaboration des quatorze médaillons de la *Via Crucis*, et je savais déjà ce qu'en souvenir de Thérèse et d'Anna j'allais y déposer : la statuette miraculeuse, un fac-similé des cahiers d'écolière, quelques rameaux de buis et des pétales de roses que, dès que j'aurais échappé à la surveillance de la religieuse, je me proposais de voler dans le jardin des Buissonnets.

Je quittais enfin Paris pour Le Havre. C'était le 9 juillet 2007. Une dernière fois, je considérais le décor du studio de la rue d'Aumale, soulagé qu'il soit sauvé : Bruno Dorléac venait de déposer les statuts de la fondation Anna Horberer et l'*atelier insulaire* échappait à la succession. Il servirait de résidence ou de lieu de recherche à ceux qui travailleraient sur la personne, l'œuvre et l'héritage d'Anna. Je voulais quitter ces lieux en musique. Je voulais Liszt. Au hasard j'ai pris un enregistrement de Liszt, *Saint François de Paule marchant sur les flots* et la *Vallée d'Obermann,* c'était Anne Queffélec qui jouait, Anne qui avait été la collègue d'Anna au Conservatoire, Anne dont j'avais toujours entendu Anna dire qu'elle était une excellente pianiste et plus encore une « grande dame ». Il y avait entre elles, au moins, l'amour du Finistère et de Liszt, pas le moindre soupçon de rivalité et de jalousie, et je savais aussi qu'Anna avait été une lectrice fidèle et toujours admirative d'Henri Queffélec, notamment d'*Un recteur de l'île de Sein* et de *Tempête sur la ville d'Ys,* ce qui, hélas, devenait rare.

Je regardais pour la dernière fois ce décor qui m'avait été un cocon et aussi une sorte de bouée dans mon naufrage. Je me suis approché de la bibliothèque bretonne d'Anna et j'ai choisi *Falc'hun* d'Yves Elléouët, ce roman posthume préfacé par Michel Leiris. Entre les pages 52 et 53 consacrées à une évocation des ruines de Coecilian, le manoir de Saint-Pol-Roux, dressées « face à l'ouest des mystères et des morts », j'ai extrait un brouillon de lettre d'Anna à un destinataire inconnu, un jeune amant sans doute dont elle consignerait ensuite, dans un carnet secret, les souvenirs et les confidences. Mais Éros avait hélas disparu, c'était la maladie qui s'imposait, c'était la maladie qui déferlait :

Être à la hauteur, coûte que coûte. Quelque chose de cette très antique dignitas *romaine ! On ne se refait pas. Parce que, bon sang de bois, malgré tous les fâcheux qui pullulent ces temps-ci, la vie est fichtrement belle. Notre monde est effarant, notre époque insupportable, mais au-delà de cette contingence historique – on ne choisit pas son époque et mon âge me permet de dire que nous avons mieux vécu « avant » – il y a toujours ce miracle d'être là, à pouvoir dénicher des moments de bonheur et de sérénité. De beauté, osons le mot.*

Je reprends ma lettre après une brève interruption : l'emploi du temps d'une malade s'avère parfois chargé, d'autant qu'il a fallu compter avec le nouveau traitement suisse qui épuise… J'ai vu lundi ma psy à Curie : elle m'aide, nous cheminons. Au début de la maladie, j'ai fait la fière : pas de psy… Et puis, on apprend que, malgré toute la force dont on peut être capable, les aléas sont tels qu'il faut, à un moment donné, faire appel à une tierce personne pour y voir plus clair et poser ses fardeaux… Je lui dois sans doute un peu de cette force qui me soutient et dont on me parle souvent. De l'intérieur, les choses sont compliquées, plus compliquées qu'il n'y paraît. Immense fourre-tout fait de force, oui, de sérénité parfois, de certitude, et de tout le contraire aussi : incertitude, peur sauvage (la trouille qui me prenait toujours en montant sur scène…), stress, questionnement… J'apprends à bâtir sur des sables mouvants, pour l'instant. Moi qui ai une sainte horreur du tangage et du roulis, des navires, je suis servie… Demain je vois Bruno Dorléac. Je vais enfin lui dire ce que me répète l'oncologue depuis des mois et que je ne voulais pas admettre : pas de concerts envisageables avant 2008 au moins…

Le chagrin me submergeait. Durant toutes ces semaines où Anna, si présente malgré tout, m'avait hébergé rue d'Aumale, je n'avais jamais rien emporté : j'avais osé voler les roses blanches du jardin des Buissonnets mais ici je n'avais jamais rien pris, quelle qu'en fût l'envie. Cette fois, je n'hésiterais pas : je glissai dans mon sac *Falc'hun*, avec le brouillon de la lettre si bouleversante. Ni l'amant inconnu, ni Pierre Lubac ne la lirait jamais. Elle serait déposée sur mon « autel merveilleux » de la chambre 102 de l'hôtel Vent d'ouest du Havre, avant de connaître les brumes de la Tamise…

LA ROUTE DE LA MER

J'étais un fantôme, je ne saurais mieux dire, et pourtant, parfois, un soupçon de vie, et même le goût de vivre, revenait. C'était le soir surtout, lorsque je me posais dans l'un des bistrots de la plage – je changeais d'établissement pour échapper à l'image détestable du *pilier* – et que je restais à regarder les galets, la ligne des flots, le cortège lointain des cargos fantômes… Souvent, en fin d'après-midi, j'allais au musée admirer les vaches de Boudin, cette plénitude terrienne, cette beauté évidente des bovins et des pâturages dont j'étais bien incapable, moi qui avais si souvent donné des figures humaines convulsives, abîmées, loin, très loin de la puissance virgilienne du *chant du monde*, ce qui serait cette fois encore le cas avec les tableaux de *Via Crucis*. Le père Denis se reposait officiellement à l'abbaye de Landévennec avant de gagner Notre-Dame des Neiges. C'était la thèse que diffusait le jeune vicaire empressé, au sourire inoxydable. J'avais cru deviner qu'il s'était porté candidat pour être, à Genève, le cobaye d'un nouveau traitement. La Suisse, décidément… Le produit inoculé dans le corps d'Anna avait la même provenance et on connaissait le triste résultat. Landévennec et Notre-Dame des Neiges, ce serait après, s'il passait l'épreuve helvète…

Les moulages des quatorze tableaux étaient prêts. Je les avais conçus dans un appartement, proche de la Porte Océane, que j'avais acheté sur un coup de tête. C'était l'immeuble voisin de celui du docteur Lambert et la vue sur le large et les vagues était exactement la même. Je dormais toujours dans ma chambre 102 de l'hôtel Vent d'ouest, près de l'église, mais je passais mes journées à dessiner et à pétrir les figurines de plâtre dans la lumière de la mer. Je guérirais ainsi, dans cette beauté, avec sous les yeux cette présence élémentaire qui me comblait, le convoi permanent des bateaux, la danse des vagues, la rumeur aussi qui montait de la plage… J'avais l'impression d'être un fantôme au milieu des fantômes. Tout en travaillant, je songeais au docteur Lambert, je croyais presque le sentir, près de moi, dans la pièce, le film de ma vie défilait, à rebours, en une sorte de *retour amont* de la mémoire, je revoyais Le Havre des années 80, mais aussi Varengeville et Ker Huella, un beau jeune homme qui abandonnait ses Stan Smith sur les marches déclives du vieil escalier… La certitude m'habitait comme l'évidence : je n'avais aimé que deux êtres sur cette terre, ma sœur et lui. Elle m'avait apporté la grâce et la beauté, lui quelque chose comme l'érosion douloureuse du désir.

J'étais en paix avec moi-même, pour la première fois depuis longtemps, et les semaines d'enfermement rue d'Aumale n'y étaient pas pour rien. Dès que j'aurais vu les premiers tableaux réalisés chez le fondeur, je gagnerais Londres pour me mettre au service de Mikaël P. Il serait temps de revenir au Havre, la convalescence du père Denis achevée. Je doutais d'une issue heureuse. Il avait, disait-on, perdu l'usage de la parole. Je me souvenais du redoutable fumeur et buveur de whisky qu'il avait été. Son bureau du presbytère, rempli de grands romans et de livres d'art, empestait le tabac et l'alcool. Ces échanges, sur saint Jean, sur le lavement des pieds, sur Nicodème, l'adorateur nocturne, relevaient d'une forme de grâce. On passait de saint Jean à Jean Grosjean et à Drieu, de Drieu à Bacon, de Bacon à Arcabas et à Le Groumellec. Il avait acquis, de cet artiste, une petite croix noire sur fond blanc et rêvait de s'offrir une stèle christianisée. Je me souviens qu'il s'amusait de la générosité de certaines donatrices chez qui il se rendait pour célébrer la messe au pied du lit. C'était sa formule. « Ce sont des messes lucratives... », disait-il avec un sourire plein de cynisme. Il forçait le trait, j'en suis sûr. Le crâne rasé, le col roulé, le clergyman noir lui donnaient presque une allure luciférienne. C'était une sorte de Michel Foucault entré dans les ordres, le père Marc Denis. Je découvrirais, à sa mort, qu'il se prénommait en fait Marcel et qu'il avait sacrifié les deux dernières lettres de son nom de baptême pour rompre avec des origines rurales et cauchoises qui lui rappelaient trop l'enfer d'une jeunesse pauvre et obscurantiste.

Je suis parti sur un coup de tête au lendemain de ce rendez-vous étrange avec un jeune homme qui avait demandé à me rencontrer. C'était un ami très proche du père Denis qu'au retour de l'abbaye de Landévennec il avait fallu transporter à Villejuif. L'impression, terrible, de revivre ce que je venais d'endurer avec Anna, m'accablait. Le garçon, élégant et sensible, disait étudier la théologie : j'avais vite compris qu'il se destinait à la prêtrise et qu'il devait être dans un séminaire de la région parisienne. J'avais surtout compris l'étroitesse des liens qui l'unissaient au curé de Saint-Joseph, à tel point que je croyais parfois entendre le père Denis : quand il évoquait ce christianisme grégaire de certaines communautés, ces célébrations niaises, cette ferveur béate que ne travaillait aucune inquiétude, j'avais l'impression de me retrouver dans le bureau du presbytère Saint-Joseph, entre les effluves de whisky tourbé et les volutes de fumée… J'avais invité le jeune Gilles au restaurant de Sainte-Adresse. Gilles était d'origine havraise et j'avais cru saisir qu'il était un lointain descendant du président Coty. Pour moi c'était le dernier soir. Une voix me disait que plus jamais je ne dînerais dans cet endroit. Je revoyais le docteur Lambert, le père

Denis, tout en écoutant le séminariste me raconter son cheminement dans les mots mêmes du prêtre, comme on peut le faire dans un élan de mimétisme amoureux. La nuit tombait déjà, le poison de l'automne minait le beau juillet, tout était là comme toujours, la procession des cargos, l'infini des flots, les arêtes échevelées des soles, les verres de sancerre sur lesquels on lisait, dans la lumière rasante, l'empreinte de nos lèvres… Gilles voulait manifestement me forcer à poser une question que je ne poserais pas. Je n'avais pas à mettre de mots sur ces choses. Les transgressions, l'exercice radical de la prêtrise du père Denis ne regardaient que lui. Je mesurais le rôle qu'il avait joué dans la formation intellectuelle et spirituelle de Gilles, l'emprise exercée. J'aimais ce jeune homme, tout en contradictions – bonne bourgeoisie havraise, catholicisme de souche revisité façon génération Jean-Paul II, séduction de la *déesse H.*, fascination devant le magistère et le charisme du père Denis dont le rayonnement ne tenait pas à la seule beauté de l'église dont il avait la charge –, tout en finesse aussi, en diaprures et miroitements, la fragilité de sa vocation m'apparaissait mais elle serait sa force. Sa vocation, à l'évidence traversée d'interrogations et de doutes, la mort inéluctable du père Denis la confirmerait. Il me semblait, à l'écouter tandis que nous redescendions à pied vers Saint-Joseph, qu'il se voyait déjà, un jour, à la tête de cette paroisse. Il me semblait aussi qu'il ne lui aurait pas déplu de monter, en ma compagnie, dans la chambre 102 de l'hôtel Vent d'ouest. Rien de tel n'était pour moi possible. En revanche, je le voyais bien prendre place dans la cohorte des veilleurs maritimes que le bruit des galets remués par les vagues faisait immanquablement renaître dans mon imagination et mon désir.

Je voulais voir la côte quand on remonte vers le Pas-de-Calais auquel, avec son bocage vallonné et ses chevaux sauvages gambadant dans les prés, je trouvais des airs d'Irlande, je voulais faire halte à Boulogne pour découvrir la ville haute, la cathédrale et la fameuse statue de Notre-Dame, dans sa barque d'un bleu marial, que ma mère avait vue passer en Bretagne à la Libération. La ville n'était pas sans charme, avec ce côté perché, cette bogue de murailles qui lui donne l'allure d'une fière citadelle vaubanesque, je marchais avec allégresse, je ne dirais pas heureux, mais soulagé. Je venais de répondre favorablement à la demande de Mikaël P. et j'allais enfin m'installer à Londres. J'avais trop tardé mais l'enfermement parisien rue d'Aumale et les adieux au Havre étaient nécessaires. J'étais prêt à m'enfoncer sous les eaux de la Manche : je n'imaginais d'arrivée à Londres que par cette voie, par ce tunnel immergé qui tenait de la prouesse et d'une extravagance digne de Jules Verne. À Boulogne, il n'y avait pas que la citadelle haute et la barque mariale qui m'intéressaient, plusieurs fois j'avais entendu Mikaël P. parler d'une donation extraordinaire que Georges Mathieu venait de faire à sa ville natale. La collection n'était toujours pas en place et il avait fallu précisément l'entremise de Mikaël pour que le conservateur accepte de me montrer les toiles encore remisées dans les réserves. C'était tout ce que j'admirais : l'ardeur, la vigueur des signes, les fonds rouges ou bleus, les écritures hachées et chevaleresques. Pour Mathieu, peindre relevait du défi et de la transe, d'une forme de mise en scène aussi, d'assomption des javelots et des graphes, et je prenais tout en bloc, bien conscient que cette contemplation me rappelait ce que j'aimais tant et qui était perdu à jamais, la France de De Gaulle et de

Pompidou, la pièce de dix francs, les assiettes de Sèvres, le sigle d'Antenne 2… Mathieu avait été considéré, à tort, comme un artiste officiel, et on le lui avait ensuite, injustement, fait payer.

Je m'en allais léger : je ne connaîtrais jamais ces faveurs et ces revers…

J'ai immédiatement pris mes marques à Londres, malgré la fatigue nerveuse, malgré le chagrin. Sans doute le fait de savoir Madeleine et Mikaël P. relativement proches n'y est-il pas pour rien, même si Chiswick où ils résident se trouve aux antipodes des Docklands. J'avais gardé de cette ville le souvenir d'une cité monumentale, minérale et grise et, s'il n'y avait pas eu la proposition de Mikaël P., je n'y serais sans doute jamais revenu. Plus que le gris de la pierre, ce qui me séduit, c'est l'omniprésence de la verdure au cœur même de la ville, la nature à peine domptée des grands parcs, les animaux qui s'y baladent, renards, écureuils, biches et cerfs.

Oui, qu'est-ce qui a bien pu me faire accepter l'invitation et la commande de Mikaël P., au point de me transformer en ermite des Docklands et en piéton de Londres, sinon d'abord l'envie de relever ce défi – réaliser ces veilleurs qui me hantent depuis si longtemps qu'ils seront toujours pour moi associés aux galets du Havre que remuent les marées. La mort d'Anna a définitivement brisé ma vie, rien ne sera jamais comme avant et je suis irrévocablement de la race des inconsolables. Il n'est pas encore venu le temps où mes pas me porteront sur la plage de Sainte-Anne-la-Palud.

Pour tout dire, je n'admets toujours pas la volonté d'Anna, cette incinération reste pour moi une horreur, pire un scandale auquel je me heurte comme à un mur. On m'aurait consulté, je crois même que j'aurais transgressé les dernières volontés de ma sœur tant cette dilution des restes mortels dans la mer m'est une épreuve et une insulte. Anna voulait-elle se fondre au Grand Tout ? Je ne le crois pas. Elle a suivi la pente de ses contemporains qui refusent les tombes et préfèrent la dispersion des cendres au hasard des vents… Pas de lieu, pas de stèle, rien sur cette terre pour me rappeler la présence de ma sœur aimée entre toutes – aimée plus que tous –, rien que ses enregistrements que je ne suis toujours pas capable d'écouter, craignant un afflux d'émotion qui pourrait être de l'ordre du séisme. Oui, rien ne me lie à elle dans cette ville où, à la différence de Rome et de Naples, je ne l'ai jamais accompagnée, et je me dis qu'elle aurait pu être de mes déambulations lorsque je parcours la ville, de Trafalgar Square à Westminster et du Parlement à la banque d'Angleterre, en longeant la Tamise. Oui, elle aurait sans doute aimé ce qui me plaît tant : le jeune homme de Frans Hals exhibant un crâne, la moire de la *cappa* de Richelieu, les veinures si délicates de la main, la barrette sanglante qui symbolise ici bien plus le sang que fait couler l'homme d'État inflexible que le sang même du dignitaire pourpré prêt à offrir sa vie pour la défense et la survie de l'Église, la promenade dans Saint James Park, la vue sur Buckingham et les écureuils bondissant dans les buissons au bord des pièces d'eau, l'errance dans la cité épiscopale de Westminster aussi déserte et froide qu'une *central intelligence*, les *evening songs* des chœurs de l'abbaye à l'approche du crépuscule. Ce qui, dans mes promenades vespérales, tient presque du rite l'aurait à coup sûr émue, elle qui, malade, avait pris tant de plaisir en voyant *The*

Queen. Car c'est sans doute ce qui oriente et électrise mes pas, cette idée royale, cette présence presque palpable d'une royauté imaginaire, comme au Grand Trianon ou à la nécropole de Saint-Denis. Je crois n'avoir jamais souhaité le rétablissement de la monarchie en France, je ne serai jamais au nombre des conservateurs ou des traditionalistes empestant le formol, mais l'affadissement du pouvoir chez nous, sa banalisation, cette horrible quête du plain-pied me sont résolument étrangers et, pour ne rien cacher, ils m'affligent profondément.

À la différence de mes compatriotes dont on me dit qu'ils seraient entre deux cent et trois cent mille, je ne suis pas ici pour les affaires. Je suis venu pour une certaine qualité de la lumière, pour ces gouttelettes en suspension au-dessus des eaux d'ardoise de la Tamise, pour les voix des choristes de Westminster, pour ces psaumes et ces motets qui restent la seule musique qui me soit aujourd'hui tolérable. C'est ce que j'aime écouter le soir après avoir beaucoup travaillé, assis dans les hautes stalles intimidantes du chœur de Westminster, au milieu des petits chanteurs portant soutanelle rouge et belles fraises blanches parfaitement amidonnées. Purcell, Palestrina, peu m'importe : ce qui compte vraiment, c'est le *génie du lieu,* la perfection d'un rituel, l'assurance d'être dans le berceau et le reliquaire de la royauté. Elizabeth II a été couronnée ici et son successeur le sera aussi, conformément au même protocole, le siège archaïque sous lequel on insère la pierre sacrée de Scone est là tout proche, son voisinage m'obsède, l'idée de la pierre du sacre venue d'Écosse, la pierre des intronisations primordiales… Cette chaise de bois prête à accueillir bientôt le talisman royal me hante chaque fois tandis que s'élèvent les voix des petits castrats que la mue prochaine détrônera et déclassera, une rêverie m'accapare et, pour peu, comme dans certains récits de la vieille mythologie d'Irlande, le cri de la pierre reconnaissant la vocation royale de celui qui s'avance couvrirait presque les mélodies fluides et travaillées des petits chanteurs… Quelque chose subsiste là de la tradition, l'ornière rugueuse et minérale de l'Histoire, l'Amont glorieux impeccablement conservé : Westminster garde sa pierre mythique, alors que les papes ont depuis longtemps renoncé à la tiare et qu'à Paris le collier de grand maître de la Légion d'honneur reste enfermé comme une relique morte dans son écrin…

Cette question de la souveraineté m'habite ensuite comme je remonte vers Saint-Paul, à contre-courant dans le flot des traders et des banquiers volant sur leurs semelles ailées. Pour peu, lorsque j'aurai achevé la série des veilleurs, je m'attaquerai à la figure de la reine. Lucian Freud, que j'admire, l'a bien fait. Mais je ne suis pas sujet de Sa Majesté et je ne suis pas non plus dupe de l'aura réelle de la souveraine. Quelque chose m'attire et m'émeut pourtant, je nous revois, Anna et moi, au Grand Rex, fascinés par Helen Mirren jouant la reine au moment de la tragique semaine de l'été de 1997… La *queen* affrontant le cerf au milieu de la lande écossaise, le cerf aussi intense et majestueux que ceux que j'ai récemment découverts, sur les traces d'Anna, à Richmond Park. En tout cas, aucun président français n'aura droit à mon argile et au jeu de mon burin… D'ailleurs tout le monde s'en fiche, la sacralité même de l'effigie est depuis longtemps sans effet.

Je marche, un peu ivre de ces rêveries, porté par ces fantasmes, encore envoûté par les voix des choristes impubères dont la grâce ne me quitte pas. Le circuit allant de Trafalgar Square à Saint-Paul, en passant par Westminster, tient d'un enchantement qui me galvanise. L'envie de finir la constellation des veilleurs – et d'éblouir Mikaël P. – me fouette. Je me moque de son argent. Je ne désire que son admiration. Comme jadis celle du père Denis au Havre qui ne cachait pas son émotion en découvrant mes réalisations. Il n'aura pas vu *Via Crucis.* Il est une loque rongée par le crabe. Le crabe nous aura tous. Je cherche des antidotes. À Londres, j'en ai trois : les modèles qui se dénudent dans la lumière mouillée de la Tamise, la proximité de la pierre talismanique et les beaux cerfs de Richmond Park.

Journal des poses

J'aime m'asseoir sur la terrasse de mon atelier des Docklands, le soir je fixe les tours illuminées de la City et de Canary Wharf ; l'odeur de mer, de vase remuée monte de la Tamise, à la tombée de la nuit, il m'arrive de prendre la navette, de traverser le fleuve et d'aller boire un Cointreau à l'hôtel Hilton, en face, comme je le faisais, au début du deuil, au Général La Fayette. Les confins de la City, Docklands, Canary Wharf, la rive de l'autre côté, le pub The Grapes et le bar du Hilton : j'ai apprivoisé cet espace. Sur la terrasse, je ferme les yeux, j'imagine l'ordonnancement des piliers de bois et je *les* devine, prêts à marcher sur la mer ou à se laisser engloutir, comme je *les* voyais déjà sur les galets du Havre.

Ce jeune avocat d'affaires d'origine strasbourgeoise, aux cheveux légèrement bouclés, je l'ai abordé au pub avant de l'inviter à visiter mon atelier. Je l'avais naguère croisé, à plusieurs reprises, dans la propriété ligérienne de ma sœur mais nous nous étions peu parlé. Renaud travaille à Canary Wharf et je lui ai évidemment tu le nom du commanditaire de l'installation que je prépare. Je lui ai demandé de revenir un jour où il ferait beau. Il l'a fait un samedi de mars et s'est rapidement dévêtu : belle musculature, sexe opulent et viril qu'il montre sans complexe. La grâce d'un pâtre grec pour les berges de la Tamise.

Je laisse ouverts les volets de la chambre au-dessus de l'atelier : pour voir défiler les nuages, pour laisser entrer la lumière mouillée du matin (je lui trouve une vibratilité digne des marines de Turner), pour ne pas avoir l'impression d'être confiné dans un tombeau. Depuis la mort d'Anna, les lieux clos me sont difficilement supportables : au pub, je quitte vite la petite salle saturée pour m'installer sur le balcon. Une pinte de Guinness près de moi, je crayonne, je voudrais que les supports des statues aient l'apparence de ces pieux frottés et vieillis par les marées que l'on voit dans le Blavet à Lorient et, juchés à leur sommet, je devine Théo le Havrais, Louis, le jeune chercheur, Félix, Renaud : la mémoire, la fiction, la finance et le droit, allégories bienvenues entre la City et Canary Wharf – entre les coffres-forts et une possible montée des eaux.

Dans l'atelier, au sol blanchi par la poussière de plâtre, leurs premières effigies, au mur une vieille carte de la Bretagne, datant de 1936, avec la mention des pays et des noms en breton, et le silence, seulement la lumière humide, les nuages qui arrivent de l'estuaire, plus de musique, plus de Liszt – plus d'Anna.

Une règle impérieuse pour tous ces corps qui se dénudent, avant de devenir plâtre puis bronze livré aux averses et aux oiseaux marins : qu'ils soient vierges de tout tatouage. Ils peuvent être plus ou moins beaux, avoir des formes inégalement harmonieuses, peu importe : je veux qu'ils soient *vrais*.

J'aime ces façades de briques qui rappellent le passé industriel et prolétaire du quartier. Un collectif d'artistes s'est installé, tout près, dans ce qui ressemble à une cité ouvrière. Les jeunes créateurs déjantés, peintres, plasticiens, chorégraphes, qui festoient jusqu'à l'aube sur les toits, cohabitent avec les musulmans fervents qui ont transformé un local du rez-de-chaussée en salle de prière. Je ne me mêle à aucun groupe : je suis de l'espèce des loups solitaires, je dessine et je sculpte. Lorsque je suis las de travailler, je visite les galeries ou les musées. À la Tate, je vais admirer les triptyques de Bacon, d'une couleur fabuleuse et intacte sous la protection de verre : je ne connais rien de plus fort que les corps déformés et démembrés de Bacon. À la National Gallery, mes pas sont aimantés par le *Richelieu* de Champaigne, je reste en arrêt devant la perfection de la main droite tenant la barrette, le dessin sensible des veines qui affleurent sur la gauche, celle qui retient les plis de la *cappa* – devant l'incarnation presque tangible du cardinal intraitable et guerrier. Le fait de me voir ainsi extatique au pied de l'immense portrait donne envie à des touristes pressés, asiatiques surtout, de photographier ce tableau qui manifestement ne leur dit rien. Il trône aujourd'hui sur une superbe soierie rouge dans la salle Yves Saint Laurent, une collision symbolique qui aurait amusé les surréalistes. Je ne sais ce que j'admire, ce qui me touche au plus profond : la quintessence de l'art du portrait, l'épiphanie de l'État, la grandeur de la France. « La grandeur de la France » : c'est ce que j'aurais envie de clamer aux fourmis myopes et véloces qui défilent, parfaites représentantes de l'ectoplasme mondialisé au sein duquel la grandeur essentielle s'est perdue… Un des nus de la Tamise, je lui donnerais volontiers la main superbe, veinée, du cardinal ; pour cela, il me faut trouver un modèle religieux.

Plus de Liszt : une *cure sans.* J'écouterai de nouveau *Obermann* quand tout sera achevé, l'installation mise en place. En travaillant, je passe en boucle un vieil enregistrement d'un concert d'orgue et de bombarde donné par le titulaire, aveugle, de la collégiale de Guérande, Louis Yhuel, dans les années 70. Je l'écoutais déjà à Ker Huella ou à La Buissière, je ne sais plus. Les voix des petits chanteurs de Westminster succèdent aux belles rengaines celtiques. Mikaël P. a sursauté l'autre jour en entendant l'orgue et la bombarde. L'industriel au regard d'acier vibrait enfin, plus qu'il ne doit le faire à l'opéra, contraint de se fader, parmi les puissants, des mises en scène improbables et sans fin. « Mes parents avaient ce disque... », a-t-il murmuré. C'était la première fois que je l'entendais évoquer aussi spontanément ses origines...

Très souvent la vision d'une femme habillée de noir, au pas alourdi, me réveille en sursaut, elle marche sur les eaux, en direction d'un piano calfaté comme une gondole vénitienne : elle me fait signe et m'invite à prendre, avec elle, *la route de la mer...*

Mes modèles, lorsqu'ils apparaissent dans leur *vérité* – Théo et Félix au Havre, Renaud ici –, me donnent une rare sensation de *présence,* de connivence plus forte que tout échange amoureux. J'essaie de saisir quelque chose de cette présence que je transmue ensuite dans le plâtre avant que je ne livre les moulages au fondeur. Et toujours « tout reprendre à la base, tels que je vois les êtres et les choses, surtout les êtres et leurs têtes, les yeux à l'horizon, la courbe des yeux, le partage des eaux », comme l'écrivait mon maître, Giacometti.

Un échange curieux s'est instauré entre Gilles et moi, à tel point qu'il a vite dépassé mes espérances : le jeune étudiant en théologie m'a adressé des photos de lui, alangui sur un canapé, sans rien. Je suis déconcerté et, il faut le reconnaître, un peu ébahi par cette audace. Mais je suis certain que j'ai trouvé là le modèle de la galaxie ecclésiastique que je cherchais, original, singulier, libéré : il faudrait que je le voie *in situ* avant de lui faire prendre *la route de la mer*...

Je note ces lignes de Xavier Grall tant elles trouvent d'écho en moi : « Tout aboutit à l'Esprit. Il s'agit pour chacun de se laisser travailler par le soc de ce mystérieux travailleur. Nous sommes en friche. Laissons-le nous labourer. À notre large magnifique, j'écoute la tempête de Pentecôte. Je ne voudrais pas être parjure, ma barque reconnaît ses havres. »

La tempête qui secoue les flots de la baie de Douarnenez, celle qui ballotte les cendres d'Anna, celle aussi qui remue souvent les eaux de la Tamise, j'aimerais tant qu'elle me conduise au feu de la Pentecôte. Quant aux havres, après la cité marine qui porte ce nom et l'île intérieure de la rue d'Aumale, je pense avoir trouvé mon dernier sur les quais des Docklands.

C'est devenu une habitude : je vais *le* voir. J'espère même qu'il sera bien là, dans le jardin public ensauvagé. C'est le renard qui fouille les poubelles. Il n'est pas seul, il appartient à une colonie qui a investi Londres. Le soir, après avoir beaucoup travaillé, j'aime marcher dans ces recoins de nature où apparaissent les renards, j'admire les citadelles illuminées de Canary Wharf, et me plaît l'idée que les maîtres de la finance mondiale cohabitent avec les bêtes médiévales vidant les poubelles et se nourrissant de tous les détritus…

Ces virtuoses des jeux financiers – vifs, pressés, arrogants, français pour la plupart –, je les croise souvent lorsque je remonte de Westminster vers la cathédrale Saint-Paul. Ils descendent à pied, le long de la Tamise, vers le cœur de la ville, tandis que je m'apprête à regagner mes confins. Après des heures de claustration dans leurs bureaux climatisés, ils veulent respirer l'air marin qui arrive de l'estuaire. Ils m'amusent avec leurs chaussures claires de sport et leurs chaussettes noires de parfaits managers. Ils ont ôté leur cravate. Un de ces jeunes espoirs de la finance virtuelle mondiale aurait parfaitement sa place parmi mes veilleurs. Il lui faudra seulement s'effeuiller un peu plus…

Autre passion animalière : les cerfs. J'aime à la folie ceux de Richmond Park, leur noblesse, le velours de leurs bois. Je n'en avais jamais vu d'aussi beaux, et de si près. La promenade se poursuit dans les magnifiques jardins de Kew, cette fois sans présences animales mais au milieu des cèdres et des rhododendrons. La vue de la Tamise, qui borde le parc, m'émeut, c'est encore une petite rivière bucolique, on est loin de l'ampleur du fleuve maritime que je rêve d'*habiter*… Si je le sais là, je préviens Mikaël P. et je pousse jusqu'à Chiswick. J'apprécie le confort de sa maison de peintre fastueusement revisitée par ce décorateur de la BBC et cette décoratrice avisée qu'est Madeleine. J'aime me poser là, un peu. Madeleine me parle d'Anna et de Simon qu'elle encourage à faire du théâtre depuis qu'elle l'a vu dans *Peer Gynt.* Elle veut chaque fois me garder à dîner. Après les brumes de la Tamise, les renards fouisseurs, les cerfs de Richmond et les cèdres et les pagodes de Kew, c'est un peu d'humanité enfin, un peu de *remembrance* aussi. Je me souviens… Et notre remémoration commune vire à l'office. L'arrivée de Mikaël P. nous intimide toujours un peu, comme elle me glace chaque fois qu'il surgit à l'improviste dans mon atelier des Docklands.

Prélevé l'autre soir, dans la bibliothèque de la maison de Chiswick, un petit livre de Danièle Molho consacré à Mitterrand. Je le feuillette et rêve à partir de quelques formules : « l'homme des fidélités », « l'homme de l'écrit », « le bâtisseur », « l'homme qui aime les maisons », « l'homme des Landes et l'amoureux de Venise ». Et je saisis mieux la fascination d'Anna.

Parfois la matière me résiste et je passe d'un veilleur à l'autre. Il y a les modèles au nombre des visiteurs réguliers – Renaud, l'avocat, si troublant dans sa beauté native de pâtre, si à l'aise surtout ; Arnaud, le client du pub, qui désormais aime tant évoluer avec grâce, nu dans la lumière qui monte du fleuve – et ceux du Havre qui me sont très chers, auréolés d'une présence incomparable, Théo au corps si émouvant et si vrai, Louis, l'universitaire qu'aucune fantaisie n'arrête, Félix, celui qui avait longtemps tardé à me montrer sa puissance. Il y a aussi Gilles, le jeune étudiant en théologie, à qui je suis décidé à offrir un billet de train pour qu'il traverse la Manche et vienne poser dans la lumière des Docklands. Parmi tous ces nus, dont certains dans leur moulage de plâtre ont déjà fière allure, il y en aura un habillé d'un long manteau, à la semblance des bonshommes volants imaginés jadis par Folon pour accompagner l'extinction des programmes d'Antenne 2. C'est le modèle interdit, au corps invisible et secret.

Je note ces lignes sur un vieux carnet miraculeusement trouvé dans ces archives que j'ai déposées dans une mansarde louée près de la place Saint-Georges avant de quitter la rue d'Aumale. Ce sont des cartons de cahiers, de cours, de dessins aussi et de livres que j'y ai laissés dans le plus grand désordre. Ce n'est pas un pied-à-terre à vrai dire, un point d'ancrage plutôt dans mon nomadisme incessant.

Arnaud vient ici quand je veux le *revoir.* Il me reçoit aussi souvent dans son appartement, pas très loin du pub, il habite un immeuble de briques qui s'harmonise avec les vieilles constructions industrielles qu'il y a alentour. Au milieu de la cour se dresse une fontaine métallique qui me rappelle immanquablement le poisson cracheur de la villa Arpel dans *Mon oncle.* Arnaud me parle un peu des jeux financiers, des manigances vertigineuses de Canary Wharf. C'est un garçon lucide et cultivé. Je préfère l'entendre évoquer la vieille femme hongroise qui lui a appris le piano à Rueil-Malmaison. Il s'installe au sien, un instrument vieillot que l'humidité de l'air londonien désaccorde sans cesse. L'autre jour, il m'a joué *Funérailles.* Il prétend qu'il n'a pas encore le niveau suffisant pour attaquer la *Vallée d'Obermann,* œuvre très difficile. Cette sorte de nudité musicale m'inspirera à coup sûr lorsque je commencerai à sculpter son veilleur.

Mikaël P. m'a révélé tout récemment sa passion pour la poésie, que j'ignorais totalement. De la terrasse de l'atelier il regardait le fleuve et soudain il s'est mis à réciter :

Il y avait les mers
Il y avait les ports
Il y avait les havres
Il y avait les oiseaux
Il y avait les grues
Il y avait les oiseaux océaniques
Il y avait les ponts mécaniques
Il y avait les warfs
Il y avait les quais
Il y avait les phares
Il y avait les môles […]
Il y avait la terre entière
Au bout des amarres.

C'est, m'a-t-il dit, le début du troisième chant de *Genèse*, le recueil posthume de Xavier Grall, si accordé à notre lieu.

Visite de Stéphane Horberer de nouveau passé dans le secteur privé au motif qu'il ne voulait pas « servir » sous Sarkozy. Le gaulliste viscéral qu'il demeure souffre, me confie-t-il, de l'abaissement de la fonction présidentielle. Dans le carnaval politique actuel, seul le Premier ministre trouverait grâce à ses yeux. Il égrène les paroles malheureuses du président, regrette l'époque de Chirac et m'annonce que, la banque pour laquelle il travaille ayant des bureaux à Canary Wharf, je le verrai souvent. Un instant, au cours de notre dîner indien à Soho, la conversation s'est tendue : le journal que tenait Anna pendant sa maladie a disparu. Je précise aussitôt que je n'ai jamais vu ce journal rue d'Aumale. Il me semble deviner que Stéphane soupçonne Bruno Dorléac qui est moins « net » qu'on aurait pu le penser. Le deuil a changé Stéphane, brusquement avide de tout ce qu'a pu écrire ou annoter Anna. L'inventaire douloureux que j'ai fait dans le studio de la rue d'Aumale était tout sauf l'œuvre d'un prédateur et je crois utile de le rappeler. Est-ce l'effet de la bière indienne, mon imagination dérive et s'enflamme soudain, je n'écoute plus Stéphane ressasser sa douleur et son remords, son « incapacité d'aimer » – c'est son mot –, je remonte le temps, je suis à Saint-Germain, sur les terrasses, dans les années 70, à Ker Huella au pied de l'escalier ciré, nous refaisons le monde, nous parlons de Perros et de Gracq… Un détail m'a frappé tout à l'heure quand il est entré dans l'atelier : Stéphane portait des Stan Smith, comme les jeunes banquiers pressés qui longent la Tamise le soir venu. Dans la froidure du *fog*, sous les averses et les salissures des mouettes, connaîtra-t-il le même sort qu'eux ?

Lorsque la lassitude me prend, je me pose au bord de l'atelier, je regarde le trafic sur le fleuve, le jeu des marées, les petites grèves, sur l'autre rive, que le jusant découvre. D'autres fois, je contemple la carte de la Bretagne que j'ai épinglée sur le mur. Les noms, en breton, me fascinent : Remengol, Menez Mikael, Ar Faou, Lokorn, Pontekroaz, Kraozon… Un phare, un sémaphore, une chapelle, la solitude totale, et le grondement rythmé de la vague éternelle…

Il y a ma petite compagne aussi, l'hermine naturalisée dans son reliquaire. La composition est d'un goût douteux, avec l'oiseau sacrifié entre les griffes du rongeur, peu importe, il me semble qu'elle me fixe, toutes dents dehors. C'est un peu de Bretagne qu'elle m'apporte mais, d'une certaine manière, en cette ville de lisière océanique, la Bretagne est partout présente, jamais sans doute je n'aurais supporté la minéralité monumentale de Londres sans ces lueurs changeantes, ce jour humide qui arrive du large avec les mouettes, ce passé de docks et de quais essentiel pour moi. « *The place to be…* », bougonne souvent Mikaël P. avec cet épouvantable accent qui trahit un passif de mauvais élève. J'ai la naïveté, ou la faiblesse, de croire qu'il a choisi les Docklands pour sa lumière, pas pour ce qui se trame tout à côté, à Canary Wharf.

Lorsque ces citadelles de la finance se seront effondrées, dynamitées par on ne sait quel krach boursier ou terroriste, j'aime imaginer qu'il ne restera que mes statues, bronzes constellés de fiente et de suie, allégories des champs de l'activité humaine en partance sur les eaux…

Émotion et paralysie en travaillant sur Victor, avec le souvenir du secret qu'il avait tant tardé à me révéler. Angoisse de les trahir, désir de les revoir tous dans la lumière d'automne pour être le plus fidèle possible à leur identité, à leur présence, alors que les modèles et les statues ne seront jamais côte à côte et que ceux qui les verront n'auront peut-être jamais l'idée que je me suis inspiré d'êtres réels – de beautés qui stimulaient mon désir.

Peur enfantine d'être seul dans l'atelier quand le soir tombe, d'être face à ces hautes carcasses de plâtre. On ne peut pas toujours être nomade errant dans Londres, d'autant qu'à part Richmond, Kew et Westminster, le spectre de mes curiosités est restreint.

Commis l'erreur d'avoir quitté Londres pour Le Havre sans prévenir Mikaël P. : c'était pourtant pour une bonne cause, l'enterrement du père Denis. Angoisse ou jalousie, le symptôme est identique et c'est une bouffée de possessivité qui m'affole. J'ai l'impression d'être devenu sa chose.

Immense apathie depuis mon retour. Le cercueil nu, sans fioritures, du père Denis posé à même le sol bétonné, l'éclat des vitraux, toute la galaxie havraise de nouveau rassemblée, ces images ne me quittent pas. Et une certitude : la lumière est plus belle là-bas.

Ces mots, les ai-je rêvés ou ont-ils été lus dans l'église Saint-Joseph et le père Denis en est-il l'auteur ? « J'ai de plus en plus l'impression d'être assigné à jamais au pays des ténèbres… » C'est Gilles qui, me racontant l'agonie, a dû me les dire. Les vitraux de Marguerite Huré n'auraient jamais supporté pareille offense.

Pour la première fois depuis mon installation ici, ressenti quelque chose qui pourrait se nommer le découragement ; idée, presque admise, que les piliers de bois venus des bassins de Portsmouth, et en cours d'installation selon mes plans, pourraient rester vierges de toute sculpture. Impression douloureuse d'être écrasé par ce projet, au-dessus de mes forces, et par la vie.

De Victoria Embankment où j'aime marcher malgré la pollution et les nuisances sonores, mais il faut bien retrouver la réalité urbaine après l'insularité des vêpres de Westminster, mon regard se porte instinctivement, de l'autre côté du fleuve, sur la façade du Royal Festival Hall et je suis brusquement certain qu'Anna Horberer y a joué, au tout début de sa carrière, lorsqu'elle enchaînait déjà les capitales et les salles de prestige.

Le premier bronze, celui inspiré par Théo, est chez le fondeur, les autres vont suivre. Mikaël P. voulait que je le signe. J'ai simplement fait graver un T. Mais ce n'est pas l'initiale de Tugdual comme il semble le croire… Cet homme puissant, si habitué à ce qu'on courbe l'échine devant lui, ne déteste pas qu'on lui résiste et il fait montre alors d'une mystérieuse douceur.

Insomnies multiples et récurrentes : je regarde la télévision, zappe et tombe sur une émission d'une chaîne française. Un homme parle, élégant, barbu, son visage me dit aussitôt quelque chose, il est père de famille, juriste réputé. Soudain il évoque sa jeunesse, ses années de formation, le lycée avant les études de droit et il cite le nom de Saint-Érembert, raconte l'espèce de chevalerie que ses camarades et lui rêvaient de constituer. Je le reconnais aussitôt : c'est Ronan, le proche ami de Stéphane, même souche, une lointaine ascendance bretonne mais un ancrage sûr dans la bonne bourgeoisie des Yvelines. J'avais oublié cette tentation chevaleresque mais je me retrouve totalement dans le portrait qu'il brosse de notre jeunesse insouciante et exaltée : d'un côté, un besoin d'aimer et d'être aimé, une terrible aptitude à souffrir aussi ; de l'autre, un orgueil sans mesure, une volonté de vaincre et de tuer, et même une forme de cruauté. On pourrait croire qu'il pense à Stéphane – le voit-il encore ? – tant ces mots s'appliquent à l'adolescent qu'il fut et à l'homme qu'il est.

Curieusement, dans l'antichambre de Mikaël P., au dernier étage de sa tour de Canary Wharf d'où il domine tout

Londres et les lointains de la Tamise maritime, on trouve les portraits officiels des présidents de la Ve République, de De Gaulle à Sarkozy. Je les regarde et m'amuse à scander les dates de leurs mandats. La photo de Giscard surprend par sa décontraction et son étonnante jeunesse ; celle de Pompidou a tout d'un chromo soviétique ; à l'extérieur du palais, dans le jardin, Chirac ne semble pas avoir encore pris la mesure de la fonction ; quant au dernier, il pose indûment dans la bibliothèque, comme le Général, mais on est très loin du grand menhir gaélique, sans doute le seul à avoir l'envergure d'un monarque républicain… Ici, la souveraine, qui a inauguré son règne sur la pierre de Scone dans l'autre siècle, est toujours en place. Elle était déjà là en 1959 et même un septennat plus tôt…

Retour par les quais une fois encore. L'eau claque. Beauté des tours. Jeunes financiers de la City, les maîtres du monde, marchant d'un pas pressé. J'échoue presque instinctivement au pub. Tout y est : la terrasse en bois délavé, l'eau haute, le courant vif du fleuve. Des images me trottent dans la tête, loin de l'obsession des veilleurs : les lupins fleuris de Saint James Park, les canards et les cygnes, cet écureuil feu qui bondissait entre les massifs. Il faut que je l'avoue : j'aime Londres, presque autant que Le Havre.

Anna aussi vénérait les grandes figures, indépendamment de Liszt, et il me revient qu'elle vouait, contre toute attente, une admiration au pape Paul VI, éclipsé pourtant par son presque successeur Jean-Paul II. D'un séjour qu'elle avait fait à la Villa Bonaparte un printemps où elle jouait à Rome, elle avait gardé une curiosité pour les affaires vaticanes. Le côté ascétique et hamlétique de Paul VI lui plaisait. Jean-Paul II l'avait un temps fascinée mais elle lui reprochait sa rigidité et son conservatisme moral. Elle rêvait d'un pape qui ne serait plus un chef d'État et exercerait son vrai pouvoir, spirituel, sans les fastes dont s'encombrent les pouvoirs, sans l'apparat désuet qui reste la marque de fabrique de la papauté. À cet égard, Benoît XVI, paré comme une momie du XIXe, l'agaçait : elle ne lui contestait pas sa valeur morale et intellectuelle mais elle trouvait qu'il manquait d'envergure pastorale, qu'il fuyait les foules, apeuré comme une vieille mamie, c'était son mot. Elle ne faisait jamais mystère de sa foi et de sa pratique. Elle rêvait aussi de compositeurs contemporains qui auraient l'audace de Messiaen ou de Duruflé. Parmi les jeunes, elle admirait Éric Tanguy et l'incitait à oser composer des œuvres religieuses. Sans doute ma présence régulière aux vêpres de Westminster est-elle une manière, une fois encore, de communier à son souvenir, c'est même comme si elle était présente à mes côtés dans les stalles, entre la pierre de Scone et le mémorial de Churchill. Elle est partie sans voir l'élection de ce pape christique, en simple soutane blanche, dégagé du faste et de l'appareil romain, ce pèlerin radical des chemins de la terre…

Que ferai-je lorsque cela sera fini, que tous les veilleurs seront en place, prêts à partir en cohorte, malgré l'enracinement des pieux de Portsmouth, au gré des marées ? Sans doute faudrait-il une barque pour voir de près leur secret, le détail de leur intimité, leur beauté primordiale, une forme de vérité anatomique à laquelle je me suis tenu. Les passagers des navettes fluviales passeront trop loin pour les goûter dans leur singularité. Leur distraction, la brume, la vitesse les détourneront de l'essentiel.

Une profonde tristesse m'afflige. Je suis brisé à jamais, une blessure vive m'affecte par laquelle toute mon énergie vitale s'enfuit. J'étais le frère aimant de ma sœur. Son amant célestiel. Un pas a été franchi la nuit dernière : réveillé par une insomnie définitive, je suis descendu dans l'atelier et j'ai mis la *Vallée d'Obermann* à tue-tête. C'était la première fois depuis longtemps. J'en tremblais. Je te revoyais sur la scène de Pleyel, à Santo Stefano Rotondo, dans le mouroir carrelé de Curie. Plus que jamais tu étais ma muse, ma jumelle, ma fée d'en haut. Oui, je te voyais concentrée, tapant les touches du piano avec ce mélange de violence et de douceur, ces frappes et ces caresses qui n'appartenaient qu'à toi.

Comme j'aimerais passer la frontière pour te retrouver ! Il m'arrive de penser que je suis malade, que je vais bientôt mourir et que je ne me soignerai pas. L'obsession médicale de mes contemporains m'amuse, celle de Mikaël P. qui redoute le cancer comme un enfant. Craint-il de voir tomber son empire, sa tour haut perchée de Canary Wharf, l'étendard de sa puissance ? Je sais par Madeleine qu'il consulte sans cesse les médecins, inquiet à la moindre alerte physique, au premier bobo. Peu m'importe. Le temps nous emporte. Il est comme les eaux grises et refluantes de la Tamise qui délaissent Westminster, les maisons du Parlement, le pont de Londres et les forteresses bancaires de la City. Il nous dévaste, il nous ronge, à cause de lui et de sa panoplie de maux, bientôt nous ne pourrons plus jouer, sculpter, écrire. Il me prend parfois l'envie de dire à Mikaël P., qui demeure pour moi l'incarnation de l'intelligence et de la bonté, qu'il descendra dans la tombe aussi nu que les veilleurs qu'il m'a demandé d'installer au bord des anciens docks, que ses héritiers seront sans doute indignes de lui, qu'il ne restera rien de la splendeur de son empire. Je me retiens. Je n'ai pas l'âme bagarreuse. Je me pelotonne et je plie sous la faux du temps.

Je m'avise que je n'ai jamais rien aimé que la musique – celle de Liszt jouée par ma sœur. Je suis d'une partialité ridicule et entière. Si j'en avais encore la possibilité, si surtout j'en avais la force et les dispositions, je me mettrais au solfège. J'aimerais déchiffrer les partitions de Liszt comme j'ai décrypté le secret de ces splendides anatomies viriles. À l'impudeur de mon regard et de mon geste succéderaient l'émotion, la caresse, l'intimité harmonieuse. Mais je m'en sais incapable, incapable aussi de passer la frontière… D'aucuns dansaient sur les échasses du temps, je ne sais que voguer sur les flots et les vagues du fleuve. À défaut de frontière, je gagnerai l'autre rive, celle de l'hôtel Hilton et du Cointreau nocturne. Je vais attendre Arnaud, guetter son appel pour qu'il m'invite à le rejoindre chez lui ou aux Grapes, dans la petite salle bondée, sentant la vase et le vent de mer qu'aimait tant Dickens. C'est plus charmant et plus vrai que les halls somptuaires de Canary Wharf avec leurs plantations de faux palmiers géants. De palmiers, je n'aime que les vieux spécimens déplumés qu'on voit encore dans les villages côtiers du Finistère, à Landévennec, aux portes de la presqu'île de Crozon – ceux aussi du jardin de Ker Huella. Au bord de la fosse du temps, c'est eux que je distingue, comme je revois les arêtes de la sole que le docteur Lambert et quelques autres après lui repoussaient précautionneusement au bord de leur assiette dans le restaurant balnéaire de Sainte-Adresse. Et je me dis que, de même que mes commensaux du restaurant havrais, inondé par la lumière du soir, procédaient d'un unique modèle, de même mes nus maritimes et londoniens proviennent sans doute d'une seule souche qui, comme la musique de Liszt et le jeu de ma sœur, restera toujours de l'ordre d'une énigme vivante, à jamais miraculeusement scellée.

Paris, Morlaix, Le Faou, juin 2015 – août 2016.

Aux Éditions Gallimard Jeunesse

SUR LES TRACES DE JÉSUS (illustrations de Maurice Pommier), 2002.

Aux Éditions du Mercure de France

L'INVENTAIRE DU VITRAIL, 1983.

LES PORTES DE L'APOCALYPSE, 1984.

LE DIEU NOIR, 1987 (Folio, n° 2195).

LES PROXIMITÉS ÉTERNELLES, 2000.

LE DÉJEUNER DES BORDS DE LOIRE, 2002 (Folio, n° 4512).

LE DERNIER VEILLEUR DE BRETAGNE, 2009.

LE CHEMIN DES LIVRES, 2013.

Aux Éditions de La Table Ronde

JULIEN GRACQ. Fragments d'un visage scriptural, 1991.

Aux Éditions Artus

LA MAIN À PLUME, 1987.

IMMORTELS, MERLIN ET VIVIANE (dessins de Paul Dauce), 1991.

UN DONJON ET L'OCÉAN (photographies de Jean Hervoche), 1996.

L'ARCHANGE ET LE DRAGON (photographies de Bernard Galeron et de Jean-Baptiste Grison), 1996.

L'ORÉE DES FLOTS, 1997.

DES BRETAGNES TRÈS INTÉRIEURES (photographies d'Yvon Boëlle et de Jean Hervoche), 2000.

Aux Éditions Ouest-France

BROCÉLIANDE (photographies d'Yvon Boëlle), 1996.

Aux Éditions Christian Pirot

CHATEAUBRIAND À COMBOURG (photographies de Jean Hervoche), 1997.

Aux Éditions Terre de Brume

ÎLES (photographies de Jean Hervoche), 1999.

Aux Éditions Blanc Silex

CHATEAUBRIAND ET LA BRETAGNE, 2000.

Aux Éditions Berg International

LE DÉPAYSEMENT, 2002.

Aux Éditions de La Bibliothèque des Arts

BERNARD LOUÉDIN (avec Patrick Grainville et Bernard Duplessis), 2002.

Aux Éditions Pygmalion - Gérard Watelet

JÉSUS, 2002.
DÉAMBULATIONS, 2004.
DÉAMBULATIONS II, 2006.

Aux Éditions Dialogues

GUÉNOLÉ OU LE SILENCE DE L'AULNE, 2012.
SAINT PHILIPPE NÉRI. Un ludion mystique, 2014.
MA PRESQU'ÎLE (avec Matthieu Dorval), 2015.
D'ARMOR EN ARGOAT (avec Matthieu Dorval), 2016.
L'ESCALIER DES BRUMES (avec Philippe Kerarvran), 2017.

Aux Éditions Pierre-Guillaume de Roux

À ARGOL IL N'Y A PAS DE CHÂTEAU, 2014.

Aux Éditions Salvator

LA SAINTE AU SABLIER, 2017.

Composition : I.G.S. - Charente Photogravure
Achevé d'imprimer
par Normandie Roto Impression s.a.s.
61250 Lonrai, en janvier 2018.
Dépôt légal : janvier 2018.
Numéro d'imprimeur : 1705462.
ISBN 978-2-07-275658-0 / Imprimé en France.

325536